张广智 著

河南文艺出版社
·郑州·

张广智，1957年生于河南省柘城县。1982年1月毕业于河南大学，工作后，在职攻读了中国政法大学民商法硕士和华中科技大学管理学博士，分别获得硕士和博士学位。在河南农业大学工作期间被评为教授、博士生导师。出版有《民间百神》（合著）、《农村合作经济及农村合作经济组织》《稼穑集》《大嵩山》（合著）、《豫东豫东》《故乡炊烟》《郑州郑州》《龙子湖》《智说列子》《河南河南》等。

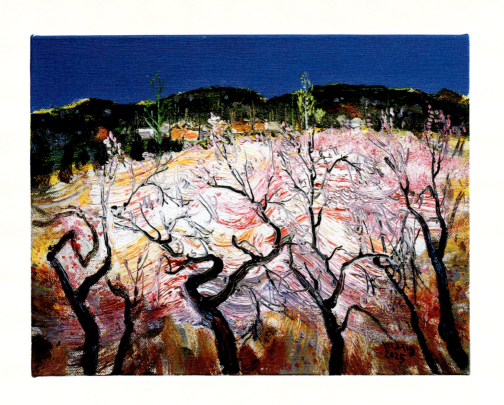

　　读陶渊明的《桃花源记》，就想起俺家的桃园，除了景致比着差点，乡亲们的素朴民风，庶几近之。

——《桃园》

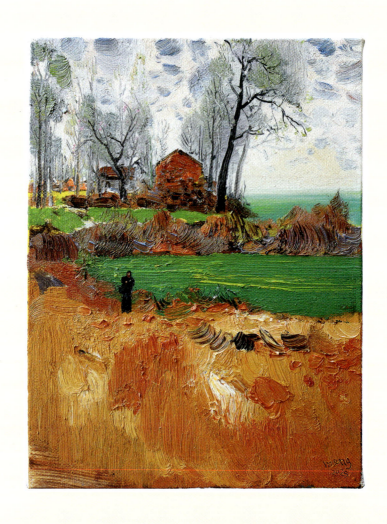

事物消失得那么容易，但行之于口的东西仍然活着，不知能活多久。

——《西北地》

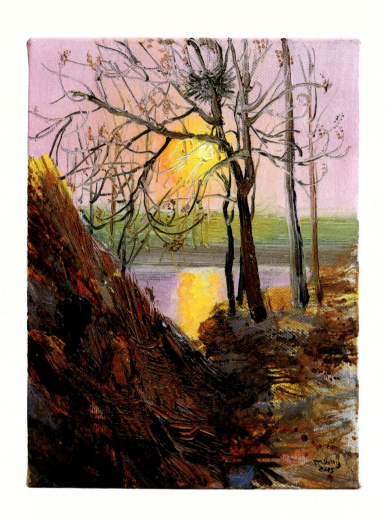

　　村边有一条小河，似乎是村庄的标配。俺庄西南边就有
一条小河流过，叫蒋河。

——《村边的小河》

　　一个人的生与死都与这些路连着，一个人的一生就写在村里的这些路上。

——《村路》

　　人的名字就是个记号，我的名字当初旺堂爷一锤定音，
我叫了一辈子……

——《上学去》

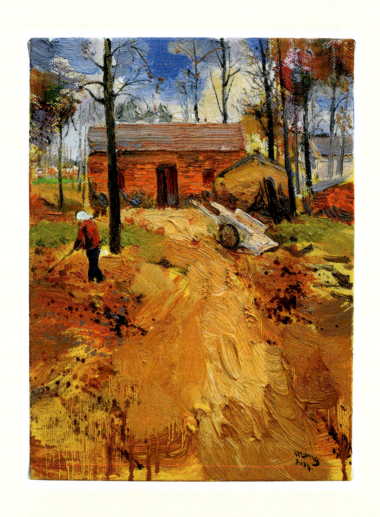

仔细想想，能读大学，还要拜看庄稼这项工作所赐呢。

——《护秋》

　　要是奶奶在做早饭，总是先把我的棉裤放灶门上烤热，
裹紧，从厨房一溜小跑地给我送床上，催我趁热快穿。

——《冬趣》

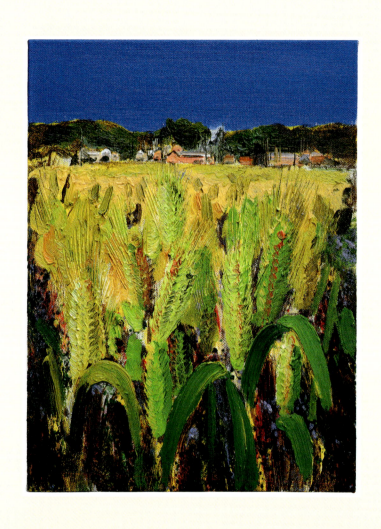

　　我们小孩子乐于把雾麦提下来，剥开，吃掉，好像比别人提前品尝到了新麦的味道。

——《提雾麦》

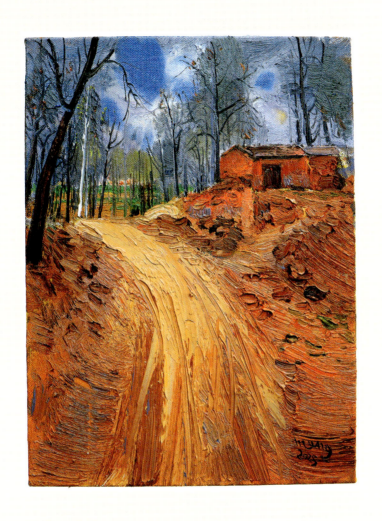

我们从小就会唱："二月二，龙抬头。大囤尖，小囤流。"

——《二月二》

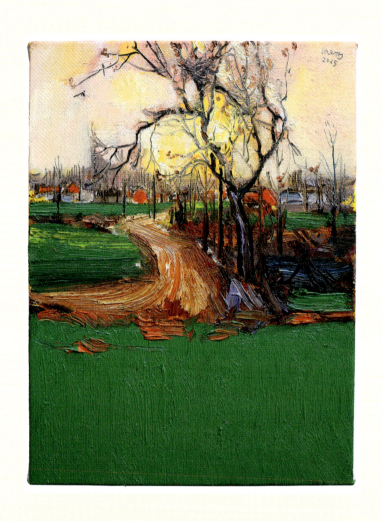

　　清明节时，柳枝最适宜做柳笛……宋代雷震的《村晚》诗：
"……牧童归来横牛背，短笛无腔信口吹。"我觉得那牧童
就是我，吹的那短笛就是自制的柳笛。

——《清明》

　　冬至大如年。冬至这天，怎么着也不能忘了吃饺子，把耳朵冻掉可不是玩的。

——《冬至》

　　能体现庄稼生长场景的，玉米显得最真切了。玉米拔节时，你站在地头能听到拔节的"啪啪"声，如同亲眼见证它们长高。

——《说玉米》

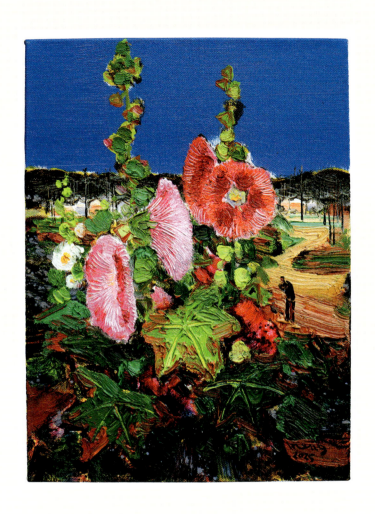

　　婆婆纳一般成片开放，静静地卧在绿叶中，仿佛闪烁在天幕上的星星。

——《野花》

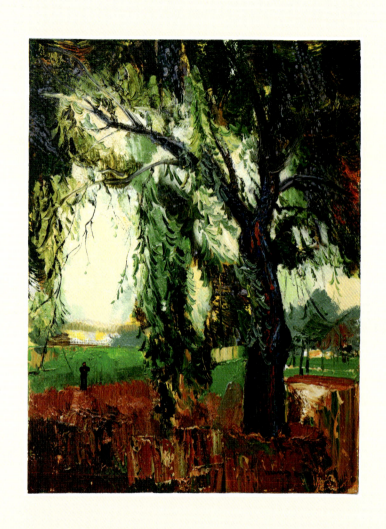

到了夏天，柳树变成了蝉唱的舞台。树上知了不断，有
的一棵树有好几只在那里此起彼伏地鸣唱。

——《垂柳依依》

　　那几棵杨树上的杨叶真大，小蒲扇似的，秋天落下，我们就拾了回去当柴火……有杨树的遮护，树下的地面特别干净平整。

——《白杨萧萧》

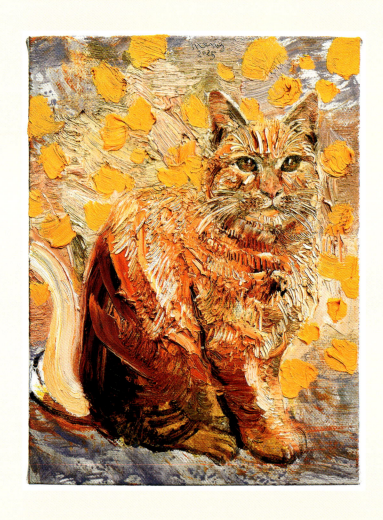

吃粗茶淡饭的小猫，也不断地成长，也欢虎得不行。

——《白尾巴》

# 序

*Preface*

不知是因退休后的清闲，还是人年纪大了都爱回忆往事，提起家乡来总有说不完的话题。

大学毕业参加工作后，忙忙碌碌几十年，工作上没有干出什么可圈可点的成绩，但时间却扎扎实实都用了，一分一秒也没剩下。在所经历的各个工作岗位上，当时觉得时间是那样的少，手头的事情是那样的多，能挤出时间比别人多读本书，心里已经很享受了，没想到有朝一日自己还有时间来写书。

初动笔就写了两本关于家乡的小书，一本是《豫东　豫东》，一本是《故乡炊烟》，中间又写了些其他东西。去年春节回家过年回来后，关于家乡，有不少事情还想说，似不吐不快。于是就又拉杂写了这些东西，敝帚自珍，聊慰一段乡思。

既然这本书取名《俺庄》，也是想把豫东平原上这样一个普通的村庄写透、写完整。但这样一来，和前面两本书的内容就无法全面割裂开来，难免有重叠之处。如遇此类情况，我会尽量对同一事物作不同视角的考察，力争赋予新意。不周之处，只能请读者诸君原谅了。

我在家乡生活了二十年，那时候是二十世纪六七十年代，豫东农村还基本是传统的农业社会。这本小书记录下来的记忆碎片，也算是对那个年代的最后一瞥。回首望去，尽管有坎坷，有泥泞，但那毕竟是我走过的一段路程；有艰苦，有欢乐，皆是我的青春年月。

本书得以顺利付梓，离不开河南文艺出版社的领导和同志们鼎力支持。他们的工作热情和精湛的职业素养，给我留下了十分深刻的印象。中国书协主席孙晓云欣然为本书题写书名，孟新宇同志辛苦为本书插图，张存威同志和王维同志也给予很多支持，在此一并表示衷心的感谢。

作者<br>2025 年 3 月

# 目录

Contents

第一辑

# 俺庄

俺庄叫洼张，是豫东平原上一个再普通不过的村庄。

说它普通可是真普通，没一点自谦的意思。立村几百年，人老几十辈子，没有出过高官显宦，没有出过通学大儒，没有出过令人称赞的英雄豪杰，也没有出过让人谈虎色变的恶人，只有一代又一代脸朝黄土背朝天的农人。

俺庄只是个自然村，管住俺庄的是翟桥生产大队，简称翟桥大队。俺庄是翟桥大队所辖的五个自然村之一，可以挺挺腰杆说句大话，俺庄是五个自然村中人数最多的自然村。这样一来，翟桥大队的大小事务中，俺庄的意见可是有一定分量的。

当时的农村行政管理体制是：最基层的是生产小队，简称生产队，相当于现在的居民小组；生产小队上面是生产大队，简称大队，相当于现在的行政村；生产大队上面是人民公社，简称公社，相当于现在的乡镇。俺庄人太多，一下划分成了八个生产小队，我家属于洼张第五生产小队，简称洼张五队。再上边是翟桥大队，再上边是伯岗公社。我1957年呱呱坠地，1958年人民公社成立，我就光荣地成为一名人民公社社员，即使年龄再小，谁能说我不是一名人民公社社员呢？生产队按人头分东西时，谁也不敢少了我这一份。

我长到稍懂得些事理的时候，常对俺庄的庄名犯嘀咕。为什么叫洼张呢？人家姓李的叫李庄，姓王的叫王庄，俺庄为什么不叫张庄呢？唉，张字前边还加个"洼"字，这不是连个平地也不得吗？公社所在地的村叫伯岗，据说原来叫霸王岗，说是楚霸王项羽曾在那里屯过兵，听上去多气派。可是俺庄东北角的郭岗呢，村小得只有一个生产队，也叫岗。小时候每天上学都从郭岗村头路过，也没见他们的地比俺庄的地高到哪里去，想想真有些憋气。俺庄西边有个村叫王楼，东边有个村叫吕楼，我从没看到过他们村的楼。说是人家村原来是有楼的，行啊，据说俺庄也曾有人家盖过楼呀，当然现在那楼也早没踪影了，为什么不叫张楼呢？蒋河流过俺庄，也流过翟桥，只因河上有座三孔砖桥，翟桥村叫翟桥，把俺庄叫"张桥"的命名权也抢走了。好在挨着俺庄北面的村，叫洼王，两庄鸡犬之声相闻，亲戚撵亲戚，这还有啥说的，他们前边也带了个"洼"字，这说明在洼地里住的也不光是俺庄。从洼王往北的村是牛洼，我走亲戚去孔庄姨家，都要路过牛洼，每次我都仔细打量打量，牛洼比周围真是有些洼，我心想，你把"牛"放在"洼"的前边，你就牛了，我看也牛不到哪里去，该洼还是洼。后来长大了，知道有的村名竟然叫坑，我想俺庄洼是洼点儿，但也不至于住坑里呀，真是比上不足，比下有余，洼张就洼张吧。

当时俺庄就有两千多口人，名副其实的大庄。俺庄人对外总是说，俺庄都姓张，没外姓。其实这是不准确的。一是从外村嫁过来的媳妇不能都姓张吧，恐怕姓张的是少数。二是我知道俺庄有两户是特殊情况：一户是有个姑奶奶，招赘女婿，我们叫"倒插门"，巧的是姑爷也姓张，当然生的子女也姓张。时间长了，说话时把"表"字也去掉了，她的儿子我就直接喊叔而不喊表叔；她的女儿，我直接喊姑，而不喊表姑。还有一户姓郭的，他是住姥娘家，他是以外甥的身份在俺庄落户的。时间长了，也都把"表"字去掉了，直接按辈分喊，喊叔，喊姑，喊兄，喊弟。

俺庄的祖上，是从太康县迁过来的，老弟兄三个逃荒来到这个地方，落地生根，开枝散叶，瓜瓞绵绵，繁衍了这么多子孙后代，成了附近的大庄户人家。在村里，称老大的后代为长门，老二的后代为二门，老三的后代为三门。三门祖的祖坟尚在，每年春节，由村里长辈率领长门、二门、三门的代表，去坟前上供烧香，磕头祭奠。不知道老弟兄仨当初想没想到过会有这么多后代子孙。刚迁来时，人单势孤，受没受过别人的欺负，我想他们肯定不会欺负别人，他们应该都是善良的庄稼人，否则不会这么人丁兴旺。

俺庄中间有一条东西路，我们叫大街。长门的人住在街南，笼统地称为前门儿。二门的人住在街北，笼统地称为家后。三门的人分布在大街西端，笼统地称为西头。我们家属于二门，住在街北，大门临着大街，在村里的位置就是家后了。

1978 年我负笈汴京，转眼四十多年过去了，可是大部分的梦境，还是发生在那个我生活了二十年的村庄，尽管它是那样贫穷，那样普通。现在住的高楼大厦代替不了那时的土坯草屋，现在的霓彩华灯代替不了那时的朗月星空。

现在村里发生了很大变化，草房没有了，住的都是瓦房，甚至是楼房；土路没有了，铺上柏油了；坑也干了，井也不用了，家家都有自来水了。

村里大部分人都认识我，可我认识的却没几个。有的小孩子说他爹是谁，我摇头，说他爷是谁，引得我开怀大笑。噢，你原来是他的孙儿呀，我和你爷小时候可一起偷过瓜呀。在场的人都要笑翻了，说你都这么大官了，还说那些破事儿。

如今退休了，很想回村里住一段时间，重温青少年时的生活场景，可是又觉得没太大意思。因为现在俺庄已不是我离开时那个样子了，前前后后，已找不到我青少年时的足印了。能和我坐下来一起聊天的人，也少得可怜。你想，现在要回村里住着，谁待见呢？不是说距离产生美吗？还是从梦里回去吧，梦那懵懂无知的少年时光，梦那活蹦乱跳的青涩年华，梦那清贫日子里却无忧无虑的往日岁月。

# 大街

俺庄中间，从东到西横贯着一条路，我们叫大街。只要说大街，全村人没有不知道的，绝不会错认到其他路上去。

说是大街，实际上宽不过丈余，还不直，这里凸一坨，那里凹一块，可是村里再没有比它更宽的路了，那些南北向的路都比它窄，窄很多，既不称街，也不称路，叫胡同子。胡同子也不像北京那样，叫什么灵境胡同、辟才胡同。我们以自己家定方位，叫东边胡同子、西边胡同子。

俺庄的大街虽然不像城市的大街，一眼望好远，但是从庄东头进来，顺顺当当走到庄西头没问题。中间碰到人，三里五庄的都认识，总会热情地给你打个招呼："吃了没有？到家吃喽饭再走吧。"

"不了不了，吃过了。你今天不上集？"

"没啥事，不上。不吸袋烟？"

"不吸了，你忙着。"

要是本村的人在大街上走，互相碰到也要打招呼："二叔干啥去？"

"去找老黑商量个事。"

"噢，你去，我去北地把那点豆子锄锄。"

"你那二亩豆子长得好，勤快人就是勤快人。"

"还行，还行。我看到老黑刚回家。"

"好，好。你下地，你下地。"

我们家南临着大街，算是庄子的中心位置，也叫盂子顶。下雨时，我家门前的水向东流，隔壁广秀哥家门前的水向西流。

从广秀哥家再往西，街南忽然空出一大片地方，足有五六十亩地的样子，说圆不圆，说方不方，周围住的都是人家。想来这就是俺庄的中心广场了，但俺可不叫广场，俺叫庄当中。逢年过节，在这地方放鞭炮、放焰火。收秋后，在这地方听鼓书、听坠子。兴毛泽东思想宣传队时，公社毛泽东思想宣传队就来这里演过节目，记得有说山东快书的，有说三句半的，有唱语录歌的。反正村里所有的热闹事情，差不多都发生在这里。

我上小学是在李显武村，李显武村在俺庄东边，我每天背上书包，出门沿大街向东走，二里路就到学校了。上初高中时是在公社所在地伯岗村，伯岗在俺庄西边，我每周背着红薯干面，出家门沿大街向西走，四里路就到伯岗中学了。

俺庄的大街是那样简陋，外人一定看不上眼，可它对我来说却是那样亲切。白天在这里游走，晚上和小伙伴在这里玩耍；雨天在这里蹚水，冬天在这里踏雪；在这里哭过笑过，打过闹过。世界上别的街，再宽广，再直，与我的青少年时代没有关系。

我的父母在大街上走过，我的祖父母在大街上走过，我的先人祖上都在这条大街上走过，全村人都在这条大街上走过。那些先人的足迹早已被风吹去，被水冲掉，连我自己昔年的脚印也找不见了。但大街仍然躺在那里，无声无息，白天有水有泥，月夜如烟如纱。

大街上不是光走人，猪也走，羊也走，马也走，牛也走。这些牲畜走过时，它们在大街上随便屙屎撒尿。大街是俺庄的大街，一代代人要走，一茬茬牲畜也要走。只有人没有牲口，地总不能光靠人种。人和猪马牛羊、鸡鸭鹅兔合起来，构成了人间烟火，织就了像树叶一样稠的岁月。

　　从空间上看，大街是一条路，有时人声鼎沸，有时空空荡荡。从时间上看，大街像一条河，流走了一代又一代人，流走了一年又一年时光。大街就像一本村志，尽管有些模糊，但它见证着全村人世世代代的悲欢离合、婚丧嫁娶、丰歉忧乐。

## 井与坑

一

在平原上，每个自然村都有井和坑，或一个，或多个，俺庄有三眼井和三个坑。

我之所以把井和坑放在一起说，因为俺庄的井都在坑边，相互依傍，水脉相通。

村里没有井当然不行。没有井，怎么取水？怎么做饭？怎么烧茶？人总不能不吃不喝，洋活着呀。过去日子苦寒，有人要出外逃荒，有人要吃粮当兵，那就叫背井离乡。离开家乡的标志，就是离开你经常吃水的那眼井，井就是乡，乡就是井。

村里没有坑也不行，没有坑，下雨时水往哪里排？俺庄看着离蒋河那么近，村里的雨水也无法直接排到河里去。要是村里水能直接排去河里的时候，那是下大雨发大水的时候，坑盛不下了，漫出去，水才从河里排走。我们形容雨下得大，叫坑满河平，坑先满了，才轮到河平。

这样看来，井与坑都是一个村庄必备的基础设施。井是供水的，坑是排水的。现在城市建设中有给排水系统，说得好听，不就是俺庄的井和坑嘛。啥叫系统？俺庄的三眼井和三个坑都挨着，一眼井配一个坑，一个给水，一个排水，那还不叫给排水系统。

二

我家属于二门，吃水是东坑旁的井。

小时候对井很害怕，生怕掉进去要了小命。小孩家好奇心重，越害怕越想看个究竟。不敢站着看，怕失了足掉下去，就探着身去看，再保险点儿，就趴在井沿上看。发现井里水离地面有六七尺深，水面还闪着光，一晃一晃的，一个小孩子的脸也随着水波晃动变化着，想那就是鄙人了。看井时心跳得厉害，自己能听到咚咚声。正瑟瑟地看着，突然两只脚脖被人抓住，猛地向后一拽，等爬起来还没看清拉我的是谁，屁股早挨了一脚，就听到有人大喝一声："熊孩子，想死哩吧你！"回头一看是二叔，他是挑着筲来打水的，正巧看见我趴在井沿上偷看井，逮个正着。大人都有经验，碰到这种情况不能立即喊骂，你一喊，小孩子一紧张，说不定真掉井里了。最保险的就是不吭不哈地先攥住其两条小腿拉离井沿，之后再怎么处置也不会失手。我撒丫子就跑，跑到一堵土墙后，一屁股靠墙坐下，手捂着猛跳的胸口，好大一会儿才平静下来。二叔把这事告诉了我父亲，擦黑回家又被老爹踢了一脚，臭骂一顿。奶奶平常那么疼我，从不让父亲打我，这次却没阻拦，并说："打，让他长点耳性。不是你二叔看见，掉下去淹死你。"我以后再没敢偷偷看井。

等我长到十来岁，父母亲不在家时，奶奶扭着一双小脚去挑水，我夺过扁担来要替她，奶奶说："你还没筲高哩，咋能挑得动？"我坚持说能。奶奶就把两只筲里的水都倒掉一半，把担绳也绾短一截儿，然后把扁担放在我肩上，我摇摇晃晃把水挑到家。奶奶高兴得不行，晚上当我父亲面夸我："你儿可是长本事了，能替我挑水了。"

父亲说："一顿饭吃几碗，该替大人干点活了。"

母亲说："就是。"

我发现父母亲也都是很高兴的样子，我心里也美滋滋的。

又过了两年，我挑满筲水也不感到吃力了，只是从井里向上打水的技术不行。我们那儿从井里提水不用辘轳，而是直接用扁担钩挂住筲襻，在水面上左右晃动，等晃动到最佳角度时，猛地向下栽去，正巧盛满一筲水，再提上来。但我总是搞脱襻，脱襻后木筲倒不会沉底，但要把它重新钩起也不是那么容易。扁担钩把木筲搅和得来回打转，就是钩不住筲襻，不得已只好请别人来帮忙捞筲。后来时间长了，脱襻的次数也少了，即使脱了，也能慢慢把筲钩住捞起。从此，只要我在家，再没让奶奶去挑过一次水。

读大学时，有一年放假回家，发现自家院里打了一个压水井，吃水再不用到井里去挑了。可是有一天，我还是去看了看那眼井。发现井旁长满了绿苔，井里还有水，水位还是那么深，只是水面落有败枝残叶，连我的面目也映不出来了。一时辨不清是井背了我，还是我背了井，心里泛起一股淡淡的落寞。这眼井里的水，我可是吃了二十年呀！

三

属于我们的坑，是东坑，形状像个大靴子。

那些年月好像雨水很多，坑里几乎没断过水，无外乎多些少些罢了。每逢下雨，各家的雨水都汇聚到大街上，大街就成了排水渠，一路汩汩向东流去，流入东坑。

夏天坑里水多，可以下去洗澡，一时成了男孩子的玩乐处。我们中间小顺的水性最好，他踩水时可以露出胸脯，仰泳时好长时间手脚才动一下，好像一直漂在水上。他一口气能游个来回，并且速度最快，谁也赶不上。长大了读《水浒传》，里边的"浪里白条"张顺，我觉得就是俺庄的小顺，不过小顺的大名叫张二顺，很有些替他遗憾，你要夹那个"二"字干啥？就叫张顺多好呀，不就成"浪里白条"了。

奶奶娇养我，不让我下坑洗澡，担心我会淹死。又不能偷着洗，坑里水不像城市游泳池里的水那样干净，只要你下过水，是骗不住大人的，你要在坑里洗澡了，在你身上用指甲一划，就显出一道白印，根本抵赖不掉。所以，我一辈子都不会游泳，也真算一件憾事。毛主席号召要到大风大浪里去锻炼自己，我想这完了，别说大风大浪了，无风无浪的坑我都玩不转，想要当无产阶级革命事业接班人，难了。后来发现革命队伍里有不少人也是旱鸭子，不会游泳，心里也就释然了。

冬天坑里的水少，连续几个冷天，能把坑里水冻实，我们可以在上边溜冰，打冰仗。在冰上折腾，肯定少不了滑倒摔屁股墩，但也没见谁摔折胳膊摔断腿的，你说稀罕不稀罕。在冰上玩，又不下水，会不会游泳没关系，趁机疯一把过过瘾。不能说这坑和我一点关系都没有吧。

我记得坑里种过藕，养过鱼。收获季节，也能分到三条两条鱼，十节八节藕。挖藕没什么好看的，人踩在泥里，一锹一锹把坑泥挪腾一遍，把藕拔出来。好看的是撒鱼，大人撑开网，从这头撒到那头，快到岸边时，网里鱼乱跳乱蹿，我们在岸上欢呼雀跃，比水里鱼儿跳得还欢，那真是激动人心的场面，我觉得这场面最能代表丰收的景象。你要换成庄稼，庄稼顶多能随风起舞，怎么着也不会热烈到撒鱼时的程度，气氛差远了。

我回村里去看那眼井时，当然也顺带着看了坑，坑还在，但坑是干的，坑底上长着一丛丛杂草，一派衰飒。最不堪的是坑边的柳树也没了一棵，没有也罢，即使还有几棵柳树在，也再不会出现嫩柳拂水、蛙声四起的情景了，因为坑里没水了。

## 牲口屋

马、驴、牛，我们都叫牲口。单说马，叫快牲口。我们队里没养过马，只养了驴和牛。养驴和牛的房子，我们叫牲口屋，坐落在打麦场的东北角。

我大爷是生产队的饲养员，他在喂牲口上很在行，同样的草料，他能把牲口喂得膘肥体壮，你不服不行。我印象中，饲养员一直就是我大爷当着。饲养牲口既然是个技术活儿，在人们心目中，饲养员比普通社员的社会地位要高一些，仅次于生产队干部。你想，作为一个农民，干活时风刮不着，雨淋不着，还能要啥呢？

一年四季，牲口屋最有吸引力的时候是冬天。春秋天不冷不热的，谁没事也不去牲口屋闲坐。大夏天热得不行，男人们都躺在打麦场里睡觉，哪有风头朝哪，凉快，也没人往牲口屋里钻。冬天男人们爱去牲口屋，一是可以用生产队的柴草烤火取暖，二是可以凑到一起喷大空。要是在家里，做饭的柴火都发愁，谁也奢侈不到用柴火烤火。在家里和老婆孩子有啥话白天说不完，还要留着晚上说？我们家乡把男人叫外前人，把女人叫家里人。女人在家里守着那是本分，作为一个外前人，你整天守在家里算咋回事，得出去串串门，走动走动。你去别人家串门不是不可以，但谁家也不会拿紧缺的柴火让你烤火，那最佳的去处就是生产队的牲口屋了。你是本队社员，那牲口屋反正也有你一份，你不但可以去烤火喷空，还去得理直气壮。

大爷人缘好，谁去牲口屋他也不烦。谁去牲口屋烤火烧的都是公家的柴火，又不是他家的，他犯不上多管闲事。再说，烤火并不是只温暖了人，还温暖了牲口，也算是公私兼顾的事情。

一群人在牲口屋里烤火喷空，又不耽搁大爷给牲口添草加料，碰见勤快的人，还能搭搭手，替他干些活呢。我就爱给牲口添草，把铡好的麦秸放到水缸里，使劲翻搅，洗掉尘土，再捞出来控净水，添到牲口槽里，从布袋里抓几把料撒到麦秸上，用拌草棍拌匀让牲口吃。大爷总在后边指挥着："拌匀，拌匀，有料没料，四角搅到。"

我晚上爱去牲口屋凑热闹，主要原因是那时没书可看，去牲口屋听大人天南海北地喷空，也多少能长些见识，又能烤火，何乐而不为？屋外北风呼啸、大雪飘飘，屋内是热腾腾的文化晚宴，现在想起来还心向往之。

最会讲故事的是麻爷，因为他脸上有几粒麻子，我们就喊他麻爷，和他平辈的就直接喊他麻子，他的真名我倒记不起了。麻爷小时候念过两年书，多少识几个字，又当过几年兵，走南闯北，算得上见多识广。他爱讲他当兵的事，他说他的枪法好得很，百发百中。他说他救过团长的命，爬过死人堆，和日本人拼过刺刀，反正是一条英雄好汉。不过这事只能靠他自己说，谁又没跟着他。有人说他是大喷，不靠谱，瞎编。我们小孩子就是爱听热闹，麻爷讲的那些事，他自己不能证真，别人也无法证伪，姑妄听之就是。有时候麻爷为了逗我们，故意讲一些吓人的事，如果没有小伙伴一起，害得我不敢独自回家。因为牲口屋并不在庄里，要回家睡觉还要摸黑走一段路，中间还经过一片坟场。有时天黑得伸手不见五指，心里直发紧，可是第二天还要起早上学，不回不行呀，硬着头皮也要回。特别是经过那片坟场的时候，有一点响动都能吓一大跳，失急慌忙跑回家，能紧张出一身汗来。可是，第二天一擦黑，就又兴致勃勃地跑去牲口屋，等着听大人们谈天说地，早已把摸黑回家的后怕抛到脑后。

在牲口屋里，大人们说起话来也没个主题，扯到哪算哪。怎样侍弄庄稼，怎样理宅造屋，"文化大革命"，四清，美帝苏修，亲戚邻居，人情来往，无所不谈，要不然怎能叫喷空呢？想那充满尿臊味的牲口屋，也算是我当时的精神乐园了。

## 小小院落

我家的宅基地很小，除去三间堂屋两间西屋，剩下的地面就一小片，挖个粪坑都挖不下，所以只好把粪坑放在大门外。可大门外是大街，大街是公共空间，我家的粪坑虽然很小，多少给行人带来些不便，我打心里觉得这样很对不起乡亲们，可这也确是没办法的事，院里实在放不下个粪坑。可一家一户没个粪坑又不行，垃圾无法堆放，脏水无法泼掉，日子怎么过？好在处于这种窘况的不是一家两家，也就见怪不怪了。

堂屋门前靠东边有一棵石榴树，遮住了半个窗棂。窗台上放着一个柴篮，里边铺着麦秸，那是老母鸡媲蛋的地方。我挺稀罕的，那几只母鸡要媲蛋时，怎么都知道飞到窗台上的篮子里，那里又没有招牌，写着"母鸡下蛋处"，当然写了鸡也不认识。石榴树有多子多孙的吉意，密密的枝条掩着那柴篮，营造出了相对幽静的鸡的产房，母鸡卧在里边时倒不会引起人们的注意，也少了许多打扰。下了蛋后，母鸡从窗台飞下，照例会"咯哒""咯哒"地表功报喜。我如果正巧在家里，会顺手抓一把粮食撒给鸡吃，慰劳慰劳，然后从篮里把鸡蛋取出，那鸡蛋还带有热乎乎的气息，然后把它放进桌子上的一个小瓷罐里。鸡蛋一般是不会吃掉的，攒着用来换油换盐，或给我换铅笔、换作业本，家乡人叫这是"鸡屁股银行"。

那棵石榴树夏天开出一树红花，灿若云霞，最后能结出一百多个果实。果子随着日子的流逝由青变红，最后有些果子长得开裂，能看到里边晶莹的籽粒。中秋夜，奶奶让我从屋里搬出个小桌放在院里，她拣熟透的石榴用剪子剪下几个，放在桌上，把月饼也切好，全家人围坐在一起，溶溶月色下，吃月饼，吃石榴，说说笑笑，享受着人世间的美好。现在过中秋节，不缺月饼，也不缺石榴，但不是在那个院落呀，即使回到那个院落，奶奶已去世多年了。她老人家再不会把切开的月饼、掰开的石榴，先塞到我这个长孙手里。唉，一辈子再也不会有这份福气了。

院子东南角，有一棵大榆树，每年结很多榆钱儿。榆钱儿正嫩时，父亲会上树摘一馍篮，让母亲挼面上锅蒸了，蒸熟后浇上蒜汁一拌，全家人吃得清香满口。结榆钱儿时也引来一树鸟儿，最多的是麻雀，唰地飞来一群，轰地飞走一片。间或也有喜鹊和其他鸟儿，但比麻雀少多了。榆钱儿老后，飘落一地，满院都是，真像一枚枚硬币，那时想着，要真是一地钱该多好啊！

我自己住一间西屋，窗前有一棵楝树，开碎紫的花，结楝枣。明月之夜，我坐在窗前看书，淡淡楝影在窗前晃动，平添几分幽静，直觉此地真是好读书处。秋后，等楝叶落尽，悬一树金铃似的楝枣，很是入眼。有些楝枣到下雪天仍在那里悬着，上边落一层白白的雪，更显得晶莹剔透，如玉如珠。

后来我家盖了新房子，搬离了那个我魂牵梦萦的小院。今年回老家过年时，我几次都想回村中间那个小院看看。父亲说，那房子借给你二叔住了，你猛然回去不好吧。我真要回去，可能会引起二叔猜疑，以为我要赶他走怎么办，思前想后最终没有去小院再看一眼，心里怅怅然，若有所失。

# 桃园

俺庄

我家自留地里，父亲栽了八棵桃树，从此我们就把这块地叫桃园了。

桃花夭夭，确实好看，一树一树繁花，有粉红，有浅红，有大红，花间好多蜜蜂嗡嗡着，真是大好春光惹人醉。桃花花期不长，所以更让人爱怜。花落时，一股风吹来，飘一阵花雨，落红满地，桃花即使零落成花瓣，仍然娇嫩可爱，使人不忍加足。可惜桃园里没有美丽的姑娘，时常穿行其下的，就是我这个农村小子。

放学后，我经常泡在桃园里，谓之看桃。看桃就是看住小孩子，不让乱摘桃子。桃子不熟时是吃不成的，可是小孩子不懂，只知道馋嘴，摘了不能吃，扔掉，有人看着仍然挡不住他们去摘。桃子不熟时，大人们谁也不会去摘，即使桃子熟了，你实心让着人家，人家也不会轻易就摘了吃。

有一天我去桃园巡逻，看到有一个人在桃树上摘桃，我的忽然出现，令那人逃脱不及，等他从树上下来，我认出是邻居家的小样。小样比我小两岁，我问他为什么偷俺家的桃，小样吓得不敢说话，把手里的几个毛桃慢慢放在地上，什么话也说不出来。我又问他怎么赔我，他说他家地里只种了辣椒，可以赔我辣椒。

于是，我就和小样一起到他家自留地里去摘辣椒。我当时只穿了个裤衩，摘了辣椒没地方放。小样说："你用两手放肚子上捧住，我给你摘。"他家种的是朝天椒，比秦椒辣。我捧着辣椒，先是感到肚皮发痒，一会儿又感到肚皮发疼，于是赶紧把辣椒扔掉，一看肚皮已经红了。辣椒是扔掉了，可是疼痛却没扔掉，而是疼得越来越厉害了。小样看我痛苦的样子，捂住嘴笑了，我飞起一脚把他踹倒在地，可是揍他并不能解决问题，我的肚皮该疼还是疼。小样从地上爬起来说："我们去坑里吧，站在水里兴许就不疼了。"我们俩跑到东坑，站在水里，感觉疼得轻了些，但一离水还是不行。在水里站了很长时间，才感到可以忍受了。小样附我耳朵旁问："辣椒咱还摘不摘？"我说："滚你的蛋，小心我把你按水里淹死你。"并反复警告他不准说出去，可这家伙回家就给他哥说了。他哥是我同班同学，第二天一见面就问我肚皮还疼不疼，一会儿传得大家都知道了。你说这叫啥事儿，赔了夫人又折兵。

桃子成熟后，给邻居都送了一些，也到集上卖掉一些。晚上，我单把小样从家里喊出来，塞给他一个桃子，他高兴得一蹦老高。我告诉他："你摘的时候，桃还生着呢。"小样坏笑着说："那时候辣椒也没长熟呢，怎么那么辣肚皮？"我笑着捶了他一拳。

不记得我家的桃园是什么时候没有的，后来那里被盖上了房子。读陶渊明的《桃花源记》，就想起俺家的桃园，除了景致比着差点，乡亲们的素朴民风，庶几近之。

## 西北地

我们生产队的人，虽然居住在俺庄的东北头，但耕种的近四百亩土地，有三百亩都在庄子的西北方向，我们统称西北地。再细分就多了，从东到西分别是老坟前、社屋前、水库前，最远的叫八叉路口。这里的"前"，也不确指前边，是近前的意思，是说距离而不是准确方位。因为都是一个生产队的耕地，地块与地块相连着，天天在那里早出晚归地劳作，都去千遍万遍了，熟悉得认识每块土坷垃，似乎对地块儿没有必要分那么清楚。说去那块地干活，闭上眼也能摸得到地方，错不了。每日上工时，队长给社员说："今儿去社屋前锄地。"社员扛着锄头，出村往西北方向走，从不担心找不到干活的地块。

老坟当然指的是自家先人的坟茔。一个队里的人，住得近，一般血缘也近，先人坟墓也相对集中。所以一说老坟前，全队社员都知道指的是哪个地块。躺在土里的人，活着时在这里劳作，死后仍然能看到后代子孙也在这里劳作。现在在这里劳作的人，死后也要埋在这片土里，这是死活都离不开的地方。劳动间歇时，人们在亲人的坟前打闹说笑，丝毫没有悲伤的意思。土地无言，但她像母亲一样伟大，是她长出的庄稼，养育了一代又一代人，绵延如水，永不止息。

从老坟前往西走，就是社屋前。社屋是指生产队的房屋，公家的房屋。生产队的人称社员，屋称社屋。社屋包括生产队的牲口屋、车屋（放太平车的屋子）、草料屋、仓库等。我作为一个社员，在牲口屋里烤过火，在车屋里避过雨，在草料屋麦秸窝里睡过觉。仓库里存放着社员的口粮和种子，我高中毕业先当上了仓库保管员。仓库门上了三把锁，钥匙队长拿一把，会计拿一把，我代表社员拿一把。队长和会计再怎么人物，离开我这把钥匙，干瞪眼进不了仓库门。我把仓库钥匙和家里两把钥匙，还有一个指甲剪，用匙环穿在一起，挂在腰带上，干活时不断发出哗啦哗啦的响声，心里只觉得自己是一名真正的社员了。社屋周围的耕地，是地力最厚的农地，还有机井灌溉，每年收成都好于其他地块。

从社屋前往西走，有一座"大跃进"时挖的水库。没水的时候多，有水的时候少。说没水也不是一点儿水没有，天旱时，库底总还有一片浅浅的积水，有些青蛙在那里蹦跳出没，没水的库底到处长满了蒿草。雨水多时，水库里也积很深的水，但庄稼这时候也不需要浇呀，没用。人干活累了，可以在水库里洗洗澡，冲冲凉。因为离庄远，没谁会到这里洗个衣服什么的，我真不记得它发挥过什么作用。水库的面积只有东坑一半大，名字很正规，叫水库，而不叫坑。水库周围的地，就叫水库前。

从水库再往西北走就是八叉路口，这里是我们队最远的地块，也到了俺庄的边界。西边挨着的是伯岗的地，西北边挨着的是曹楼的地，北边挨着的是洼王的地。这里确实有岔路口，我怎么数也只有四条岔路，而不是八条岔路，怎么就叫了八叉路口呢？问大人们，说是这里原来有一座寺院，叫夕照寺，规模很大，有很多房子，"大跃进"时拆掉了。夕照寺曾经辉煌过，热闹过，香火很盛，外村的人要到夕照寺烧香拜佛，就踩出不少路来，因此形成了八叉路口。在《柘城县志》中，关于夕照寺还有记载，等我记事的时候，它已不存在了，原来到寺里来的那些路，有一半已种上了庄稼，如今就剩四条了，八叉路口就变成了四叉路口，但人们口头上仍叫八叉路口。事物消失得那么容易，但行之于口的东西仍然活着，不知能活多久。

我们生产队的耕地和其他生产队的地之间，有东西向的生产路，有七八尺宽，能行走太平车。我们队里自己地块中间，隔一定距离也会有南北向的生产路。收秋后，人们为了抄近路，也会在田间踩出一些小路，后来一看到"阡陌纵横""阡陌相连"，就会想起俺庄的西北地。站在村头向西北方向望去，是看不到远处的村庄的，使人顿生沃野千里之感。

回想那些年月，无论春夏秋冬，无论风雨阴晴，我都在西北地和先辈们一样，割草打柴，耕犁锄耙。西北地里，有我的脚印和汗水，空气中曾有我的呼吸和笑声。作为一个农民，谁能离开自己的土地呢？谁又能不热爱自己的土地呢？农民只有和土地紧紧地结合在一起，才算是真正的农民。

# 村边的小河

村边有一条小河，似乎是村庄的标配。俺庄西南边就有一条小河流过，叫蒋河。

村边的这条小河为什么叫蒋河，我还真作了一番考证。因为问了村里的老人，没有人知道；又问了附近村里有点见识的人，也没人知道。我只好查阅了小河流经的几个县的县志，仔细研究了几个县的地图，才得出了一个较为可靠的结论：蒋河发源于杞县楚寨，从睢县长岗镇入睢县境，后有祁河汇入，汇入处有大蒋楼和小蒋楼两个村庄，加上"蒋"又是睢县"汤王袁蒋"四大家族之一，所以这条河就叫蒋河了。

蒋河自睢县从我老家伯岗镇进入柘城县境，不到十里就流到了俺庄村头，向东南又流三十里，汇入惠济河，惠济河汇入涡河，涡河汇入淮河，俺庄属于淮河流域。

村里人平常说的河就是指蒋河，但村里不少人并不留意它叫蒋河。"到河里洗澡去""到河边放羊去"，不点名也知道说的是蒋河。

要是下了大雨，河水暴涨，水流湍急，我们会去河边看水。水中漂着沉浮不定的草叶、树枝，有时还漂来死猪、死羊，据说也漂过尸体，我没见过。这时候水性好的人也不敢下河，河床一下子宽了许多，波浪翻滚，声势浩荡，我那时候认为这是一条大河了，不是小河。当时只知道河水急急流向东南，并不知道它要流向淮河，最终还要流向大海。

　　河水暴涨时，泥沙俱下，水显得浑浊。但河水少时，显得浅而且清，水里什么都能看到。小鱼小虾，拖着尾巴的蝌蚪，各种水草，历历在目。我们去伯岗上学，为了不绕远到桥上，干脆蹚河过去。本来是为了节省时间，可是玩一会儿水，反而耽搁了工夫，保不定会迟到，会挨老师批评。

　　如果河水只有一人深时，会吸引好多人去洗澡，有大人，也有小孩。庄里大坑除非水很大时，否则大人是不屑于下水的。河里有水就不同了，大人也热心去，小孩子更热心去。人人都可以谝谝自己的水性，亮亮自己的能耐，多美呀！

　　河水再浅些，洗澡不行了。我们发现河里长着很多苲草，就捞出来背回家喂猪，可是猪用鼻子拱了拱，嫌腥，不吃。喂羊羊也不吃。只好在院子里摊开晒干当柴火，整个院子好多天都充满浓浓的鱼腥气。当然我们浑身也是鱼腥气，用水怎么也冲不净，一到大人们跟前，大人就嚷着让我们滚开，腥气败歪的，离远点。你说这事，干了活还讨人嫌。

　　河水少到断断续续时，我们可以下河逮鱼。这得有经验，能看出哪一片水里有鱼，不然白忙活半天，逮不到或逮到很少，没意思。海龙叔只比我大三岁，但论逮鱼的本事比我大得多。他领着我们三四个光腚孩子，到了河里先挖河泥打个堰埂，然后用搪瓷脸盆把水舀干，有时能逮半桶鲫鱼和泥鳅，一个人能分到十多条，回家让母亲用油煎煎，吃得酣畅淋漓，那鲜嫩的味道至今记忆犹新。

　　遇到大旱年，河里只剩下一些深潭有水，我们叫涡子，那是水大时冲成的。涡子水很深，一般人不敢下去洗澡，有危险。大人为了吓唬我们，说里边有水鬼，就是在涡子里淹死的人变的。并说水鬼只有抓个替身，才能托生转世，否则只能永远当水鬼，而不能重新托生成人。伯岗有个同学，过暑假时去涡子里洗澡，淹死在了里边，我本来就不会洑水，甭说跳进去，就是站近一些心脏就"咚咚"跳，生怕那同学从水中一跃把我拽下去，给他做替身。他为了当人不当鬼，可不一定为了那点同学情分放过我。

寒鸦飞数点，流水绕孤村。当斜阳欲落时，我站在俺庄村头，望着黄叶飘落，寒鸦归巢，心情会感到一片落寞，那绕村的流水不就是蒋河吗？

我曾为蒋河写了首小诗：清清小河水，绕村向东流。流过州，流过县，流到古渡头，白帆点点悠；一同摸鱼儿，一同捉泥鳅，水一身，泥一身，一路笑声飞，何曾解忧愁；相忆儿时伴，如今安在否？住村前，居村后，今晚盼聚首，相与品老酒。

# 西北有高台

我们队的地主要在村子的西北方向，也就是西北地。要去地里干活，出了村就朝西北方向走。抬头望去，先入眼的就是生产队的社屋。这片社屋尽管都是平房，可在一望无际的平原上，已显得相当突出了。如果再向远处望去，那就是七八里外的宝台庙了。

宝台庙，又名凤凰台，是柘城县"七台八景"中的七台之一。宝台庙坐落在北王庄村东头，台高五丈，台上建庙。宝台庙有历史悠久的庙会，传说每逢庙会，有很多锦衣少女前来上香，结果惊动了一只凤凰，翩然落在高台上，欲与进香的少女比美，以后就把此处叫凤凰台了。《柘城县志》记载宝台庙："远望巍然耸峙，钟声佛火，自昔称盛。"

我曾和人一起去爬过宝台庙，宝台庙的台阶很多很陡。那时年龄小，爬上去累得呼哧呼哧的，印象特别深刻。台上的古典建筑是两进院落，后殿里塑有三尊神像，只觉得挺威武的，现在也模糊了，也不清楚那神灵的尊号了。殿前有好几通碑，当时能认识碑上的一些字，什么意思是看不懂的。

民间有一个关于宝台庙的传说。说是原先庙建在平地上，规模也小。有一位将军带兵打仗路过此地，住在庙里，晚上梦见庙神显灵，助他打了胜仗，回朝时封官晋爵，很是高兴。梦醒后他就向神灵烧高香许愿，说如能保佑他打胜仗，回来以后要高台起庙、重塑金身。后来果然打了胜仗，于是就践誓还愿修建了宝台庙。

比我大三岁的沃叔，眼神不好。一次我们几个人一块儿去西北地干活，调皮鬼狗剩向西北一指，问沃："沃哥，能看到宝台庙吗？"

沃说："看不见。"

狗剩说："哥，你能看见俺嫂子吗？"

沃说："你个混蛋，你嫂子我会看不见？"

狗剩说："你要看不见，嫂子就归我了。"

常说打人不打脸，骂人不揭短。沃叔因为眼神不好，好容易找下个媳妇，岂容他人插足。一听狗剩这样说他，抢起锨把照狗剩扫了过去，嘴里还说着："我眼不好，也照样揍你个龟孙。"

狗剩被打了个趔趄，揉着屁股，带着哭腔说："给你开个玩笑，你也不能下狠手打呀！"

一圈人笑着劝还在生气的沃叔："别生气了，今天有雾，别说你看不见宝台庙，我们也看不见。"

几个人又数落眼里噙着泪的狗剩："你小子就是犯贱，你不是说他眼神不好吗？那他打你咋打那么准？"

宝台庙在"文化大革命"破"四旧"时拆了，高台也被老百姓用土时铲平了，但每年三月二十八仍有庙会。庙会这天，周围十里八村的人蜂拥而至，热热闹闹，只是再没有引来过凤凰。凤凰台，凤凰台，如今没有了庙，也没有了台，凤兮归来，已找不见旧时城郭，物非人亦非，还飞回来干啥？

# 关帝庙

俺庄东坑的西沿，有座关帝庙。有大殿，有东西廊房。

大殿里塑的关羽坐像，威武高大。小时候搞不清是罗贯中按俺庄的关公写的，还是俺庄的关公按《三国演义》塑的。关公面如重枣，唇若涂脂，丹凤眼，卧蚕眉，蓄二尺长髯。身着绿袍，右手拄握青龙偃月刀，左手做捋髯状。关公左右塑有关平和周仓的立像，关平的脸是白的，周仓的脸是黑的。

至于说关帝庙在村里发挥什么作用，我一点儿印象也没有。余生也晚，敬神拜佛的事已作为封建迷信扫涤殆尽，早已不时兴了。甚至那大殿，那塑像，也是因为老年人反复说起，在我头脑里逐渐清晰了起来，到底见没见过，我都不敢打保票。

听老年人说，关帝爷的生日是五月十三。村里有会首，会首就是掌事的人，威信高，说话算数。每年关公诞辰日，会首要组织村里人祭拜关公。先一天，使人把殿里殿外打扫干净，院里还洒水除尘。当日要摆供上香，祈求关帝爷保一村平安。同时要求村里人，主要是男人，要学习关帝爷的忠、义、仁、勇，做好事，当好人。

听老年人说，如果遇到天气干旱，庄稼要绝收，可以到关帝庙求雨。求雨时心要诚，诚则灵。为了表示心诚，要有几个年轻人光脊梁，跪在大殿前太阳底下暴晒。据说有一次求雨，有两人晒昏了过去，当天就下了雨。雨是下在了大家地里，被晒的人是为大家求雨，所以这些人的人格就赢得了全村人的敬重。

还听老年人讲过一个故事，具体发生时间连老年人也说不清楚。有一年土匪进庄，绑了一户人家的儿子。土匪能把庄里情形摸那么清楚，是因为有人点眼。点眼，就是通风报信。大家都怀疑是留四干的。留四这个人平常好吃懒做，又好赌博，本来是庄里富户，父母死后，没几年他就把家业败光了。树活皮，人活脸，给土匪通风报信，等于自家也当了土匪，甚至比当土匪更可恨。留四为了洗刷恶名，证明自己清白，就找着会首说，他愿意去关帝爷面前发毒誓来洗刷自己，会首同意了。留四在关帝爷面前发誓：如果土匪绑票是我点的眼，就失火烧死，掉井里淹死。巧的是那两年雨多，蒋河里水大，留四从伯岗集赌博回来，仗着水性好要游过河来，结果淹死了。据说留四娘生留四前生过三个男孩，都没成人，夭折了。生下留四，就取名叫留四。留四倒是成人了，长大了，但未得善终。虽然不是掉井里淹死的，在河里淹死也是淹死，那恶名也无从洗刷干净。乡亲们厚道，没谁再说留四的不是，倒有几分同情了。因为留四媳妇还没生养，在留四死后就马上改嫁了，留四这门人算绝户了。

俺庄那么普通平常，竟还建有座关帝庙，可见对关老爷的信仰是多么普遍。家乡最感叹的一句话：那是报应啊！一句话算解释了一切，你不信关老爷，你不讲信义，有你受的。上至帝王将相，下到贩夫走卒，不分阶层，不分对象，都信关公。关公代表的是一种人格，是一种立身处世的标准，不符合标准就不能作为一个堂堂正正的人，活在世上。

我们这个这么普通的村庄，都建有关帝庙，那时候肯定无人号召，也无人下达建庙指示，纯粹出于老百姓的自愿，自发地建了，这一点确应引起我们的思考。

对关公的信仰，我没认真研究过，只说"信"这一条，我们还做得远远不够，发生在我们身边的失信事例，比比皆是。如果人与人之间，官与民之间，企业与企业之间，都能做到"信"，我们的社会也会更前进一步。我们的文化主张是传承创新，如果没有传承，何谈创新呢？

我不主张"崇古"，更反对"泥古"，我认为把老祖宗好的东西，发掘好，弘扬好，是我们该做的事情。

# 土地庙

俺庄的土地庙在庄中间，离西坑不远，只一间小屋，低矮寒碜得还不如寻常农家，更无法与关帝庙比高大轩敞。

土地庙塑有土地爷和土地奶奶，老两口都发白如霜，慈眉善目，没一点儿威严感。

土地爷恐怕是众神中神阶最低的了，但管事却不少，还最直接，和现在的派出所有一比。谁家老人去世了，在给亲戚邻居报丧前，要先去给土地爷报丧。家父×××，或家母×××，于什么时间仙逝，跪禀土地爷您知，孝子×××，注销户口似的。人死后讲究入土为安，你要入土，这土是土地爷管的，你不打个招呼不行。如果尽了这个礼道，据说土地爷还会主动为逝者引路到坟茔，让逝者真正做到入土为安。

土地爷的真正神职，是保一方平安。一个村的土地爷，就要保这一村平安。中国人理想中的平安日子，就是日出而作，日入而息，男耕女织，吃饱穿暖。平安的基础就是土地和土地上生产的粮食。祭祀土地的场所称社，土地爷就是社神，也称土神。稷是五谷之一，代表粮食，称谷神。土神加谷神就是"社稷"，后来发展成为国家的代称，也就是我们常说的"江山社稷"。

中国人关于土地崇拜的历史悠久。传说朱元璋就出生在土地庙里，所以明代对土地的崇拜更胜于以往，村村都有土地庙，逢年过节，都不忘去给土地爷烧香上供，尽管祭品菲薄，但都不忘土地爷这一份。

过年时家家户户贴春联，土地庙也要贴副春联，譬如"上能生万物，下可发千祥"什么的。据说河南永城有座土地庙的联语写的是：莫嫌我庙小神小，不来烧香试试；休仗你权大势大，如要作恶瞧瞧。

土地爷虽然神阶低微，但显灵的民间传说很多。有一个关于河南商丘的土地神显灵的传说：在抗日战争时期，有一次日军开展大扫荡，有一家人来不及逃走，躲进了土地庙里。日本兵进到庙里，看了看又扭头走了，愣没发现这家人，土地庙那么小，藏是藏不住的，除非土地爷显灵，让日本鬼子变成了瞎子，保了这一家人性命。日本兵走后，一家人跪在土地爷面前，感动得泪流满面。说这事还是当事人亲口讲的。

看电视剧《西游记》，孙悟空为捉妖拿怪，每每把土地公找来，问询妖怪的出处，态度还那么蛮横，现官不如现管，你孙悟空有火眼金睛，离开土地爷你也是瞪眼瞎，人家虽然神小，但管的就是这一片，门儿清。

## 生产队仓库

我们生产队的仓库就在牲口屋的西隔壁，也算是社屋的一部分。

后来老看到凡是仓库所在地，都写有"仓库重地"四个大字，想我们生产队的仓库也应该是"重地"。重不重呢？重。仓库里保存着给社员分配后所有剩下的粮食，小麦呀，大豆呀，玉米呀，高粱呀，绿豆呀，这些粮食大部分是留作种子的，也有些是作为生产队开销的。

常说："饿死爹娘，留着种粮。"农民对种子的重视程度可以说高到天上了。你手里空有土地，没有种子你种不成庄稼，你无法继续生产，你也无法继续生活，你走的就是一条绝路。一个生产队就好像一大家人家，那仓库保存的就是这家人明年种地的种子，什么还能比这更重要呢？

生产队顶着个集体经济的牌子，生产队的账上却无钱可花，穷得叮当响，你没入项没人管，但必需的出项你不能不出。譬如上级来个人需要安排吃派饭，派到谁家谁管饭，但不能让人家白管，事后生产队要从仓库里取些粮食给人家作为补偿。这时仓库不但发挥着保管作用，还发挥着财政作用，它要不是重地，还有什么地方可以称为重地呢？

实际上仓库也就是三间房子，我高中毕业后当过几天仓库保管员，看仓库里除了那几囤粮食，还有一些桑杈、扫帚、扬场锨，有几面红旗，有两幅可以挂标语的红布。仓库门上有三把锁，钥匙分别由三个人拿着，队长一把，会计一把，群众代表一把。我当时算是群众代表，所以也攥了一把。三个人到齐，才能把仓库门打开取放东西，也算是民主执政了。

仓库保管看上去好像有点权力，实际上也沾不了多少光。你总不能把公家的粮食搲回家吧，小麦、大豆等粮食，你也不能生吃吧。但有一样可以生吃，就是芝麻。从芝麻囤里抓把芝麻，放在手里吹干净尘土，可以吃。但这东西也不能多吃呀，也不能照饱住吃呀，吃多了肠胃也受不了，会拉肚子，为了多吃把芝麻，再拉两天肚子，那可真得不偿失了。

仓库里也不是光有死东西，也有活的，就是老鼠。官仓老鼠大如斗没见过，仓库里的老鼠比社员家里老鼠大、肥，倒是真的。我们开门进去，老鼠们仓皇逃匿，我们多少天也不去一次仓库，其他时间它们可以尽情享受。我们也想了不少办法消灭老鼠，好像也捉住不少，可是老鼠从未绝迹过。无外是今天多些明天少些而已。

有一年快过春节的时候，我早晨起来，看到大街上围着一群人在那里议论，说是生产队的仓库昨晚上被盗了。盗贼是在仓库的后墙上挖了个洞进去的，搲走了几十斤麦，其他粮食没动。仓库的后墙外边就是田野了，天寒地冻的，夜里谁也不会去那里转悠，可见贼是很了解底细的。

有的人说："这肯定是家贼，外人哪能恁摸底！"

"要是外贼，不会只搲你点儿麦。"

"这也是年过不去了，才走了这一步。"

"不知道能不能破案？"

"破个气儿，你还能看出那是谁的脚印？"

"夜后晌我就听见老鸹叫，就知道要出事。"

"你神哩不轻，知道要出事咋不给队长说。"

队长走过来，给大家说："别在这瞎喳喳了，走，你们几个跟我去把后墙补上再说。"

大家也就散了，各回各家吃饭去了。

仓库的后墙补好了，案终究没破。

# 阶级成分

现在已不是阶级斗争天天讲的年代了，现在的年轻人，你要问他家原来是什么阶级成分，他会一脸茫然，如坠五里雾中。

我们小时候，成分可是天大的事，关系着你的人生，你的命运，你的工作，你的生活。城市的事情我不清楚，农村的阶级成分粗分有四种：地主、富农、中农、贫农。细分，中农里边又包括上中农、中农、下中农，贫农里边还包括雇农，但一般都说成贫农。地主、富农属于"黑五类"，贫农、下中农属于"红五类"。你要是"黑五类"的子女，等着倒霉吧，上学呀，参军呀，都会受到限制。你要是"红五类"的后代，所谓根正苗红，上学、参军都不会受到影响。当然，你是贫下中农成分，也没谁保证你能上大学，你能去参军。

我们家的成分是下中农，"红五类"。那时候我就想，父母亲都是老实巴交的农民，生我养我，没提供什么充足的物质财富，但也没有在我出生前，就预备下一顶地主富农的帽子给我戴。凭这一点，我就得终生感激他们，孝顺他们。

下中农成分固然很好，属于党在农村的依靠对象，但我觉得到底比贫农还是差那么一点儿。我就问奶奶我们家为什么不是贫农，奶奶笑着说，因为我们家划成分时有三亩薄地，如果再晚划两年，说不定连下中农也当不上，那几年收成好，攒下点钱，正打算再买两亩地，我暗自庆幸家乡划成分来得真及时。我没敢再问奶奶，家里要是有五亩地，该划个啥成分。我自己心里估摸，五亩地不至于划成富农，但中农或上中农是跑不掉的。要是那样，虽然滑不到"黑五类"去，但也不是"红五类"了，也不是党的依靠对象了，变成中间力量了。思前想后，唉，下中农挺好。

爷爷死得早，奶奶寡妇熬儿。一个小脚女人，拉把一双小儿女，爷爷去世时，父亲和姑姑年龄都很小，一个五岁，一个两岁，家里、地里全靠奶奶自己。她居然能让两个孩子吃饱穿暖，长大成人，还能置买下几亩薄地，薄地也是地呀！她能靠什么呢？只能靠自己的苦劳俭省，靠那样一股坚韧立家的劲头。奶奶在我心目中的形象，永远是那么高大。

贫农，在奶奶心目中并不像我们看得那样金贵。有一次奶奶给我讲，贫农好是好，也不能拿贫农当饭吃呀。前门儿谁谁家，他爷盖楼时他年纪还小，一头挑块砖，一头挑块瓦，吆喝着卖砖卖瓦。大人见了都说不吉利，保不定将来这孩子要把他爷的家业败了。这孩子长大后染上了赌博，赌得地也卖光了，家也卖光了，真把家业败了。新中国成立后是划了个贫农，但好吃懒做的旧习不改，现在日子过得也不好呀，人得正干。

成分不能当饭吃是真的，成分能影响人的命运也是真的。我们从初中升高中时，正赶上"高中不出公社"的教育体制改革，不考试只要符合其他条件，就可以直接上高中。但有两个初中同学没能读上高中，原因无他，就因为是地主成分。这两个同学学习成绩都很好，和我关系也不错，我很为他们没能上高中的事感到遗憾，那有什么办法呢？那是个处处讲阶级成分的年代呀！

# 四清运动

四清运动，又叫社会主义教育运动。全国开展这项运动从 1963 年就开始了，真正波及俺庄是 1965 年了。"四清"就是清政治、清经济、清组织、清思想，我父亲当时是生产队会计，是清的对象。既然是清的对象，那就是不清。当时把生产队干部叫"四不清干部"，我父亲也算四不清干部。我们家算是四不清干部家庭，父亲好不容易为我家挣到的"干部"两个字，真到人们说起时又给抹掉了，变成了"四不清家庭"。

有一次我和父亲聊天，开玩笑说："老爹，你真行。人家都是运动结束时，才给家里挣顶帽子。打成右派，是右派家庭；打成反革命，叫反革命家庭。这'四清'一开始，你就给咱家挣了顶'四不清'的帽子戴戴。"父亲听后，开怀大笑。你甭说，老父亲这一辈子，还就是四清运动中被称为过"干部"，辉煌了一把，之前别人顶多称他会计，之后让他再当会计，他抵死不干，丧失了干部身份，就一直是普通社员了。

四清运动结束时，父亲退赔二十多斤小麦。后来，全大队在学校操场里进行四清运动成果展览，放了一大圈桌子，把全大队每个人退赔的东西都摆上，用个红纸条写上退赔人的名字，热闹得像个集会。我和几个同学，饶有兴致地去参观展览，在中间找到了我们家那只笆斗，挂着的红纸条上面，写着父亲的职务和名字。我指给同学说，这是我爹退的。口气中一点惭愧也没有，甚至还有点小得意，再不济我也算干部子女呀！其实我家那只笆斗能盛四十斤粮食，为了显示运动成绩，尽管只有半笆斗小麦，也只好摆上去壮壮门面。后来我问父亲，你当五年会计，每年都往家里拿四五斤麦？父亲说，哪是拿五斤麦，都是折算的，每年年终决算后，参加决算的人一起吃顿饭，酒菜都算上，折成五斤麦，五年，五五二十五斤。

四清运动具体怎么进行的，那时候我年龄小，没有多少深刻印象。不记得开过什么批判会、斗争会。我们队里既没地主，也没富农，有地主、富农的生产队，随时都能召集个斗争会开开。

负责我们队运动的工作队员，叫李青兰，睢县人，是个十七八岁的大姑娘。人长得白净匀称，水灵灵一双大眼，会说话似的，人又爱说爱笑，她经常逗我玩，我母亲让我喊她青兰姑。青兰姑经常在我家吃派饭，那时候农村晚上基本是不做饭的，吃点剩馍剩饭就打发了。逢这时，母亲就让我去给青兰姑送饭，也就盘里放一个两个窝头，半小黑碗酱豆。我送去后，青兰姑并不忙着吃，饭是凉的，反正早吃晚吃都一样。青兰姑问我学习怎么样，考试多少分。高兴了就夸我，不高兴了就佯装生气说，学习不好以后就不要给姑送饭了。我赶紧激昂地表一番决心，无外乎坚决听姑的话啦，保证下次一定考出好成绩啦，逗得她大笑。有时她会笑得前仰后合，手捂着胸口。有时在院里追我，作势要把两手插我怀里让给她暖手。我想青兰姑长得那么漂亮，衣服穿得那么干净，竟然不嫌弃我这个脏兮兮的小孩子，所以我内心对她很有亲近感。可是四清运动结束后，青兰姑就回了睢县，再没见过。后来每次去睢县出差，总想再见青兰姑一面，可是又无从打听消息，终未了却这个心愿，但愿她一生平安幸福！

## 『文化大革命』

"文化大革命"爆发时，我刚刚十岁，懵懂无知，又生活在偏僻的农村，连张报纸也看不到，那真叫一个置身事外。

我一个本家哥在县城读高中。一天，他几个同学来找他，胳膊上戴着红卫兵袖章，上边还印有"暴风骤雨战斗师"。我们几个小孩子，只管围着看热闹，也不知他们在说些什么，但心里对那红袖章艳羡得不行。

有一天，我正在街头和几个小伙伴玩耍，三奶奶在家门口喊我，扯着我的手到她家，说，你叔从大队给你带的好东西。三奶奶从桌上一个纸盒里拿出一块长方形的红布条，在我身上比画一下，拿起针来缝在了我衣服的左胸上。我看到红布条上面印有黄色的字：你们要关心国家大事，要把"无产阶级文化大革命"进行到底！毛泽东。好家伙，毛主席要让我们关心国家大事，尽管我不知道啥是国家大事，心里仍然涌起一股热浪。我跑到小伙伴中间，好谝了一回，似乎是我佩戴上这小小的胸标，从此就和国家大事发生了联系，你们没有胸标，国家大事和你们没有关系。

我当时读书的学校，是本大队的小学，学生年龄都小，不知道怎么造反。一天，老师拿着一沓红袖章来到教室，宣布翟桥小学也要有红卫兵了。然后，给每个同学发了一个红袖章，一个别针。班里马上乱了起来，因为有的同学认为袖章应该戴右胳膊上，有的同学认为应该戴左胳膊上，争执不下。最后还是老师发话："统统别在左胳膊上，当无产阶级革命的左派，红袖章别在右胳膊上像啥话。"

我们的红袖章上只印有"红卫兵"三个毛体字，也没有什么战斗队，更没什么战斗师。等大家都戴好后，老师说："这当红卫兵的只有五年级、六年级的同学，四年级以下的同学年龄小，不能当。一会儿我们要和六年级同学一起去游行，大家要精神点，不能给五年级丢脸，大家记住没有？"我们齐声喊："记住了。"

五年级、六年级同学加在一起，也就一百多个孩子，在老师的带领下，打着红旗，敲着锣鼓，在我们大队的地盘上游行一圈。喊的口号是："千万不要忘记阶级斗争""要把'无产阶级文化大革命'进行到底"等。前一个口号字少，喊得齐；后一个口号字多，总喊不齐。显得我们这支红卫兵队伍战斗力不够强似的。

一天，有几个从郑州来的红卫兵，在我们学校墙上刷标语，我们围着看。他们看我们戴着红卫兵袖章，看我们的袖章上只有"红卫兵"三个字，就问我们是哪一派。听说城市里两派正在干仗，我们担心回答错了挨打，就说我们也不知道是哪一派。不是滑头，我们也确实不知道我们是哪一派。他们刷的标语是：河造总战友们，起来战斗吧！

过了几天，又来几个红卫兵，也在我们学校墙上刷标语，说他们也是从郑州来的，也问我们是哪一派，我们还是说不知道是哪一派。他们刷的标语是：二七必胜！河造总必败！

"文化大革命"的烈火似乎没有烧到俺庄，社员们都没加入红卫兵，更没有什么战斗队，还是生产队。干一天活，挣一天工分，不干不给分。最高潮时也就是站在毛主席像前喊几句口号。偶尔谁去县城一趟，回来说些见闻，什么两派干仗了，动刀了，动枪了。县委书记被斗了，县长被抓了，你要问县委书记、县长是谁，他也给你说不清名字。批了谁抓了谁，和俺庄实在没多大关系。

那时逢开会，都要喊"敬祝毛主席万寿无疆""敬祝林副主席身体健康"。村里有个辈分最高的老爷，他喊的是：敬祝毛主席万寿无疆！敬祝我老人家身体健康！村里人听了笑笑，也没人和他较真儿，他是爷，他应该身体健康！

# 村
路

村里有人，肯定有路。俺庄的路可不像城市的路，还冠上解放、自由、建国、红旗等名号。俺庄的路，没谁给它专意起名，但指向明确，约定俗成，一说都知道，不会出差错。

出俺庄往南的路，叫去大队的路。这条路通到大队部，大队部就设在翟桥大队所属的几个自然村中间，也算是全大队的政治、经济、文化中心了。

往北的路，叫去洼王的路。从俺庄往北走，经过的第一个村就是洼王。洼张洼王，你听这名字，亲弟兄似的，都是"洼"字辈。

往西的路，叫赶集路。从俺庄往西能到的第一个村就是伯岗，是公社所在地，又有集市贸易，所以叫赶集路。你要说成是去公社的路，大家心里也明白，但没人这样说。当个社员，连大队部几年还不去一次，咸不咸淡不淡，谁跑公社去干啥？我敢说，百分之九十的社员，一辈子没去过公社，去伯岗就是赶集，不是去公社办事。

往东的路，叫去李显武的路。这条路我是再熟悉不过的了，我在李显武小学从一年级读到四年级，一条路天天走，一天走四遍，走了四年，还能不熟悉？这条路，不知留下多少我童年的脚印，多少儿时的欢乐。

以上说的都是大路，大路也不止四条。譬如与去大队的路平行的西边，还有一条去翟桥的路，与去李显武的路平行的北边，还有一条去贺庄的路。所谓大路，你可以把它变窄变宽，变平平整整或坑坑洼洼，但你不能挖断，谁也没这个胆量敢把它挖断。断了别人的财路不行，断了大家经常行走的路也不行。家乡人好说：不走的路还要走三遭呢，不走路，你还能从天上飞过去？

相对于大路来说，小路多了去了，小路都是为一时的方便踩出来的，今天有，明天无，说不清，道不明。我每当看到阡陌纵横这个成语，就想起俺庄西北地那一大片田野上，秋后被人们随意踩出的小路。

小时候上数学课学到三角形，两个直角边的和大于斜边。我想这算什么学问，老百姓不学三角也知道，小路都是走的斜边，斜边是近道，坚持去走直角边，傻啊！

农村孩子没什么地方可玩的，路也是最主要的娱乐场所之一。有泥玩泥，有土玩土。滚铁环离不开路吧，刷鞋擦离不开路吧，捉迷藏离不开路吧，垒瓜园离不开路吧，路就是我们的娱乐舞台。长大了，我在村路上拉过架子车，挑过庄稼，顶过风雨，曝晒过烈日。

我的一辈辈先人，也是在这些路上，蹒跚学步，长大成人，早出晚归，劳苦耕作，死后被人们从家里抬到路上，再从路上抬到地里埋掉，入土为安。一个人的生与死都和这些路连着，一个人的一生就写在村里的这些路上。

## 打麦场

每个生产队都有一个打麦场，场里当然不只是打麦，其他庄稼需要脱粒晾晒，也要在场里收拾。

那时候还没有脱粒机，地里庄稼收回来先堆放到场里，逢着晴天，再把庄稼摊开晾晒，晒干后，由牲口把式套上牲口，或牛或驴，拉上石磙，石磙后边挂上耢石，对庄稼进行反复碾压脱粒。然后用桑杈把秸秆挑走，剩下粮食拢成堆，由老庄稼把式操起木锨，顺风扬场，让籽粒和籽壳分开，这样粮食就可以收起归仓了。扬场这活得是老庄稼把式干，常言说，会扬场一条线，不会扬场一大片。很小的风，老庄稼把式也能把籽和壳分开。如果是新手，不得要领，即使风大，也不能有效把籽和壳分开。

打麦场的位置一般在耕地近处，便于存放庄稼。生产队的仓库一般离村庄比较近，便于照看，二者中间总有些或短或长的距离。粮食装袋后，一布袋一布袋堆放在场里，每布袋重一百斤左右。队长一声令下：把粮食搬仓库去。这可是有本事人显能的时候。有的人捉住布袋的一头，搭脚一挑布袋另一头，说声"起"，一袋重约百斤的粮食已到肩上，活干得干净利索，会引来一片叫好声。当然后边还有绝的，有个本家叔，先放左肩一袋，左手扶住，空出右手，招呼再来一个。看热闹不嫌事大，早有两人抬起一个布袋，放在了他的右肩上。可是人家扛两布袋粮食，二百多斤重，走起路来腰不哈，腿不颤，步伐坚实有力。我打心里佩服得很，只让我扛一袋，也会累得盉歪甲斜，脚步踉跄。

夏天的夜晚，男人都去场里睡，场里落不住蚊子。一个人掂领凉席，拿个被单，就齐了。枕头不需要拿，到场里随便找点东西塞脖子底下就行，真不凑手的话，枕自己两只鞋也行。躺在那里，要么听大人讲故事，要么数星星。这种滋润劲儿，庄稼人叫哪有风头朝哪，城里人是享受不到的。

到了冬天，除了场边有一个或两个麦秸垛，其他地方都空闲着，地面又大又平整，就成了我们玩各种游戏的理想场所。摆瓦、斗拐、打耳、摔跤、踢毽子。再无聊了，就找那俩石碌斗法，或者比谁能把它搬转圈，或者比谁能掀它翻跟斗。你能让石碌转圈，你能让石碌翻跟斗，还有个转多少翻多少的差别呢，如果你根本转不动、翻不动，那就跟着看热闹就是了。等能显摆的人都显摆够了，看热闹的人也尽兴了，才呼啸散去，有的人累得回家能多吃半个窝头。

麦秸垛的麦秸，是生产队用来喂牲口的。冬天里，我们几个小孩子扯下两箩斗，躲到偏僻处去燃着烤火，没烤热呢，麦秸已烧完了。麦秸不经烧，甭说取暖了，北风吹得人上牙打下牙，浑身发抖。所以我们说谁爱发脾气，就叫麦秸火性子，一点就着，别人还没明白咋回事，他已经销捻了。

家乡的打麦场没有什么建筑，更谈不上什么高大的建筑，但也勉强算得上生产队的一项基础设施吧。

## 红薯窖

既然红薯是我们的主粮，红薯的保存就是大事。已经晒成的红薯干，鲜亮也罢，有点霉变也罢，放到屋中囤里不用再操心了。可是还有鲜红薯呢，鲜红薯是用来烀着吃的，又甜又面，可比用红薯面蒸的窝头好吃多了。鲜红薯可比晒成的红薯干娇嫩多了，你直接放在屋里连一个月也撑不过去，保准烂掉，必须窖藏。所以俺庄家家都挖个红薯窖，把鲜红薯放在里边保存，以供长期食用。

我家挖红薯窖都是父亲的事。你别看就是那么一个约三尺宽、五尺深、八尺长的坑，掌握不好会塌方的。父亲把窖挖好，再用高粱秆或玉米秆棚住，再封上厚厚一层土，只留一个可以进出的小口，这红薯窖就算修好了。然后把鲜红薯放进去，把小口也封上，以后每下去一次，取出够三四天吃的量，然后再把窖口封好，这样一直可以长期保持鲜红薯不会坏掉，我想这也是那时候的土冷库了。

红薯窖留的出入口，当然越小越有利于红薯保鲜。口小了大人不便进去，去窖里取红薯（我们叫拿红薯），自然就轮到了小孩子，反正我们家去窖里拿红薯，基本上是我专有。

拿出来的红薯吃完了，母亲会吩咐我：没红薯了，去窖里拿点红薯吧。然后把窖口打开，在我腰里绑根麻绳，把我从窖口坠下去，然后再吊下个小篮筐，我赶紧把篮筐拾满，让母亲提上去，拿够了就把我再吊上去，然后再把窖口封好，这叫拿一次红薯。红薯窖由于长期不通风，进去就能闻到刺鼻的霉味，觉得出气都不顺畅，所以每次拿红薯，不用母亲催，我也不会在里边贪玩，总想着越快越好，早点出去透透新鲜空气。

说是红薯窖，窖里放的可不都是红薯，除了红薯，还有胡萝卜、白萝卜，有时还放一些刚发芽的芹菜和韭菜。过一段时间，长出的芹菜和韭菜，颜色黄澄澄的，就是芹黄和韭黄了，如果正赶上春节待客，这可是下酒的佳物，比到集上去买省钱多了。

现在有些酒，老标榜自己是老窖，老窖有什么好的，我一喝就想起我们家的红薯窖，想起红薯窖里的那股霉味，即使酒的味道确实不错，我也不愿置一句赞词，烦着呢。

红薯窖里的东西都是我爱吃的，但红薯窖里的味道我实在不敢恭维。道理是：农家过日子没有一个红薯窖行吗？不行。红薯窖都是挖在自家院里，和现在家家有电冰箱一样，是标配。

## 赶集赶会

农村人要想买卖东西，就要赶集赶会。集，我们家乡一般指以早晨交易时段为主的集市，所以也叫早集、露水集。集市上交易的物品多是日常所需，米面油盐、萝卜白菜。会，也叫庙会，是指以上午为主要交易时段的集市，如果是大的传统庙会，也有全天或多天的。交易物品仍然少不了日常所需，但大宗交易多是在庙会上进行的，没听说谁为了买卖牛马驴骡去赶集的，都是去赶会。

我们家赶集上店的事，母亲比父亲多。母亲去赶集，主要是把自己辛苦织成的棉布卖掉，然后再买回点零东碎西。父亲大方惯了，让他去卖布，同样一匹布他总比母亲卖的钱少，本来就是赚几个辛苦钱的营生，这可不是大方的时候，也大方不起。

我和奶奶一起去伯岗赶过一次会，带的钱还被小偷偷了去。奶奶气得大哭了一场，以后她就很少去赶会了。当时我虽然年龄小，恨不得去和小偷拼命。小偷的工作是偷钱，不是拼命，人山人海，你想拼命也找不着人。

有一次我给大人闹着要去赶会，父亲吵我："又不买又不卖，你去赶啥会？"奶奶说："今天又不上学，想去让他去吧，看看热闹。"父亲不再说话，以沉默表示同意。临走前奶奶还塞我手里一毛钱，一毛钱对我们小孩子来说可不算小数，因为当时我自己连一分钱的积蓄也没有。会上人很多，我和另一个小伙伴在人群里钻来钻去，感兴趣的地方就站着看一阵儿，不感兴趣的地方就一掠而过。从街东头挤到街西头，挤了一身汗，看日头天已晌午了，肚子饿得咕噜咕噜叫，手里的毛票攥得也汗湿了，很想吃东西。可是一毛钱能买什么呢？饭店肯定进不起，一毛钱在饭店倒是能买一碗杂烩汤。杂烩汤我喝过一次，味道很不赖，里边有粉条，有豆腐，还有一两块小酥肉，但一碗汤俩人怎么喝呢？正犹豫时，看到一个推着自行车卖绿豆面煎饼的，就怯生生地凑过去问人家多少钱一张，人家说五分钱一张。心里一紧张又问人家一毛钱两张卖不卖？那人看了看我俩，看得我有些不好意思，最后人家说卖，我说要两张。我把汗湿的一毛钱递上，人家小心把钱展开看看，并不缺边少角，就夹给我俩一人一张煎饼。这煎饼比自己家烙的又小又薄，一会儿就吃完了，两手还沾满了油，用鼻子闻闻挺香的。回家的路上，小伙伴说："都说你数学好，好个屁，人家要五分钱一张，你问人家一毛钱两张卖不卖，人家会不卖？"其实我当时问过就后悔了，刮过去的风，说出去的话，又收不回来。我要求小伙伴必须替我保密，吃人的嘴短，他发誓说绝对不会告诉别人。结果第二天就有人臊我："一毛钱两张卖不卖？"我知道那货已经把我卖了。

伯岗是公社所在地，每天都有集，半月才逢一次会。有的村庄平时连集也没有，每年要在固定日子逢一次会。这样的会往往已有很长一段历史了，背后还隐藏着一个个故事。有的村庄本来没有集，但由于离周围的集市路程远，不方便，几个热心人和大小队干部商量好，也可以自己起集。连唱几场大戏，连放几场电影，慢慢也能培养出一个小集来，方便了附近老百姓的生活。有些地方本来有集，因管理不善，再加上有些小地痞捣乱，慢慢没人赶了，集也就死掉了。

农人除了整天在地里侍弄庄稼，能换换口味的事，也就是赶集赶会了。集上会上，人头攒动，即使不买不卖，也不妨到集上会上溜达溜达，瞅瞅稀罕，看看热闹。

# 理料房子

以前写过一篇有关"盖房"的小文，觉着说得不够，就再说说。盖房确是农村的大事，更是一家一户的大事。所以，我们家乡把盖房说得更庄重些，叫理料房子，而不轻描淡写地说盖房。

要想理料房子，一般人家总要经过好多年的努力才能实现。可不像现在，出去打一年两年工，就可以回家盖房了，甚至盖的还是楼房。

那时候盖房一般就是盖草房，能盖瓦房的人家很少。即使盖草房，从理料的角度讲，你也得准备椽子梁檩，也得准备些砖头土坯，麦草倒是年年都有，不会太费事。自家院里或地里栽的树，要长根椽子好办，一年两年就成，要长成梁檩没有五六年不行，甚至要八九十来年。

砖是用来打根脚的，不打根脚直接把房墙扎在地上，不几年墙就坏了。盖房又不是垒鸡窝，说扒就扒，说拆就拆。墙根脚我们又叫碱脚，之所以叫碱脚，实际上就是防止地下盐碱泛上来腐蚀房墙。碱脚当然是扎得越多越好，至少要用砖垒三层，多的五层、七层、九层。你要是浑砖到顶，那还盖什么草房，干脆盖瓦房算了。即使盖瓦房，也不一定能做到浑砖到顶，可以外立面用砖，里边用土坯，我们叫里生外熟。有的限于财力，瓦房不能一步到位，苫房顶时可以一半草，一半瓦，我们叫罗汉房。等再积攒些时候，翻盖房时再加一半瓦，把麦草换掉，全部用瓦，罗汉房就变成了瓦房。

即使盖草房用的砖也不是一年能置买齐的，往往是今年买一些，码在院里，明年再买一些码上去，后年买一些再码上去，直到攒够盖房用的为止。椽子梁檩也是，今年攒下十来根椽子、一根檩子，堆放在院里墙根处。明年再有十来根椽子、一根檩子或一根大梁进家，不管这些木料是你自家地里长的，或是在集上买的，反正你得攒够，攒不够没法盖房。这个过程就是理料，你不理料就无法盖房，除非你发了笔横财，否则甭想。

如果家里能盖得起瓦房，男孩子找媳妇就有了优势，介绍人会向女方介绍，人家有三间大瓦房。这在当时对女孩子是有一定吸引力的，三间大瓦房对应的就是三间茅草房，差别明显着呢。

我们家的经济情况一般，住的一直是草房，到我高中毕业后才住上瓦房。想着也是大人们觉得我也该说媒了，住的还是草房，日子显得穷相，加上人又长得丑，谁家的闺女愿意往坑里跳，跟着你去过穷日子呀。我要是真打了光棍儿，不能传承烟火，奶奶还不得愁疯。

家乡盖房时从不请专业建筑队，请专业建筑队是要花一笔钱的。庄稼人过日子，能省的地方一定要省。只要说谁家盖房，打个招呼，亲戚邻居都会来帮工，其中会泥瓦活的有的是，都会自动掂把瓦刀过来帮忙。不会泥瓦活的人当然也要来帮忙，送砖递瓦总会吧，打水和泥总会吧。主家只需要备上烟，备上茶，等房子盖好后，为了表示感谢可以请顿酒。如果手头紧，不请酒也没人计较。这样主家不需要支付工钱，你给人家人家也不会要，乡亲乡邻的谁好意思收你的工钱。再说，保不定哪天自家也要盖房呢。驴啃痒，讲的是来回嘴儿。

起新房一般都是要在农闲时候，如果地里焦麦炸豆，你要盖房谁顾得上去给你帮忙。还要选黄道吉日，不能冲了太岁，俗话说谁敢在太岁头上动土？什么叫冲太岁，我至今也不懂，但农村有人懂。

盖新房的第一步是夯地基。铁夯上绑十几条绳子，由十几个人用绳子一齐提起落下，要做到步调一致，靠的是掌夯人的夯歌，否则人再多也没用。掌夯人会的夯歌越多，越能激励大家的劳动热情。我们小孩子爱看打夯，爱听夯歌。人家大人打多长时间，我们就有兴趣看多长时间。有个大伯很会掌夯，会的夯歌也多。我怀疑他的夯歌都是随时编的，眼前什么事情都能编进去，还穿插有历史典故、传说故事。从开始到结束，整个过程唱的夯歌可以不重复。我现在也只能记起这样几句：爷儿们呀，加把劲呀，高高举呀，稳稳放呀。程咬金呀，坐瓦岗呀，当了王呀，住新房呀。宋王爷呀，坐东京呀，有宝塔呀，有龙亭呀。大家附和以"哟海"声，好像不是在劳动，而是在娱乐，像在搬演一台好戏。

上梁是盖房的重要节点，因为房墙已基本垒成，上了梁就要盖房顶了，所以要放一挂很长的鞭表示祝贺，还要写副对联贴在新梁上："青龙缠玉柱，白虎架金梁""金梁拔地千年固，玉柱擎天万事兴"。

不管是草房还是瓦房，房顶苫草苫瓦都是技术活，苫不好新房也可能漏雨。如果主家人缘不好，盖的新房漏雨了，肯定不会是大毛病，主家不向外说，外人也不知道，凑个机会修一下就是了。主人要往外说出去，那叫找着丢人。再说，你也不知道是谁使的坏。

在家乡，谁家能盖得起新房，哪怕是草房，也是这家男主人的脸面。能理料房子，谁也不敢笑话你没本事。

## 争地边儿

地是农民的命根儿，农民不爱惜土地，还能叫农民吗？所以农村有不少矛盾和争地边儿有关。

那时候农村的耕地是集体所有，要争耕地的地边儿也不是两户人家去争，要争也是队与队争、村与村争。生产队与生产队的地界，这村与那村的地界，一般是隔了一条路，甚至隔了一条河，再强量你也不能隔着河去挖人家的地，即使只隔条路，你也不能隔着路去挖人家的地呀，你顶多把靠着你生产队这边的路，多挖下一犁去。可路你也不能挖断呀，因为路不光人家走，你自家也得走呢。为了多种一垄庄稼，总不能把自家的路也断了吧。对面的生产队看你多犁一犁，他也多犁一犁，路窄得几乎走不成了。走不成都走不成，也不是光人家走不成，所以队与队、村与村一般不会发生土地纠纷。你占小便宜多犁了一犁地去，有时碰到对面的生产队长胸襟大，他不去对着犁，而是给这边生产队长说，看你种地种得贫的，这一犁下去你们秋后每个人能多分百把斤粮食吧？对面的生产队长脸上挂不住，骂自己队的人不会办事，第二天又派人把那一犁土再翻过来，家乡人把这种事叫"丢人打家伙"，因为你费事巴力犁了两次，一点便宜也没占着，还被人家数落一顿，图个啥呢？真是。

在村里争地边儿，就是争宅基地的边儿，没有别的地边儿可争。宅基地能有多大，顶多三五分地，要争的边儿就更小。要么是你盖房没留滴水，或滴水没有留够，下雨时你家房上的积水流到人家地上，人家不愿意。要么你打院墙时，坐住了人家的地，人家也不愿意，这样矛盾就产生了。有了矛盾，先是吵，后是骂，最后是打。在吵骂发生的时候，长辈可以来说和，生产队干部可以来调解，生产大队干部可以来评理。真打起架来，互相抓挠几下，不伤大脾气，也可以调解。如果打伤了，甚至出了人命，那不用调解了，要动用法绳了，该蹲监狱蹲监狱，该抵命的抵命。双方虽然嘴硬，实际上内心后悔，何必呢，原来是那么好的邻居，从此两家结下仇冤，见面乌眼鸡似的，恨不得把对方吃掉，你走过去了吐口唾沫，他走过去了轻骂两句，总不能天天打着过吧，除了添堵还是添堵。

争宅基地边儿，你不会隔着人家去争呀。要么是邻居，要么是亲兄弟，不是这么近的关系，宅子不挨边，犯不上争。争地边儿把原来的好邻居争成了恶邻，把亲兄弟争成了仇人。

我上高中时，一次放学回来，母亲给我说，你二叔盖房子向后坐了二尺，压住了咱家的地，你父亲不愿意，两个人吵了一架，差点打起来。我听了心里好不是滋味。二叔和我父亲是一个爷的亲叔伯兄弟，他们在我心目中都是受尊敬的人，怎么为了二尺地闹到这个地步，我很不理解。母亲说完后，我什么也没说。我既不能让母亲伤心，觉得她这个儿子扛不住一点门事，我肯定也不会掂起抓钩就找二叔拼命。此后，我见了二叔像以前一样，就当什么事也没发生过，但是心里总觉得中间多了一层隔膜，不像以前那样亲了。

那时候有一句话：农村工作两台戏，计划生育宅基地。宅基地面积小，在农民心里大。

当我写下这些文字时，二叔也于今年春天去世了。真是世事如流水，生前较真儿的事儿，多年后，都像空气中的烟雾一样流散了。

# 苇坑

俺庄除了三个大坑外，还有一些小坑。大坑有名，东坑，西坑，南坑。小坑很少有名，我家地里的坑，却有名，叫苇坑，恐怕也只是我自己这样叫，别人未必知道。苇坑也就六七亩地大，说是我家的苇坑也不准确，因为一半是在正叔家的地里，甚至论面积正叔家还要大些。同是一个坑，正叔家的地里长的是芦苇，我家地里长的却是芦荻，中间苇荻交错，我家地里也会长几棵苇子，正叔家地里也会长出几棵荻子，芦苇、芦荻亲如一家，分不那么清。收割时各按地界收割就是，两家从未发生过割多割少的矛盾，你想坑里哪会有明显的地界呢？

从我小时候起，苇坑年年都长出同样的芦荻芦苇，一岁一枯荣，像一本流水账簿摊放在那里。苇坑就是一片洼地，也不是人们专意挖的，除了下大雨会存水，平常是看不到水的。也没问过大人，为什么我们这边地里长芦荻，正叔那边地里长芦苇。每年秋天收割后，人们并不像种庄稼一样，把地再犁耙一遍，明年再去播种，谁也不去管它。第二年春天来了，芦苇芦荻自会发芽，长成一片青绿葱翠。中间没人施肥，也不会有人浇水，芦苇芦荻该抽穗时自会抽穗，节令到时，叶子该变黄时自会变黄，芦花荻花该变白时自会变白，总是一个自然而然。

大人们不去理会苇坑，可是对于我们小孩子来说，苇坑可是一处我们经常出没且值得留恋的娱乐之地。

满地芦芽的时候，周围不多的几棵树还沉默着，只有苇坑里已绿意盎然，各种鸟儿在里边欢呼雀跃，鸣奏着各自迎春的曲调。我们也像鸟儿一样在苇坑里蹿来跑去，有时提一根芦芽放在嘴里当喇叭吹，发出嘈杂之声，声音自然还是来自我们那不断流着口水的嘴巴。丝不如竹，竹不如肉，那种浓厚的兴致，谁也代替不了。

夏天里如果苇坑里积存些水，就会有很多青蛙生活在那里，每年那里的青蛙好像能先于大坑里的青蛙鸣叫。我们拾起块土坷垃，猛地扔进水里，全坑青蛙立即停止那忘我的歌唱，偶尔也有一只青蛙最后发出一声短促的"咯"，好像吐出了一个句号。但你刚转身离开，有一只青蛙带头叫了一声，全坑的青蛙又都亮开嗓门，立即响起蛙声一片。我们再砸一坷垃，蛙声停止，我们刚转身，又是蛙声一片。青蛙看我们的手段也不过如此，就和我们上演这拉锯般的游戏。我们困了要回家睡觉，苇坑是青蛙的家，我们斗不过它们，它们守着家呢。青蛙脖子那么短，嗓门却那么大，真令人稀罕。

如果坑里没有存水，我们每天都在苇丛里边穿几个来回，踩出一条条不起眼的小路，哪怕身上被苇叶、荻叶划出一道道浸血的伤口，也在所不惜。因为有些不知名的鸟儿，你在坑边发现了它，还没看仔细，它已转身钻进了苇坑，我们很想捉住它，哪怕玩两天再放了也好啊。在苇坑里我们能看到那些鸟儿，在芦苇根部灵活地自由穿行，也不飞起，也不惊慌，好像故意引逗我们。芦苇、芦荻那么细弱，不挡鸟儿，专能挡住我们，因为我们从未在苇坑里捉到过一只鸟。

秋天，芦花放白，风一吹如雪浪翻滚。风一小，我们知道有一种叫苇喳喳的鸟，就站在晃悠悠的芦苇上欢畅地鸣叫。尽管苇喳喳的叫声不十分好听，但这是我们能整天听到的鸟鸣，即使眼前的这只受到惊吓换了一棵芦苇,反正就这么大个地盘,其叫声也逃不出我们的耳朵,何况苇喳喳又不是只有一只,这只不叫,那只会叫。苇坑里的这台戏是专门给我们小孩子演的,大人没有闲心,也没有闲空儿来享受。

秋后芦荻收下来,我用它学会了编席。我真不知道以前这些芦荻都派上了什么用场,自从我学会编席后,芦荻收割到家就成了我的臣民。我要对它们一棵棵抚摸,一棵棵经手,最后编成清凉吸汗的席子。

那不起眼的苇坑,有时我还能在梦中跑回那里玩一阵,玩得不亦乐乎。

# 太平车

太平车，我们也叫大车，现在见不到了，就连去参观一些收藏农具的博物馆，也很少见到太平车。

二十世纪七十年代前，架子车尚未流行，太平车可是豫东大平原上的主要运输工具。一架太平车，由几头老牛拉着，缓慢地向前行进，那可真叫个太平。

太平车主要由车厢、车帮、车轱辘构成。车厢略呈长方形，看上去就是四平八稳的样子。太平车可以用来拉土、拉粪、拉庄稼，当然也可以拉人。如果是直行，没有急转弯，车把式一个人就能把车赶到目的地。如果要拐弯，后面需要有个人磨车，在拐弯时用肩膀扛一下车帮，就磨了个方向。

平时用太平车拉土运肥，装得多，固能显示其优越性。我觉得给太平车最长脸的事，是从地里往回拉收割后的庄稼，你有本事就往车上装吧，可以装得高如小山似的，也能运得回去。最后车把式潇洒地甩两个响鞭，"嘚喔"两声，拉车的几头牛一齐四蹄抓地，弓腰甩尾，太平车就从松软的田野上缓慢地向前移动了，稳稳地把收下的庄稼运到打麦场里去。

太平车我坐得多了，坐的路途最长的一次，是芒姑出嫁时，让我去压车。一个压车的小男孩，也是送亲队伍中必不可少的一员。送亲的太平车和平时可不一样，还要扎上彩棚，车厢里铺上席子，放几把小木椅，实际上就我和芒姑两人。芒姑穿一身红嫁衣，蒙着红盖头，手腕上戴着银镯子。一路上扯住我一只小手，也不怎么和我说话。婚车前，是送嫁妆的队伍，有抬柜子的，有抬箱子的，有抬桌子的，还有一个人专门扛了个脸盆架。送嫁妆的人的步行速度，和婚车的行进速度，真叫个和谐，谁也不会落下谁。十来多里的路，走了一个上午。下午返回时，有的人自己走了，有的人和我一起坐车回，我们到家时天都擦黑了。

我们生产队也就两辆太平车，金贵着呢，为了不让它被风刮雨淋，专门盖两间车屋安放它们。

夏天夜间，我们睡在地里看庄稼，来了急雨，跑回家是来不及的，赶紧跑进车屋躲雨。车厢里能睡两个人，那轮不上我们，我们要睡车帮。车帮是五根光掌，间隔还不均匀，要睡上去屁股放哪儿，脖子枕哪儿，得好一会儿搁摸。搁摸好了就不能再动了，再动，往里掉砸住人，往外掉摔地上。据说少林寺和尚练功就这样睡觉。

苏老泉给小儿子取名苏辙，肯定是根据太平车，太平车能把路轧出车辙来，再高级的汽车也没本事在路上轧出车辙来。

太平车就是太平，就没听说追尾过，也没听说侧翻过。真需要翻车，那要三四个棒劳力，用脊背贴着一边车帮，喊着号子，一齐用力才能把太平车弄个侧翻，你说太平不太平。

# 失落的石头

豫东平原上几乎没有山，有一个小山就是芒砀山，虽然名气很大，可用的石头很少，但在平原上生活也离不开石头呀。磨是石头的吧，石磙是石头的吧，碓窑是石头的吧，多了去了。没有石磨磨不成面，没有石磙打不了场，没有碓窑舂不成米，在平原上过日子也离不开石头。

可你现在去农村找不到这些东西了，石磨我还见到有些人收藏，叠成山，铺成路，垒成墙，尽管粗放，但总还有实物在。可石磙那么大个，竟然找不见了，谁能把它藏哪儿去呢？过去每个生产队里都有两三个石磙。碓窑可是三五户人家都有一套，可那石碓窑和石碓又能派上什么新用场呢？你用来垒墙，用来堵水，也应该能看到呀，可是我再没看到过。城市文明对农耕文明的冲击，令我有些不寒而栗，竟是这么绝情，这么彻底！

我家是有盘石磨的，就支在厨屋里，我当时绝对对它没什么好印象。吃过晚饭，本来约好和小伙伴出去玩的，听父亲说一声晚上推磨，约好的玩耍项目，立即化为泡影。正推磨时，小伙伴在门外做出很多提醒，又是吹口哨，又是学狗叫，没用。磨就是磨，磨你的时间，磨你的耐心。推了一圈又一圈，就是不见磨顶上粮食吃进去。那粮食磨了一遍，还要磨第二遍呢，甚至还要磨第三遍呢。后来我一听说磨磨他的性子，觉得什么动词用到这里都没有用"磨"字合适、传神。想不到石磨在城市化浪潮冲击下，那么不经磨！

石碌是碾场用的，碾麦子，碾高粱，碾大豆，用得上碾压一切庄稼，啥庄稼见了它都得低头，现在有收割机了，啥庄稼见它也不用低头了。庄稼如果真能见到石碌，会说以前我们见了您要低头，现在见了收割机才低头，但在见收割机之前我们一直昂着头，您现在何方高就？您是石头，石头也有走背运的时候。

我在碓窑里春过小米，双手执碓，一下一下的单调重复，好长时间才能把米春好。后来读到历史上一首民歌：一尺布，尚可缝，一斗粟，尚可春，兄弟二人不相容。就想起小时候父母亲让我照看弟弟，我为了和其他小伙伴玩耍，就把弟弟放在碓窑里，想着他年龄小，还没学会走路，怎么也不可能爬出碓窑来。那天他发挥得不错，不知怎么挣扎着爬了出来，一头栽在地上，脸上蹭掉一大块皮，哭得狼猫似的。害怕的是父母回来我要挨打，放心的是弟弟话说不囫囵，学不了嘴。父母收工回来问是怎么回事，我说他自己绊倒磕到墙上了，蹭了块皮。父亲瞪我一眼说："那要你干啥哩！是不是你自己贪玩，才把他磕成这样？"我坚持说是他自己磕的，父亲才没揍我。是啊，要我看弟弟，我自己玩去了，失职呀。那个曾经把弟弟摔下来的碓窑哪里去了，要能找到，我会当着面告诉弟弟，当初是哥贪玩，才让你从这上边摔下来，好在没留下什么伤疤。还会告诉他，其实我不说你也记不起来，说出来觉得挺好玩的。

几十年过去，岁月把石头冲击得无影无踪，那人生呢？有石头顶磨、顶冲、顶洗吗？

# 忆苦饭

那个时候兴吃忆苦饭，用意是不要忘了旧社会的苦，要记住新社会的甜。

家家都接到了通知，明天要吃忆苦饭。

我年龄小，不知道啥叫忆苦饭，直观地感觉是发苦的饭。我问正在做忆苦饭的母亲啥叫忆苦饭，母亲不假思索地回答："就是不好吃的饭。"我心里想，不好吃的饭多了，都吃过，为啥还要专门吃忆苦饭。

怎么做忆苦饭，没有统一要求。我母亲的理解，应该是越不好吃越对靶。我们家的忆苦饭里，有红薯叶、榆叶、豆叶、南瓜叶等，一点面也不放，熬了半锅。煮熟后，各种叶子都塌了架，互相浸染得颜色都差不多，辨不清这叶和那叶。熬出来的汤水，乌眉皂眼的，实在引不起食欲，盛在碗里，端起来一闻，直想干哕。

忆苦饭不能在家里吃，要到饭场里去吃。你要在家里吃，谁知道你吃没吃，谁知道你吃的是啥饭。起码男人们要端着碗去饭场吃，等大家到齐了，队长站着讲几句吃忆苦饭的重要意义，不外乎还是不要忘记过去的苦，一定要记住今日的甜。

然后，大家你问我饭里都放了啥，我问你饭里都放了啥，好像在搞烹饪比赛。大家议论来议论去，基本上形成了统一的看法：一是你不能只放了红薯叶和榆叶，这两种叶子，你不吃忆苦饭时不是照吃吗？怎么能算是忆苦饭呢？豆叶和南瓜叶要放，这两种叶子粗糙带毛，虽然能吃，但难以下咽。至于放不放臭椿叶，大家有分歧，有的认为该放，有的认为不该放。二是不能做得太稠，要稀汤寡水。稀了感觉是吃不饱，能吃饱不能算苦。大家都咬着牙，也要把碗里的忆苦饭吃完。这时有两样忌讳：一是你不能说好吃，好吃还能叫忆苦饭？二是你不能不吃，不吃你怎么能记住旧社会的苦？记不住过去的苦，你就体会不到今日的甜。

大家吃完了，仍不回去，有些人还随便讲一些自己在旧社会受苦的经历，讲到动情处，还真就流下了眼泪，在场的人也都一脸严肃，谁也不敢在这个时候开半句玩笑。最后队长说："今天的忆苦饭吃得很好，我们过一段时间就要吃一次，做到永远不忘过去的苦。大家先回去吧，一会儿听打铃上工，男劳力去西北地锄地，女劳力去红薯地翻秧。"

当时我不是男劳力，可以不去饭场吃忆苦饭，但我闹着要去，母亲给我盛了一小碗忆苦饭，我就跟着父亲去了饭场。现在回忆起来，忆苦饭是比平常不好吃的饭更不好吃，但我也咬牙吃完了。记没记住过去的苦不好说，忆苦饭不好吃我记得清楚。

# 诉苦会

天上布满星，月牙儿亮晶晶

生产队里开大会，诉苦把冤伸

万恶的旧社会，穷人的血泪仇

千头万绪，千头万绪涌上了我的心

止不住的心酸泪，挂在胸

不忘那一年，爹爹病在床

地主闯进我的家，狗腿子一大帮

说我们欠他的债，又说欠他的粮

地主狠心，地主狠心抢走了我的娘

可怜我那爹爹把命丧

这是《不忘阶级苦》的歌词，这首歌在学校里老师教过，所以我们都会唱。这首歌写的是诉苦会，所以凡开诉苦会都要先唱这首歌。

我是参加过不少次诉苦会的，有一次大队召开诉苦会，学校还派我们去会上唱《不忘阶级苦》这首歌。我们演唱时，台下的群众也有不少人随我们唱，有些人听得多了，也会唱了。

那次诉苦会，安排有三个人发言。

第一个发言的是个老头儿，有五十来岁，满头短短的白发，红脸膛，看上去很健康，穿身白粗布裤褂。作为一个普通社员，又不是生产队或大队干部，在那么多人的大会上讲话，一点儿也不怯场，讲得头头是道。他讲道：旧社会真不是咱穷人过的日子，有一年遭天灾，地里庄稼一个籽儿没收，一家五六口人总不能不吃饭呀，大人还好点，几个孩子饿得哇哇叫，我硬着头皮去地主家借了一斗粮食，从此算背上了阎王债，年年都还，总还不完，还越还越多，你想狠心的地主是按驴打滚账给咱算的，咱哪有本事还完呀。有一年腊月，地主派他的管家来催债，当年收成又不好，只好央求他来年再还。管家说，你每年还得这么少，今年又一点不还，啥时候是个头呢？我看不如把你那两亩地顶账算啦。我说我家就这两亩薄地，那是保命的呀。管家说，你不还粮，也不还钱，我给老爷没法交代呀。人在屋檐下，不得不低头，地主生生把我家那两亩地给抢走了，大伙说地主黑心不黑心？可恨不可恨？台下立即有人领喊口号："打倒地主！""不忘阶级苦，牢记血泪仇！"

第二个上去诉苦的也是个老头儿，说他给一个地主家养马，有一匹马得急病死了，地主硬说是他养死的，忙乎一年，到年底了连个粮食籽也不给，他说：我一大家子人靠我养活的呀，这不是把人往死路上逼吗？天下的地主没一个好东西，净欺压咱穷人。他讲完大家又喊了口号。

第三个上去诉苦的是一个老大娘，看上去年龄比前边两个老头还大些。她主要讲的是拉着儿女逃荒要饭的事，被人欺负，被狗咬伤，住破庙，睡墙根，讲得鼻涕一把泪一把，令台下的人听了很感动。但讲到最后却出了差错，她说，要不是（一九）五八年，孩子他爹咋能饿死呀？大家一听，讲得不对劲儿呀，还是支书脑子反应快，走上前去说："大娘，你累了，下去歇歇吧。"支书趁机对诉苦会作了总结，又领着喊了口号，诉苦会结束了。

下来有人问老太太："你老头子什么时候饿死的？你净胡扯。"

"蚂蚱吃那一年。"

"蚂蚱吃那一年是 1942 年，你怎么扯成了（一九）五八年？"

"五八年也饿得不轻。"

正巧支书从跟前走过，说："大娘年纪大了，随口说错了时间，我知道那个叔是 1942 年在外要饭时饿死的。快送她回家吧。"

老太太觉得把时间说错了，有些不好意思，冲支书拱拱手，被人簇拥着走了。

## 学大寨

当时工业、农业战线各有一面红旗，就是工业学大庆，农业学大寨。

学大寨究竟学什么，没几个人说得清楚。人家大寨是山区，劈山造梯田，你是大平原怎么也造不成梯田呀。那就只能学习人家的艰苦奋斗精神，落实到实际行动上就是兴修水利、深翻土地、大兵团作战。

兴修水利，是每年冬季农闲时都要进行的，主要是挖河、打井、修水渠，目的是把旱地变成水浇地，实现旱涝保收。毛主席说，水利是农业的命脉。这命脉必须建设好，维护好。

挖河可不是个轻活，是重体力劳动。我参加过挖蒋河、挖惠济河。越是下雨越要挖，越是下雪越要挖，恶劣天气条件下坚持干活，才能表现出战天斗地的精神面貌，才能把学大寨落到实处，才能把冬闲变成冬忙。

打井是个技术活，在公社技术人员指导下，只有男劳力参加就行了，推绞盘、运泥土，打一眼机井需要四五天的工夫，连天彻夜不停地作业，一气呵成。当时的口号是：实现八十亩地一眼井。有了机井，旱情来了，安上水泵就能浇地，庄稼才不至于旱死。

为了便于浇水灌溉，要把土地平整好，修好渠，打好畦，这活儿男女劳力都可以干。

有一年上级又要求深翻土地，说深翻土地可以使粮食增产。深翻深度要求达到一尺半深，给人的印象是翻得越深越好，越多打粮食。这个深度靠牲口拉犁是办不到的，牲口犁最多能达到七八寸深，只有靠人工来完成。结果可想而知，把深土翻上来打乱了耕作层，第二年粮食不但没增产，反而减产了，那以后没人再提深翻土地的事。

为了表现战天斗地的热烈场面，上级要求进行大兵团作战。打破原来生产队的界限，把俺庄后街四个生产队组合一起，说干什么活儿，都集中去干什么活儿。那场面确实热烈壮观，说往地里送粪，路上一二百辆架子车一辆挨一辆，路旁红旗招展，大喇叭里不是喊口号，就是放革命歌曲，大有淮海战役时，群众推着小车支援前线，车流滚滚的情景。大兵团作战的具体成效并不显著，反而造成窝工现象，搞了几次也不再搞了。

学大寨的口号当时还一直在提，有关农田水利的事情年年还在做，似乎再没翻出什么新花样来。

# 饭场

生产队里开社员会，要看队长的威信怎么样了。如果队长的威信高，能拿得住，把要说的事情讲一下，社员听后执行就是了，没谁再发言提什么意见。如果队长威信不高，掌握不了局势，不管队长讲什么，都会有人反对，最后吵得一塌糊涂，不欢而散。

当生产队队长的人，大多没什么文化。讲起队里的农活来，还能说个一二三四，要是传达上级会议精神就讲不成篇了。有的队长连段《毛主席语录》都背得吭吭哧哧，丢三落四，传达县里三级干部会议精神时几句话就完了。我听过我们队长的传达："老少爷们儿呀，今年的全县三级干部会议精神太重要了，反正意思是号召我们要多打粮食，少生孩子。"全县三级干部会议县里开了三天，大队传达时开了一天。因为书记、县长的讲话都很长，上午念一个，讨论一会儿；下午念一个，讨论一会儿。到生产队传达时，又没有发书记、县长的讲话，队长能记多少就说多少，反正你把会开了就行。

在农村真正热闹的地方不是会场，而是饭场。

饭场不需要人召集，有那么一片空地，吃饭时你愿去就端着馍筐去，不去也不会有人喊你。馍筐里可一次把馍菜汤都端上，一顿饭下来不需要再跑第二趟。饭场里，从家长里短到天南海北，你有兴趣只管说，别人有兴趣就接，没兴趣就换话题。

有的人爱说一些赶集上店的新鲜事，大家都愿意听，听了之后大家觉得这事自己也在场，也见了，啥叫见识，这就是见识。

有些人爱把自己遇到的一些棘手事，说给大家听，大家都说说自己的看法，众人拾柴火焰高，一群人还不比你一个人聪明？棘手的事也不棘手了，没把握的事也有把握了。

有些人家里有大事需要大家帮忙，譬如盖房呀，娶媳妇呀，给老人过三年呀，饭场里说说，就算把大家请到了，到时候大家就主动会去搭把手，帮个忙。乡亲乡邻，讲究的就是这个。

有时候队长也会来饭场，坐地上给大家说说有关队里生产的想法，哪块地里想种啥庄稼，哪种庄稼想多种点，哪种庄稼想少种点，平常生产队里正儿八经开会，没人发言，大家在饭场乐意说，饭场里显得人人平等，说对说错没人计较，说得队长心里也有了底数。

农村的饭场，就是一种场，有磁性。先到场的人，饭吃完了也不马上走，直到散场才拎起馍筐回家。

第二辑

# 吃食堂

一九五八年"大跃进"时村里办起了大食堂，吃饭不要钱，说这是向共产主义过渡的一个环节。

据大人们回忆，大食堂刚办时，饭菜质量确实不错，大家都觉得这日子不赖，不用自己动手，还能吃得好。都想着，到了共产主义实现的时候，还不天天大鱼大肉紧吃，吃个够。可是，大食堂不是建立在坚实的物质基础上，而是建立在盲目的热情上，光有热情不行呀，热情又不能当饭吃，后来大食堂就越办越不行了。

到我勉强可以去领饭的时候，大食堂已开始走下坡路了。当时我才三岁，因为食堂就在我家对面，距离很近，奶奶就让我挎着馍篮去领饭。

炊事员是增堂爷。我把馍篮递过去，增堂爷先放篮里两个馍，从笼屉里又拿出一个馍放在案板上，然后用刀去切，我高声嚷着："爷，别切了，别切了。"

增堂爷苦笑着说："孩子呀，你的标准儿是一棱啊。"

一棱就是一个馍切两刀，说斯文点就是一个馍的四分之一。

当时父亲和姑姑都在外地当工人，在食堂领饭的就是奶奶、母亲和我。奶奶和母亲的标准是每人一个馍，我的标准是一棱。别看我人小，饭量却不小。还没走到家，我先把自己的标准吃完了。

到家后，我把馍篮递给奶奶，给奶奶说："我的标准在路上吃完了。"

奶奶问我："吃饱没有？"

我说："没有。"

奶奶从馍篮里拿出一个馍塞到我手里："没吃饱，还吃。"

我狼吞虎咽地吃着，好像有人要跟我抢似的，赶快把馍送到肚里保险。

奶奶说："慢点，当心噎着。"

母亲在一旁正纳鞋底，看看我什么话也没说。

我一会儿就把一个馍吃完了。奶奶又问我吃饱没有，我说："吃饱了。"

奶奶说："吃饱了玩去吧。"

奶奶拿起剩下的那个馍，掰开递给我母亲一半，算算她们只吃了自己的半个标准。

大食堂办着办着，不发馍了，每顿饭只发一盆汤。喝汤时，奶奶先把稠的捞到我碗里，她和我母亲只喝剩下的稀汤。

那时候我光知道自己吃饱没有，根本没想过奶奶和母亲吃没吃饱。

我和小伙伴在一起玩耍时，几个大人在旁边聊天。一个人指着我说："你们看，这一堆孩子里就这家伙胖。"

另一个人说："那是哩，他奶奶情愿自家饿着，也要让她这个宝贝孙子吃饱，咋会不胖？"

再后来，大食堂实在办不下去，就解散了。

我小时候最好的玩伴就是正了，他比我大一岁。要论辈分，该喊他叔，可是真没喊过，都是直呼其名，喊"正"。我们两家住得很近，中间只隔一户人家，农村好说，扭屁股就到了。

正好脾气，说话大姑娘似的，遇事总让着我。但他要和别的孩子打架，我会帮他。他虽然比我大一岁，论拳头可不胜我，论敢打更不胜我。不是吹牛，那时候和比我大三两岁的孩子干仗，也不怯阵，少有败绩，不是说敢拼才会赢嘛，咱敢拼。

一天早饭后，我去找正玩。碰上他父亲要带他去上学，我跑上前去，站到路中间叉开两腿，伸开双手，拦住不让他们走。

正的父亲给我说："正六岁了，该上学了。"

我说："那不行，他要去上学，我找谁玩？要去都去。"

正的父亲说："你才五岁，太小了，还不到上学年龄。"

我说："那不行，我就是不让他去。"

正也帮我央求他父亲："也让他去吧，你看他比我的个头还高哩。"

正的父亲看看周围也没个人影，只好把我们俩都带上去学校。

正的父亲叫张旺堂，是民办教师，论辈分我该喊他爷。

旺堂爷问我："你爹给你起大名了没有？"

我说："没有。"

旺堂爷说："没有大名咋报名呀。"

我说："你给我起个呗。"

旺堂爷说："你是'广'字辈，应该叫个张广啥。"

一路上旺堂爷广这广那地说了十多个，不是我说不好听，就是他说这个名有人叫了。马上快到学校了，还没定下。旺堂爷停下了脚步，皱着眉头又想了一会儿，说："就叫广智吧，这个名字好听，意思也好，还没人叫。"

我听着也顺耳，就点了头，报名时就报了张广智。

放学回家，奶奶和父母亲正在屋里说话。我一进屋就大喊："哈，我上学喽！"

父亲说："你上什么学？还小着呢。"

我说："旺堂爷领我报过名了。"

父亲问："那你大名叫啥？"

我说："叫张广智，旺堂爷给起的。"

父亲念两遍，没说不中，那就是同意了。

奶奶高兴地吩咐我母亲："赶快给孩子缝个书包。打今儿我们家也出个洋学生了。"

人的名字就是个记号，我的名字当初旺堂爷一锤定音，我叫了一辈子，上学是它，工作是它，退休证上写的还是它。一辈子做到了行不更名，坐不改姓。

# 我的小学

俺庄距离李显武村也就二里地的样子。李显武小学设在一个地主家的大院里，周围都是瓦房，都做了教室。中间靠前有一座楼房，是老师办公备课的地方。院子的大门朝南，李显武村的学生大部分从大门进出。我们和另外几个村的学生，进出学校走的是院子的后角门，因为走大门需要绕很远的路。尽管是后角门，也有高高的门楼，想这户地主当时也是家大业大的人家。

我读一年级时，肯定是同学中年龄最小的，但当时个头不低，膘头也壮。李永梁老师指定我当班长，我想他是看我的个头比较壮实才起意的。

当班长的事情很简单，就是上下课时喊"起立""坐下"。

读二年级时，李永梁老师随班走，仍然让我当班长。我的嗓子很憨，喊号时又很卖力，颇有些气势，李老师很满意，班里同学也很高兴，觉得我这个班长没给他们丢人。有时我们班下课晚了，其他班有些同学就围在我班教室窗外，听我喊"起立""坐下"。

有一次在放学的路上，邻村一个同学跟着我喊"老憨腔"，我想这不是出我这个班长的洋相吗？就跟他打了一架，从此再没人敢喊我"老憨腔"了。

读三年级时，老师换了。那两年别的同学都长个头，我却停滞不前，尽管学习成绩还不错，但职务也由班长降到了组长。

读四年级时情况更不济了，座位由开始的后两排挪到了第一排，因为个头太小，当然实际年龄也比别的同学小，结果小组长也不让当了，变成了普通同学。回想当时不让当学生干部的事情，并没影响到我的情绪。那时候上学，听课、写作业都是在学校完成的，出了校门整个心思就是怎么野，怎么玩，哪有工夫闹情绪呢。再说，玩耍和打架又不论你是不是学生干部。

读五年级时，我们村的学生都转到了翟桥小学，因为俺庄属于翟桥大队，不属于李显武大队。说是翟桥小学，其实也不在翟桥村，而是在大队部附近，位于全大队几个自然村中间，上学路程比去李显武学校近一半，也就里把地。

该升六年级时，逢上教育体制改革，小学变成了五年制，没有六年级了。把原来的六年级、七年级的学生，合在一起变成初中一年级。初中一年级也在翟桥学校上课，叫戴帽初中。学校又从五年级学生中挑四个学习成绩比较好的，插入到初中班学习，我是其中之一。这样一来，我和一个叔叔、一个姑姑就成了同学，叔叔比我大五岁，姑姑比我大三岁。

我的小学上得糊里糊涂的，既没上过六年级，也没有老师告诉我小学毕业没有，更没有小学毕业证。

# 我的初中

我读初中时，已不是跨年头的学年制，而是改为当年春季招生，到年底为一学年，和自然年度相一致。

初中比着小学，新开了两门课：物理和化学。物理物理，我就是参不透物里边的理，学得一塌糊涂。化学还行，两次测验，都考了满分。教我们化学的是保中叔，他也是民办教师，逢人都夸我聪明，用我的成绩证明他的教学质量是不错的，虽然他讲课多少有些结巴。

读初中二年级时，由于夏季雨水太大，我们的教室被雨淋塌掉了。秋季开学时，因为教室塌了，学校推迟开学，说开学时间另行通知。可是到年底也没等来那个另行通知，白白荒废了一个学期的时光。

该上学的日子不上学，实在令人心焦。十来岁的孩子，又无法去生产队劳动挣工分，关键是也找不到任何书读。村里很少有人家有书，即使有几本书也都列入了"四旧"或"毒草"，谁没事找事拿出来让你看，瞎闯祸。

半大孩子，正是调皮淘气的年龄，尽管天天只吃红薯，浑身也有用不完的劲儿。六七个小伙伴结成群儿，天天在村里游荡，尽干些让大人头疼生气的事情，说不好听点儿，活像一群野狗到处乱窜。野狗到处找吃食，我们也多是围绕吃做文章。譬如偷老库爷爷家的杏，摸生产队的瓜。

有一天，一个年龄大些的小伙伴和大家商量，晚上去八叉路口洼王地里偷红薯，再到贺庄用红薯换绿豆丸子吃。做贼心虚，我一听这提议心咚咚跳，可是大家都说行，你能说不去吗？寻常的威风呢？那不成草鸡了。巧的是，我还属鸡，去！当晚，还真偷了一箩斗红薯，累得盆歪甲斜，到贺庄村头的场里换了一碗绿豆丸子，当场吃掉了半碗。剩下的半碗怎么弄呢？又不能带回家，大人知道了肯定不愿意，轻则挨骂，重则挨打。于是商量让那个年龄大的伙伴统一保管，第二天趁大人都去地里干活时，煮丸子汤喝。

过了两天，大家商量再去干一次。我们正在趁着朦胧的月光掘红薯时，忽然有谁喊："有人。"抬头看有三个人影向我们走来，于是撒丫子就跑，一直跑到村头才聚拢到一起，有的累得坐在地上，有的捂着胸口说吓死了。一看只有年龄最大的头儿，还捏把铲子，其余的人都空着手，箩斗、铲子都丢了。算算，真是一桩赔本的买卖。

第二年春天接到通知，说翟桥学校的教室仍然没有修好，让我们转到伯岗完中继续读初二。好，改革后的初中是两年制，我愣是读了三年才毕业，也没有享受上教育制度改革的成果。这改革落到我身上，就是小学少上了一年，初中多上了一年。

我读高中时，教育体制改革的目标是：上初中不出大队，上高中不出公社。不用考试，只要年龄不过，初中毕业就可以直接到公社读高中。

那一年，全公社搜罗搜罗，符合条件的也就五十来个人，正好够一个班。说是有几个同学是超了规定年龄的，大队党支部出个证明，说年龄不超，也被录取了。我是班里年龄最小的，其他同学比我大一岁的都没有，至少比我大两岁。加上个头最矮，理所当然前排就座，还是第一排。

高一时教语文课的是张月清老师。张老师教学非常认真负责，恨不得把所有的知识都传授给学生。每星期都有作文，张老师批改作文时，从遣词造句，到标点符号，到篇章结构，都改都批。我的作文算是班里比较好的，不断作为范文在班里被点评。因此，张老师很喜欢我这个学生，我受表扬很多，挨批评也不少。似乎同样的错，放在别的同学那里可以迁就，我犯了却不行，要挨批评，说我不应该出这样的差错。

读高二时，教我们语文的是贺宗琏老师，因为我坐在第一排，只要一打瞌睡就被他发现。贺老师也不喊我，掂个粉笔头弹我，百发百中，搞得我激灵一下醒来，茫然四顾，惹得周围同学乱笑。贺老师从不批评我，继续讲他的课。

教数学的是王德山老师，高个，白净，玉树临风。课讲得好，字也写得好。一堂课板书下来，有汉字，有字母，有公式，大小匀称，和谐美观如一幅书法作品。但我数学课的成绩，说不上很差，但绝对说不上好。日后见了王老师，尽管师生感情很好，从不谈那时学习上的事情，我知道，在王老师眼里我不是个好学生。

教物理的是王自珍老师。王自珍老师不苟言笑，严肃得很，同学们都怕他，但他的课讲得好。我印象特别深刻的是有节课讲电流、电压、电阻之间的关系，王老师强调一定要搞清楚，不能乱来："你不能说这个是它舅，那个是它外甥，这课你就别上了。"参加工作后回老家过年，偶尔想和几个老师一起吃顿饭，叙叙师生情谊，喊王自珍老师他也参加，但一杯酒不喝。说话要比我们上学时温和多了，甚至还主动攀谈一些家长里短。

教化学的是马登排老师，当时他刚从师范学校毕业，年轻有活力，一说三笑，和学生关系很亲近，确实他比我们也大不了几岁，大哥哥似的。我从初中开始就对化学课有兴趣，几样东西一化合，就生成了另一样东西，觉得挺神奇的。现在在酒场上，我不时还用化学来开玩笑。有的人说，我血糖高不能喝。我说："中学时学过化学没有？酒是乙醇，关糖屁事，怎么一喝酒糖就高了？"有人接道："用化学还能打酒官司。可见知识就是力量。"

教英语的是王照远老师。英语课开始就学句子，不学音标，不会拼读，我们就在英语课文下边写上汉字。第一课是毛主席万岁，我们就写上"朗里勿茄鹅门毛"，读出来大差不差。有一节课上，学"红卫兵"一词闹了笑话。因为我们那里把小孩的鸡鸡叫"嘎的"，红卫兵里的"卫兵"读音是"嘎的"，班上男女同学都不好意思读。课堂上一个同学站起来回答问题，他把"嘎的"读成"嘎此"。王老师让他再读一遍，他还读成"嘎此"。王老师厉声说："'嘎的'不是'嘎此'。"同学大声说："是嘎的。"引来全班一片笑声，男同学拍着桌子笑，女同学捂住嘴笑，王老师也跟着笑场。

当时学校办起了个图书室，也只能叫室，不能叫馆。图书室只有一间房，三个书架两张床，统共有五六百本书。管理图书的是赵愈明老师，说是需要在同学中找一个图书管理员，帮他管理图书，当然不会有任何报酬。我很想谋到这个差事，就反复找赵老师申请，心诚则灵，赵老师居然同意了。课余时间我帮同学们借书还书，好处是我可以自由选里边的书看。记得这期间看的书有《李白与杜甫》《唐诗三百首》《宋词三百首》《青春之歌》等。趁暑假，还读完了《中国古代史》讲义，因为我们读高中时没开历史课，就这次获得那点历史知识，后来高考时还真派上了用场。

我们读高中时要求住校，住好迁就，吃不好解决。为了解决吃的问题，要么从家带馍，学校食堂可以给馏热。要么向食堂交红薯干面，由大师傅加工成馍，我们叫红薯卷子。那时候不收白面，也不收玉米面，因为同学们交不起，有时候连交红薯干面也困难。从家带馍，实际就是窝头。夏天不行，放不两天就长醭了。大师傅加工的馍，面和不透，出笼时像从糊涂锅里捞出来一样，外面膀着一层，里边夹着水没浸湿的干面，吃得胃酸横流，随时张口就能吐出酸水。现在有人说，红薯是最有营养的食品，我想把他关起来仨月，只让喝红薯汤，吃红薯馍，顶多加个红薯粉条当菜，看他出来还讲不讲红薯最有营养。

我们的伙食费是一月一块五毛钱，用到菜上不知合多少钱，大概不超过一块钱吧。正巧学校要搬迁，新校址上没盖房子的地都种上了大白菜，可能是地力太薄，白菜都不包头，只是扑拉棵。我们每顿吃饭时的菜，就是五个人一小瓦盆扑拉棵白菜，只放盐不放一滴油。两年吃下来，使我多少年不再吃大白菜。有时候有同学在家拿点辣椒，或者拿点酱豆，又不好吃独食，大家一块来，集体力量大，有时一顿就干完了。有个同学家庭条件好点儿，带的馍是红薯干面掺玉米面，去学校的路上，同学们就给他分吃光了，根本背不到学校。

我们读高中时，邓小平主持中央工作，刮了阵儿右倾翻案风。尽管学习条件艰苦，真还给我们脑子里刮进了一点知识。

## 谈对象

我读高中时，班上有一个姓姬的同学突然结婚了，虽然他比我大两岁，总觉得也是一件不可思议的事情。

高中毕业后，时不时也有人来说媒，我内心不积极，觉得自己年龄还小着呢。但表面上又不能不应承。家庭条件不行，人又长得丑，哪有条件挑三拣四的。

有一天舅舅来说媒，介绍的是一个他干亲家的女儿，母亲听了满意。三奶奶热心，领我去和女孩见面，路上我就打定主意不同意，所以和女孩见了面就没说几句话，以至于一点印象都没留下。三奶奶对女孩印象也不好，说她颧骨太高，不吉相。三奶奶的看法正合我的心思，又省得我说不同意，也就不了了之了。

一次一个本家叔介绍一个邻村的女孩，催了几次才去见面。我本来也是打定主意不同意的，但一见女孩确实长得齐整，特别是她围了一条紫色的围巾，衬得脸红扑扑粉嘟嘟的，真是有点动心。见面后回来的路上，叔叔问我满意不满意，我笑了笑，没说什么。过了两天，叔叔来说，人家女方不同意，我暗自庆幸自己也没说同意，算两扯吧。

叔叔觉得媒没说成，有些歉意，就又介绍一个。是我一个同班同学的姐姐，叫二枝。老师在课堂上讲到"可想而知"，下课后几个人给这个同学开玩笑，说成"可想二枝"，这个同学还和他们打了一架。叔叔一说，我立即表示反对。小心思是：二枝要做我的媳妇，谁愿想谁想，那会成？尽管不一个村，俩庄离得不远，我父亲和二枝的父亲也认识，可以说知根知底，父亲觉得我老大不小了，和我一般大的人都结婚生子了，一听我说不同意，就臭骂我一顿："就你那个德行，还想找个天仙哩。"

后来我到县针织厂当了一年工人，但不是正式工，叫亦工亦农，干的是工人的活，身份还是农民。尽管厂里女孩很多，也没有一个能看上我的，我也没敢对哪个女孩动过心思，懵懵懂懂离开了工厂，愣是耽误了谈恋爱的大好时机。

上大学时，女同学少得可怜，大概是男十女一的样子。男同学都虎视眈眈，都比我个人条件好，也比我家庭条件好。我兜里连买张电影票的钱都没有，傻子也不会和我谈恋爱。既然根本没戏，也就根本不想，听到说谁在和谁谈恋爱，也只跟着看看热闹，从不嫉妒。不谈恋爱的好处是不会失恋，更不会因为失恋而想不开去跳楼。

在搞对象上我真是一点不开窍，即使打一辈子光棍儿，也不能说亏。

# 喝酒

小时候知道大人爱喝酒，想那酒的味道不是香的便是甜的。

有一天，看到桌上有个酒瓶，瓶里还有父亲喝剩下的一些酒，我想要喝一口尝尝，母亲不让，说我年龄太小，不能喝。经不住我的缠闹，母亲就把酒瓶打开给我，并叮嘱我只喝一小口尝尝味道就行了。我却灌了一大口，咽了一半发觉是辣的，赶紧把剩余的吐到地上，两眼也辣出泪来。母亲很快往我嘴里填了两粒花生，问我酒好喝不好喝。我说，不好喝，辣死我了。那时苦想不明白，大人们怎么爱喝酒。

我高中毕业后当上了生产队长，你还别不把队长当干部，谁家有个红白喜事还真请我去喝酒。那时候年轻气盛，酒场上谁也不服，慢慢地喝出了点名声。即使遇到高手，也从不怯阵，说猜就猜，说碰就碰。大人们划拳都有套路，我没有什么套路，反正一门心思想赢对方，年轻人脑子转得快，时不时就赢了。都说你这是砖头枚，没一点路数，尽乱杆。也有人给我助威说，你别管人家乱杆不乱杆，杆赢都中。

有一次去姑姑家走亲戚，姑父喊几个人陪我喝酒，有个表哥在他们村也算枚高量大了，喝不过我，就出馊主意。他说，表弟咱不比酒了，比吃肉吧。我说，好啊，比吃肉就比吃肉。有人端来两盘红烧肉，每盘足有半斤，我三下五除二就吃完了，表哥吃得还剩一块儿，怎么也咽不下去了。他双手抱拳说，表弟，你哥服了。

酒场上我也有吃败仗的时候，有一次家里来客人，大意失荆州，在自己家却喝醉了，出门就栽倒在柴火垛上。人们怎么把我扶到屋里床上的，我一点也不知道，出酒也不知道。到第二天早晨醒来，只觉得头疼难受，什么东西也不愿吃，好像害了大病，三天才彻底回过劲儿来。

冬天里，奶奶纺花时，有时也喝一点酒，只喝三小盅。有时奶奶说，来，你也喝一盅。我就凑过去喝一盅。我后来有点酒量，说不定就是奶奶给我培养的。她老人家不反对我喝酒，即使我喝醉了，也没听到她骂过我一句。当然，我喝醉的时候比较少，即使喝高了，只要是不醉得厉害，躺床上睡一觉就没事了。我喝酒后从不撒酒疯，即使喝高点，也顶多爱说话，说车轱辘话，说刚才已经说过的话，烦人。

那时候农村喝的酒，基本上都是九毛钱一斤的红薯干酒，号称"一毛找"。如果冷天赶集，事情办完，到供销社的柜台前，像孔乙己一样站着打一两酒喝，那也是很排场的事了。打一两酒，你给人家营业员一毛钱，人家再找你一分钱，所以我们把红薯干酒叫"一毛找"。

一辈子经过的酒场不少，可以说什么样的酒徒都见过，偷奸要滑的，使酒骂座的，洋相百出的。我最佩服的人是：也没少喝，也没喝多，也没乱说，什么时候都保持一种清醒有礼的状态。看不上的人是：见酒就喝，一喝就多，一多就说，一说就错。与这样的人喝酒，没劲儿。

# 抽烟

父亲很少抽烟，偶尔抽一支，几天不抽也没事，我看他也没什么烟瘾。

村里人很少抽纸烟，要抽烟就自己随便种几棵，把长老的烟叶摘下来晒干揉碎，用旱烟袋抽，或者用纸卷成喇叭筒抽。烟瘾大的人，烟瘾上来了，一摸烟叶抽完了，顺手捋一把干豆叶，或者干红薯叶，塞进烟袋锅里，照样抽。

我们学抽烟，就是小伙伴把大人的烟叶从家里偷出来，用纸卷成喇叭筒，每个人轮着抽几口，次数多了也就学会了，也算无师自通了。刚学抽烟时，掌握不好会呛得咳嗽连连，实在不是什么美的享受。因为见大人抽，我们小孩子就模仿，就想早点长成大人。

用纸卷着抽还算是比较卫生的，如果用旱烟袋抽，这个人刚抽过，那个人接过去就吸，好在谁也不嫌谁脏。烟袋锅一般是铜的，烟袋嘴有铜的，也有玉石的。装烟叶的烟荷包我们叫烟布袋，有大有小，讲究的烟布袋上还绣着花。不抽时把烟荷包缠在烟袋杆上，别在腰里，这装束看上去就是一个标准的农村汉子了。

我们家乡形容时间短，好说一袋烟工夫，一袋烟究竟是多长时间，我现在也给你说不清楚。见面的客气话，就是抽袋烟再走吧，意思是让你停下抽袋烟，休息一会儿再赶路。

经济条件好的人买烟卷抽，明明是中国产的烟，我们还是把它叫成洋烟，而不叫成纸烟。我记得最便宜的烟，是八分钱一盒的"陇海"牌，烟盒上印有一列飞速行进的火车。平常我们把"陇海"牌叫成"铁道"牌，让烟时也说成吸根"铁道"吧，乖乖，听起来真够气势的。

如果是在外面工作的人，回村里时不管自己抽不抽烟，最好兜里也装着烟，进了村给人让根烟吸是常礼，否则村里人会说你尖酸抠门儿。

家乡人说烟酒不分家，实际上主要指的是烟。你要兜里装着烟，自己摸一根抽，不让让别人，是被人看不起的，会说你吃独食。有时燃一根烟，在场的人轮着抽，你吸几口递给别人，那个人接过去抽两口再递给其他人抽。有的人会吸烟又不带烟，别人抽时就凑上去，给人家说，留两口，留两口。抽烟人一般也会剩个烟屁股递过去，那人接过去猛吸，烟快烧住嘴了也不舍得扔掉。所以都说吸烟的人没志气，为了那两口烟，不惜把身段放得很低，可怜分分的。

那时候的香烟不带过滤嘴，抽烟不抽烟的人看指头就能看出来，抽烟的人经常夹烟的手指，都烤得焦黄。别人让烟，摆着手说不会抽，让烟人会说：看你那手黄的，可能不会抽有火那头吧？于是接了烟，燃上，两人说起话来，一下子感情就近了许多。

农村没有谁议论抽烟有害，经常抽烟，证明人家买得起烟，你不抽烟，也没见你省的烟钱在哪儿放着，也不见得你的日子就过得比抽烟的人强到哪里去。

一个在新疆工作多年的人回到村里，用带着新疆味的话说："烟嘛，纸嘛，抽嘛。酒嘛，水嘛，喝嘛。"于是大家都学会了，互相让烟时，嘴里念叨着：烟嘛，纸嘛，抽嘛！

## 再说编席

编席的事以前写过，可是还想再说说。我八岁学会编席，一直编到十六岁高中毕业，前后八年时间，个中甘苦真不是三言两语可以说尽的。

长大后，有人问我，你怎么有些驼背？我有时直接回答，编席编的。这说法可能有些夸张，但也不是完全没有道理。八岁可是正长身子的时候，但编席的姿势可不利于长身子。编席时你连最矮的凳子也不能坐，坐了你编不成，只能直接坐席上，我真切体会到什么叫席地而坐了。腰和脖子都要弯下去，不弯下去你编不成。总之，那姿势几乎使人蜷缩成一团，这一蜷就是八年，谢天谢地，八年下来我只驼了点背，没有变成张罗锅。

编一天席下来，脖子酸疼，不能灵活转动。腰部麻木得好像已不存在，你自己往腰窝里捶几拳，似乎隔着很厚的东西，只传导出些细微的知觉。最好的办法是小伙伴互相踩背，踩一会儿把血管踩通了，你才会感到酸疼难受，你才知道你的腰还在。后来城市里兴踩背，我心想，有啥稀罕的，我小时候就踩过，我给别人踩过，别人也给我踩过。

那时候家里日子过得比较吃紧，时常有断炊之虞。一领丈五席，卖到供销社可以赚一块多钱，红薯干八分钱一斤，可以买十多斤红薯干，几乎是全家两天的口粮。俗话说，编席打篓，养活几口。你还别不信。

编席这个活儿家里总得有人干呀，父母亲不会编，弟弟妹妹年龄小，真是历史地落在了我的肩上。奶奶总是在父母亲面前夸我，别看孩子年纪小，也是咱家的顶梁柱了，不是他会编席，咱家日子都过不去。在我心目中，奶奶的夸奖可比什么都重要，我也觉得自己已经长大，不再是只吃不干的无用之人，多少也能给这个穷家作点贡献了。

席要编，学也得上。奶奶说的话，不吃不喝，也得供孩子上学。在本大队上学时，不需要住校，我们叫趟子学。那时候只要放了学，赶快往家跑，干啥？编席。后来去公社上学，要住校，星期六的下午和星期日休息，一天半的时间，正巧够我编一领丈五席。在大队上学时，从不留家庭作业，在公社上学时一星期放一天半假，这怎么都像是为了方便我编席设计的。

你别看我五大三粗的，我不但会编席，还会编篓，还会编斗笠（我们叫席篷子），还会编芺子，还会织蓑衣，好歹也算有点手艺。

芺子是用来加高粮囤多盛粮食的，如果吃饭时，你要把饭盛得过满，别人会说，你咋不加芺子呀？芺子不论领，论挂，一挂芺子一尺五寸宽，十丈长，供销社收购。可是当时又不让个人编，编了就是资本主义尾巴，要割掉的。一个星期天，我把大门闩住，堂屋门关上，在屋里偷着编芺子。忽然听到大门咣当一声被撞开了，还没等我站起来，大队支书领着几个民兵已进了堂屋，支书命令民兵，把芺子拿走，吓得我哇哇大哭。可是没人理我，他们走后，我一直哭到大人下工回来。我担心父亲骂我没材料，眼看着家里东西被别人拿走。其实父母亲谁也没吵我，奶奶蘸了个湿毛巾，边擦我脸上的眼泪，边安慰着我，别哭了孩子，拿走就拿走吧，再多芺子也没俺孙儿金贵。领着收我芺子的大队支书是翟清秀，我当大队副支书时，翟清秀还是大队支书，有几次我都想问问，他还记得不记得没收我的芺子，没收的芺子最后怎么处理了，但最终没问。

# 理发

小时候怕剃头。要说到集上的正规理发店，理一次发也就花一毛钱，舍不得花那一毛钱呀。走乡串村的剃头匠，剃一次也就五分钱，也舍不得花那五分钱呀。头发长长了怎么办呢？由父亲给我剃。

父亲的理发技术真说不上高明，每次要是不给我留一两个血口不算完事儿，所以我怕剃头。

要说也不能全怪父亲的技术不行，又没推子，就是一把老式的剃头刀，就这也是借别人家的。剃头的地方就是在井边上，洗头是用刚从井里打上来的井水，剃头时能不留血口子吗？

大人约好后，一群人扎堆去井边剃头。先是大人们互相剃过，再给我们小孩子剃。叔叔伯伯中有比我父亲技术好些的，剃完后不给留血口。真剃时仍然感到生疼，用凉水洗头，又不是热水，会不疼吗？所以能躲就躲，躲不掉也就认了。小孩子剃头时，没有一个不是疼得龇牙咧嘴的。

小时候留的发型很有意思，一般都保留脑门儿一小片头发，我们叫茶壶盖。娇养的孩子除了留茶壶盖，后脑勺还留一小撮，我们叫羊尾巴，当然你要骂人，也可以叫狗尾巴。"文化大革命"期间，老说揪出党内一小撮走资本主义道路的当权派，我就想起儿时后脑勺上留的羊尾巴，那确实只是一小撮。

上高中时，班里买了推子、剪子，有的同学很会理发，真不知什么时候学的本领。年轻人在一起，少不了发生些互相捉弄的事，互相捉弄正常，平静如水反而不正常。

一个同学正在给另一个同学理发，又一个同学过来说这个同学理得不行，技术太臭。执推子的同学说，我不行你来，把推子递给了他。这货嘴里说着应该怎样怎样理，好像很在行似的，但一推子下去，把那个同学头发推到了头顶。一圈同学看了大笑不止，被理发的同学非常生气，生气是生气，头发推掉了，也接不上去了。那个负责理发的同学甩着手说："完了，完了，只能推光头了，老天爷来了也没法。"玩笑开大了，被理发的同学大发脾气，一圈同学为了平息事态，先吵戳事那小子，又劝那个被理发的同学说："光头就光头呗，光头凉快。"被理发的同学觉得再犟下去也不是个事，就说："你们说得好听，不是说光头凉快吗？要凉快都凉快，你们都得给我一样推光。"大家互相看看，都是一个小组的，在场的统共四个人，组长发话："中，推光就推光，我先来。"被理发的同学站起来说："不行，先给这小子推光，我给他推。"一把把戳事那小子按到凳子上推了起来。推完后，大家看着笑得前仰后合，都说你推的跟狗啃哩一样，这也算光头，还是让人家老师儿来吧。四个同学都剃成了光头，上课时老师看到一溜光头，问怎么回事，组长说图凉快。班里同学们都捂着嘴笑，老师也笑了，没再深问下去。

有一个传说，把唐朝诗人罗隐当成是理发的祖师爷，说罗隐很小就学会了理发，中进士后经常去给唐玄宗理发。还把一副有关理发的对联安在了他头上。上联：虽为毫末技艺。下联：却是顶上功夫。横批：头等大事。

# 睡草窝

冬天我和小伙伴爱去睡草窝。睡草窝有两个好处：一是晚上愿意玩到什么时候就玩到什么时候，反正大人不在跟儿，在家哪有这份自由？二是睡草窝不需要带被褥，人去就行了，很有些只身天涯的味道。

所谓草窝，就是生产队为喂牲口铡碎的麦秸，堆放在一个屋子里，就是草窝了。我们去睡草窝，饲养员并不反对，都是自己身边的孩子，他才不管呢。不过有时候会过来叮嘱几句："你们这几个货，睡草窝尽着睡，但不能给我尿里边。你一尿，臊烘烘的，牲口还咋吃！"

我们会高声答："不尿。"其实，哪个货真尿了，他也不会告诉别人，天明一走了事。

睡草窝很省事，原身打原身，睡时钻到草窝深处就是了。钻是用脚往下钻，你要用头钻，没法出气呀。草窝里的麦秸很暄腾，要睡时就用脚斜斜地往深处钻，一直钻到直露半个头，用小袄枕着脑袋，想象着整个房子里的麦秸都是你的被褥，就可以入睡了。开始，虽然身上有些刺挠，蚰蜒两下就睡着了。但睡着后，说不定还能做个好梦呢。譬如打扑克，一家伙摸了大小王，你还不笑出声来？

第二天早晨起来，睡草窝的好处更明显了，不用管被窝，钻出来浑身抖抖，穿好衣服，头也不回就走了，潇洒着呢。要是头上麦秸没择净，沾着一截儿两截儿，没人笑话你，何况你还是孩子，还是农村孩子。

　　大人有时也睡草窝，那就更热闹了。大人在草窝里，胡侃乱抡，平时不敢说的脏话骚话，在草窝里似乎没了遮挡，尽管乱说，逗得我们笑声不止，也跟着胡扯一通。

　　"叔，你在家怕婶子不怕？"

　　"胡扯，别听人瞎掰，你叔是怕老婆的人吗？"

　　"那你咋来睡草窝，不在家搂着婶子睡？"

　　"老夫老妻了，有啥睡头，还不如给你们几个小毛孩儿热闹热闹哩。"

　　"你今天是不是被婶子赶出来了？"

　　"她敢，我愿去哪睡就去哪睡，她管不着。"

　　"那我们明天问问婶子，看在家里谁怕谁。"

　　"小屁孩儿，没事找事，小心你婶子把你的小鸡儿割下来。"

　　我们知道婶子是有名的母老虎，借给我们个胆也不敢去招惹她，大家在笑声中进入了梦乡。

　　我们小伙伴睡草窝，都是玩累了再睡，没人管着，该享受的自由咋舍得浪费掉。所以说睡就睡了，没有听说谁睡草窝失眠的。后来长大进了城，睡上了席梦思，倒是经常失眠起来，有时还做噩梦。这人，真参不透。

# 打架

小孩子之间打架的事是经常发生的，可谓家常便饭，不打架还能算小孩吗？

我们小时候打架，一般都是赤手空拳，不兴掂刀动棒的。掂刀动棒打出事了，可不是闹着玩的。你要把人打得带伤了，人家可以找你家长告状，也可以找你老师告状。一般情况下，挨别人三两拳，也不会告诉家长，更不会告诉老师。家长不会喜欢自己的孩子经常在外边打架，老师更不会喜欢经常打架的学生。

两人对打，可以动拳头，可以动巴掌，也可以摔跤，我们叫摔骨碌。谁老是占上风，老是赢，就说谁拳头硬。这片天地也是靠自己打出来的。你不服可以挑战，重新来过，可是你还输，就只有被人家骑在身上挨揍的份儿了。

小时候老戏听多了，身上很带些少年侠气，抬手不打笑脸人，抬手也不打认输的人。你刚想动手，人家已经哭了，打个啥劲儿？没听说那时候学校有霸凌现象，拳头硬的老欺负拳头软的。你仗着拳头硬欺负人，人家可以搬比你拳头更硬的人来揍你，强弱之间也形成一种微妙的平衡。

如果你在老师那里落了个爱打架的名声，那可完了，老师家访时非告诉你的家长不可，那你就等着回家挨揍吧，你再硬的拳头还能有老爹的拳头硬？再说你也不敢还手呀，三十六计走为上，趁还没被老爹抓住，脚底板抹油，快溜。老爹在气头上没打住，过去了也就过去了。

打架多是在一起玩耍的小伙伴间发生的，不在一起玩不会发生矛盾，没有矛盾就打不起来。小伙伴在一起正玩得好着呢，因为一点鸡毛蒜皮的小事，转眼就扭打在一处，打过不一会儿又玩到一起了，早把刚才打架的事忘得一干二净。

有时候会打群架，我们庄东头的一群孩子和庄西头的一群孩子互相打，撕拽成一团，觉得处于弱势一方的孩子头，呼哨一声带头撤退，另一方追一阵儿，看追不上，也就各自散了。

俺庄的孩子和别村的孩子打架，多是打坷垃仗。互相投扔土坷垃，因为中间有距离，很少砸中。小孩子灵活，看有坷垃过来，一闪就躲开了。偶尔砸中，也不怎么伤人，为了扔得远用的都是小坷垃头互相扔一阵儿，也就结束战斗，各自回村去了。

我小时候，也算打架的一把好手。经常一起玩耍的小伙伴，没有能打过我的，我自然也算孩子头了。有一次去村西头看人家娶媳妇，和同学小可发生了矛盾，他以为在他家门口我不敢打他，没想到我上去把他按倒，骑上去就猛揍几拳。我看到小可的母亲从院里出来，爬起来就跑。听背后那个大娘说："这是谁家的孩子恁有种，在俺家门口还骑着打俺。"第二天上学时见到小可，小可说："有种夜儿个你跑啥，俺娘要是抓住你非剥你的皮不可。"我扬起拳头说："你娘现在可不在跟儿。"小可笑了，我也笑了，两人攀着肩膀头进了教室。

打架时，破点儿皮，流点儿血，是常有的事，只要不严重，老师和家长看见问起来，自己也会遮掩搪塞过去，说不小心碰的。

# 偷瓜

生产队的瓜园，一般都在离村庄较远的地方，由两个有种瓜经验的老年人栽培管理。

瓜园里种的有甜瓜，也有西瓜。甜瓜有很多品种，现在记得名字的有三种：王海、狮子头、面瓜。王海瓜个头不大，长长的，皮色微黄，有浅浅的沟，瓜肉玉白，真像汪着油的玉，瓤是淡黄色，瓜籽仍是白色，吃起来甜脆如蜜，我们小孩子最喜欢王海瓜。狮子头比王海瓜大得多，瓜蒂部分绿得很重，越往顶部颜色越淡，杂以白点，顶部像一只大眼睛，看去真有点像一个鬃毛纷披的狮子头。吃时外层脆，里层面，我们小孩子一般不选它，个头太大，一个人吃不完。我们牙口好，脆是首选，当然甜是必须的。面瓜，也叫面甜瓜，皮色通体青绿，没有什么变化，甜度不如前两种，就是发面，一点不挡牙，是老年人的爱物，满嘴一颗牙没有，也能吃下。

西瓜有白皮的、有绿皮的、有花狸皮的。但瓤都是红的，籽都是黑的，味道没什么差别，讲究的是又甜又沙。在水里冰冰，大热天吃几牙儿，消暑解渴。那时候的西瓜个头大，切开一个可以放开吃饱。

瓜园里的瓜一坐纽儿，我们就看上了。今天盼，明天盼，那些瓜就是长不大，长不熟，我们可等不及，等不及就想法偷。反正看瓜园的老头儿，不是本家伯伯，就是本家爷爷，先找一个人假装有什么事，去把老人稳在瓜庵里。另外一些人从附近的高粱地里爬过去，摘下瓜后，赶快抱着瓜再爬回到高粱地里。要是偷的甜瓜，没熟时只是不甜，我们仍能塞进肚里。要是没熟的西瓜，在路上摔烂，拾起来放嘴里一尝，不但不甜，还难以下咽，随手就像扔坷垃一样，扔进高粱地里了事。大人们发现了，就说我们是一群祸害。

晚上偷瓜，有夜色掩护，比白天容易。看瓜园的老人，手里连把手电也没有，只有听到响声，才诈我们两句："又是你们几个货，小贼羔子，我看你们往哪里跑。"你要一听真跑起来，什么也摘不到，说不定还挨一坷垃。正确的做法是：你要立即停止动作，趴在地上不出声响，等一会儿平静了，再摸着摘，然后轻手轻脚地走出瓜园，大功告成，不是说盗亦有道吗？

兔子不吃窝边草，真有种你去偷别人队里的瓜。不过你要真被人家逮住，事情可没有偷自己队里的瓜好支应了。偷自己队里的瓜，被大人逮住，无外乎屁股上挨一脚两脚的事。

长大后，知道有句话叫偷书不为偷，这偷瓜算不算偷呢？老实说，我小时候可不止偷过一次瓜，俗话说贼不打三年自招，这都三十多年了，招就招了吧。

# 穿衣

农村孩子的穿衣很不讲究，当时也实在讲究不起。

我看到弟弟冬天穿着开裆棉裤，上罩红色小棉袄，足蹬虎头靴。母亲绣的虎头靴非常好看。我不记得自己两三岁时的穿扮，看到弟弟的样子，依稀也就是当年的我了。我当时穿的肯定也是母亲绣的虎头靴，也是开裆棉裤。开裆无法保暖，我们照样在外边疯玩。大人说，小孩的屁股是铁打的。

夏天穿衣好办，年龄小的干脆光腚，叫光腚孩子。年龄偏大些，有羞耻心了，只穿个裤头就解决问题。一个夏天下来，除了中间裤头罩住那一段是白的，其他皮肤都晒得黑油油的，似乎去非洲混日子都不成问题。

小时候我穿的鞋，都是母亲亲手做的，直到大学毕业，也从没买双鞋穿。我不爱穿刚做好的新鞋，挤脚。新鞋必须紧一些，不然的话，到后来就嫌大不合脚了。母亲给我做好新鞋，要找比我脚略小的小伙伴先穿一段时间，我们叫排排，排好后我再穿。到底是我的新鞋呀，所以每天都要找小伙伴问排得怎么样了，让他脱下来我试试，觉得可以了，就要回来自己穿。

上高中时要住校，只有一件上衣，一条裤子。如果脏了要洗，就在头天晚上洗，使劲儿拧干，搭在外边晾一夜，第二天早晨有时衣服被风吹干了，那谢天谢地。要是没干透，那也得穿，又没有替换衣服，你自己曝着，别人看不出来，冷暖自知。

到了冬天，上身穿袄时，里边还有件衬衣。下身穿棉裤，

102

里边只有个裤头，没有衬裤，更没有秋裤，我们叫"耍筒"。棉裤是母亲做的，又没有皮带扎，腰带就是个线绳，小孩子家肉嫩皮滑，怎么束也束不牢靠。最难堪的时候是早操跑步，操场还没跑半圈呢，裤腰开始要从腰带中溜走，这时节只能边跑边整理，不及时整理，裤腰全部脱离腰带就麻烦了。后来和高中同学说起此事，都笑得前仰后合。有的还发以苦当甜的感慨：那时候，我们的皮肤是多么光滑呀！

孩子多的家庭，一件衣服能穿好几个孩子。老大穿罢老二穿，老二穿罢老三穿，穿呗，直到穿得无法再穿为止。有人见农村孩子穿着改拆的衣服，就唬他，我会看相，从你面相上看，你家不止一个男孩，你上边至少有一个哥哥。能把孩子唬得一愣一愣的。男孩想，他又不认识我，咋说那么准。他不知道就是他那件破衣服透露的信息。

我记得小时候，最能在小伙伴面前说得起的，是我有一件红色小大衣，我们叫小大氅。也记不清那件小大衣连穿了几个冬天，直到小得不能再穿了，才下放给我弟弟。

现在有条件穿好点的衣服了，但总穿不棱正，浑身还透着农民的气息。现在有条件穿皮鞋了，怎么穿都觉得没布鞋舒服。真是江山易改，本性难移。

# 护秋

护秋，就是看护秋庄稼。我们家乡的秋庄稼品种可多了。高粱呀，玉米呀，大豆呀，红薯呀，芝麻呀，绿豆呀，都需要看护。秋庄稼不像夏粮，夏粮就是小麦，一望无际，容易看护。秋庄稼高高低低，加上有些又是人们爱偷嘴的东西，不好好看护不行。

护秋，或者叫看庄稼，是个轻活儿，给工分低，所以多派给老弱劳力干。学校放暑假期间，正是秋庄稼将要成熟的季节，我又不是壮劳力，干其他活儿不行，生产队就派我去看庄稼。

看庄稼这活儿很平常，但往高处说，也是叫保护集体财产不受损失。这样想，干这活就有些神圣感了。所以我很负责任，不允许任何人损坏地里一棵庄稼，大人不行，小孩也不行，按辈分你当叔当爷的不行，小伙伴关系再好也不行。如果逢上雨天，只要下得不是太大，我就披个秫秫叶编的蓑衣，戴个席篷子（用高粱莛子编的斗笠），在地头转悠。心想：这点活儿要干不好，以后怎么当接班人？

看庄稼的任务不按品种，是按地块，这块地里种的不管是什么，你都有责任看护它。

一天当中，早晨和下午没问题，就是晌午头那会儿太阳太毒，直晒得受不了。我就打一些秫秫叶，也就是高粱叶，在地头找几棵相近的高粱，捆绑一下，搭个简易的小棚，多少遮成些阴凉，就可以迁就了，又不是当日子过哩。

你看护这块地里的庄稼，你暂时就成了这块地里庄稼的主人。你想摘个绿豆角吃，就摘吧。你想掰个芝麻蒴吃，就掰吧。反正没人管你。你想逮个蚂蚱，捉个蛐子，不要慌，有的是时间。偶尔来个小伙伴，关系好的能陪着玩一天，他玩一天什么也没有，我玩一天生产队还给我记几分，划算得很。

我最相中看庄稼这个活儿的原因，是可以看书，可以整天看书。看书累了，你可以在田间地头溜达溜达。队长看见了，还以为你在巡逻呢，会觉得你很负责任。那时候学校不开历史、地理课，我在学校帮助管理那仅有一间屋的图书室，愿意看什么书就可以拿什么书。有一个暑假我看了历史讲义，有一个暑假我看了地理讲义。都是白皮，分上、下册，非正式出版物。几年后参加高考，一堂课不落的数学考了14分，一堂课没听的史地考了72分。仔细想想，能读大学，还要拜看庄稼这项工作所赐呢。不是说工作不分贵贱吗？看庄稼这活儿不赖。

# 毛主席像

我们读小学五年级时，正值"文化大革命"热闹的时候，老师为了让教室内增加政治气氛，也为了省钱，就把报纸上的毛主席像剪下来，拼贴在一大张牛皮纸上，然后挂在教室的墙壁上。

牛皮纸是给新书包皮的好材料，不容易找到。我和同班同学张雷中商量，等同学们都放学走后，把牛皮纸从墙上揭下来，回去包书皮。这天同学们都放学走了，我俩就在桌上放了把椅子，我在下边扶着，让张雷中爬上去揭那贴有毛主席像的牛皮纸。他刚揭掉还没从椅子上下来，碰巧刘校长从门前路过，逮个正着。刘校长把我俩喊到他屋里审问我们："为什么摘毛主席像？"

我们回答说："包书皮。"

刘校长说："你们用毛主席包书皮，胆子不小啊。"

我俩虽然年龄小，也悟出了用毛主席像包书皮不合适。我们看上的虽然只是那牛皮纸，但理一届词就穷，我们不敢为自己辩护什么。

何况刘校长说着说着，把毛主席像的"像"字也省掉了，变成了用毛主席包书皮，我们越想越害怕，再给我们两个胆，也不敢用毛主席包书皮，或让毛主席给我们包书皮呀。

刘校长说："你俩回去写检讨吧，写不好开你们的批斗会。"

我俩从刘校长屋里出来，碰到恒忠叔，他是大队干部。当时大队部和学校是一个大院，就问我放学了咋还不回家。刘校长听到说话声，从屋里出来和他打招呼，并告诉他我俩撕毛主席像。

恒忠叔是三爷的大儿子，和我父亲是亲叔伯弟兄，也就等于是我亲叔了。他听刘校长说俺俩撕毛主席像，立即指着我大骂一通，并给刘校长说："回家我让他爹使劲儿揍他一顿。"

刘校长这时的话反而活泛下来："算了算了，你俩也别写检讨了，看在你叔的面子上，你们把毛主席像还挂上去，这事也别说出去，就当没有发生过。"

我俩赶紧去把毛主席像重新挂上去，看刘校长和恒忠叔在那里又说又笑地聊天，赶紧溜之乎也。

我俩当时真担心犯下个撕毛主席像的大错，以后几天里，观察老师和同学，没人提及毛主席像的事。看来不但我们没朝外说，刘校长也没告诉别人。我俩绷着的心才慢慢松弛下来。

# 讲用团

"批林批孔"期间，公社组织讲用团。驻村干部董书记和胡助理把我推荐了上去。理由是，我当生产队长干得不赖。即使我真的干得不赖，这与孔老二和林彪也离得太远了。但是你既然参加了讲用团，你总得讲呀，总得用呀。

我按通知去公社报到，负责组织讲用团的是李宣委。李宣委的名字已记不起来了，他是公社党委分管宣传工作的委员，我们就称他李宣委。讲用团成员共有七个人，都是年轻人。李宣委召集我们说，参加讲用团是多么光荣，希望大家一定要讲好，完成公社党委交给的光荣任务，为搞好本公社的"批林批孔"运动贡献力量。

每个人的讲用稿都由自己写，然后大家互相提意见，讨论修改，最后交李宣委审定。我写讲用稿时犯了难，要说讲嘛，还可以讲，这用，怎么用呢？可是，如果不和现实联系起来，光讲不用，怎么还算讲用团呢？最后我写的讲用稿的核心意思就是，孔老二代表的是奴隶主阶级的利益，他想让我们贫下中农继续当奴隶，我们不答应；林彪反党反毛主席，想搞资本主义复辟，让我们贫下中农再吃二遍苦，再受二茬罪，我们不答应。我真担心我的讲用稿过不了关，没想到大家写的都差不多。互相提修改意见时，有一个团员说，你的讲用稿写得不错，但有一个地方要改，你怎么能说林彪一伙瞎了鼻子烂了眼呢，应该说瞎了眼烂了鼻子。我一想他说得对，要瞎，也只能是眼瞎喽，鼻子可以说烂。由于说瞎了鼻子烂了眼惯了，后来在大会上发言时，讲出去的还是瞎了鼻子烂了眼，倒也没有人指出错来。

讲用稿经李宣委审定后，他就带领我们到全公社二十多个大队巡回演讲。公社里又没汽车，我们每个人各骑辆自行车，连李宣委也是骑自行车，八辆自行车组成了那个年代的一个团。那时候年轻，尽管讲稿内容空洞，讲起来仍然显得慷慨激昂。我们讲完后，照例有人起立喊口号："千万不要忘记阶级斗争""打倒孔老二""打倒林彪"。其实孔老二已倒两千多年了，林彪也已经倒好几年了，不打也倒了。

小王比较讲究，上街买了块香皂。我没见过香皂，以为那就是肥皂。我洗衬衣时，就拿他的香皂当肥皂用，一件衬衣洗下来，香皂磨去了不少。小王回来看到我用他的香皂洗衣裳，又生气又好笑，笑我土老帽："你怎么用我的香皂洗衣裳？"

我红着脸说："这东西不是用来洗衣裳的吗？"

小王说："这又不是肥皂，这是香皂，是用来洗脸的。"

我说："对不起，我不认识，我以为是肥皂呢。那我再给你买一块吧。"

小王笑着说："买个啥，我不相信你不认识香皂。"

我说："真不认识，是不是人们说的胰子呀？"

小王说："对呀，香皂就是胰子，洋碱才是肥皂。"

我脸更红了，觉得真丢人，说："我真没有用过，也没有见过，只是听说过。"

参加讲用团其他收获不记得有啥，但知道不但有肥皂，还有香皂。肥皂是用来洗衣裳的，香皂是用来洗脸的，一家伙撕掰清了。

五十年过去了，除了我，其他六个人也只记得伯岗集上的小王和何仪傧大队的黑妮了。讲用团解散后，彼此再没联系过，但愿他们的日子也都过得平安幸福。

## 家常饭

如果不是逢年过节，家里饭菜常年很少变化。主粮就是红薯，尽你变，能变出什么花样来。炸红薯，馏红薯，红薯干面窝窝头，有菜也是红薯粉条，总之，馍菜汤都是红薯。那时候讲究的不是好吃，而是吃饱。连毛主席都号召，忙时吃干，闲时吃稀。

早饭永远是窝窝头，红薯干面窝窝头。我们盼的是窝窝头里能掺点高粱面，或玉米面，如果偶尔掺点豆面，那当然好。菜是调辣椒，如果再有点酱豆，那就美死了。我们挂在口头的说词是：窝窝头，蘸辣椒，越吃越上膘。能吃得让你长膘，还求什么呢？午饭主要是面条，河南人谁不爱吃面条呢？夏天麦子下来，会吃一段时间的好面条，小麦面做的面条，当然叫好面条了。常年吃好面条的人家可以说没有，谁家一过夏，还能隔三岔五地吃顿好面条？肯定是村里的富户。平常时间的面条就是杂面条了，杂面条用的主要还是红薯干面，再掺点豆面、高粱面。不掺豆面，或掺得少，你做饭的手艺再高也擀不成面条。黄豆不是高产作物，种得少，分到手的也少。天无绝人之路，如果能搞到点榆树皮，磨成面，擀面条时抓一把用开水一烫，和到面里，这东西黏性大，兴许就能擀成面条了。即使有榆皮面救驾，煮熟的面条也像一锅糊涂，下锅前明明是面条，煮熟后变成糊涂了，你还得叫它面条，你叫糊涂它不答应。谁要问中午吃的啥饭，你会毫不犹豫地说，杂面条。

早饭、午饭我们叫饭，晚饭我们叫茶。见面会问喝过茶没有，也就是吃过晚饭没有。我们把晚饭叫茶，实在和茶没有一毛钱关系。因为晚饭经常是不动火焰儿的，动火焰儿也就是烧点开水，谁愿意吃就吃凉窝窝头，不愿吃就算了。一天活儿干完了，剩下的事就是睡觉休息了，你再吃显得有点浪费。床上是盘磨，躺上就不饿，能省点还是省点。

夏天的晚饭好办。母亲做中午饭时，故意做多点，下稀点，吃过总还要剩半盆面条。晚上回来，捣点蒜汁，浇到剩面条里，呼噜呼噜喝两碗，一摸肚皮都是凉的，睛出去玩了。可是这种享受，很少有大人的份儿，光我们小孩几乎就把剩面条吃完了。

新玉米下来的时候，母亲经常会贴玉米面饼子给我们吃。锅里烧上水，再切几块红薯放进去，上面贴一圈玉米面饼子，我们叫老鳖爬锅沿儿。新玉米面饼子，靠锅的一面是焦的，吃起来那个新香，不是刚收下来的玉米磨的面是没有的，至今难忘。

新高粱下来时，母亲会用高粱面漏蛤蟆。先把高粱面煮成糊，再放在漏子里漏下，像一个个蛤蟆蝌蚪，跳落到下面的凉水盆里，我们叫漏蛤蟆。用笊篱捞到碗里，加上蒜汁，直接吞下去，不能咀嚼，一嚼味道大减。爽爽利利喝几碗，挺美。说囫囵吞枣，没吞过，母亲漏的蛤蟆，我都是囫囵吞下去的。

烹饪讲究煎、炒、烹、炸，这样做你得有油。母亲尽量用蒸的方法料理全家饭菜，蒸省油。春天来了蒸各种野菜，什么茵陈呀，面条棵呀，荠荠菜呀，马齿苋呀，都是从地里摘回来就蒸，新鲜着呢。长在树上的，榆钱下来蒸榆钱，槐花下来蒸槐花，也是现摘现蒸，在城市里，真难尝到这口鲜。

当时的家常饭，缺油少盐的，影响没影响我大脑发育不好讲，但没耽误我长个头，更没吃出高血压、高血脂、高血糖来。

# 炒面

我们家乡的炒面，可不是炒面条，真是炒面，炒面粉。

炒面炒的是大麦面粉，而不是小麦或其他面粉。我想，之所以有炒面这种吃法，大概有两个理由：一个是大麦比小麦先熟，能提前接济春荒。大麦的面粉和小麦的面粉比较起来，显得粗糙些，能随手加工成的食品样数不多，蒸馍、擀面条都不太好吃，所以把大麦面粉炒熟吃，别有一番风味。二是炒熟的面粉，可以长期存放不变质。我想抗美援朝时，志愿军战士吃的炒面，就是我们家乡吃的这种炒面，而不是炒面条。

吃炒面时，不需要添加任何佐料，舀几勺炒面放碗里，加上开水使劲搅拌后就可以吃了。水不能加太多，加水太多就变成糊涂了，糊涂当然也可以吃，也可以充饥，但味道就差远了。炒面要拌得和藏族人吃的糌粑一样最好。藏族人吃的糌粑，用的是青稞，青稞也是大麦的一种。炒面吃着有一种特殊的焦香，这是农村别的食物中少有的。

那时候只要种大麦，每年都能吃上母亲做的炒面。一个冬天加上一个春天，天天吃红薯面窝窝头，多盼着改善改善生活呀。不断跑到地头去看大麦成熟没有，改善生活就从大麦成熟开始，以吃上炒面为标志。

大麦比小麦能早熟十来天，在那青黄不接的日子里，能早熟一天是一天的事，何况是十来天。日子过红火了，又不念用大麦度饥荒的功劳了，大麦渐渐种得少了，也没法再吃到母亲做的炒面了。

俺庄有兄弟俩，老大有些缺心眼，一直找不下媳妇，老二先找下了，要结婚，老大心里不乐意。一旁有人鼓捣他回家去质问父亲："大麦先熟还是小麦先熟？"

父亲说："当然大麦先熟。"

老大又问："那我还没有娶媳妇，为啥给老二先娶媳妇？"

父亲生气地说："你连大麦都不会种，还想吃炒面哩？"

老大笑笑说："狗剩叔教我回来问您哩。"

父亲说："我知道你精细不远，自己想不出来这一道，肯定有人鼓捣你，快好好干你的活儿去吧。"

老大没吃上炒面，也没再提意见。

## 家乡的喜宴

喜宴，顾名思义，就是为喜庆的事情摆设的宴席。婚宴，是孩子娶媳妇了；寿宴，是老人过生日了；回门宴，是闺女出嫁后头一次回娘家；满月宴，是孩子满月了。其他我想不起还有什么可以列入喜宴范畴的宴席，譬如你几个同学聚会，喝酒喝得再尽兴，也算不上喜宴。

喜宴中，最重要、最隆重、最热闹、最受人们关注的当然是婚宴。结婚娶媳妇，对本人说是终身大事，对父母说是家庭大事，婚宴办不好是要受人议论的。

婚宴开始时，要先上下酒菜，我们叫凉菜，至少要四荤四素，多了可以是六荤六素、八荤八素，总是荤素搭配为宜。主菜讲究四大件、八大碗。四大件是囫囵鸡、囫囵鱼、扒猪蹄子、扒猪头。扒猪蹄子可不只是个猪蹄子，而是个带蹄的肘子。扒猪头是整个猪头。八大碗的内容没有固定，也是有荤有素。汤类不计多少，但宴会结束时，必要上一道鸡蛋汤，等于无言地宣布宴会结束。鸡蛋汤说文雅点叫画句号，说粗鲁点叫滚蛋汤。

但判断婚宴的好坏，不是光酒菜过硬就行了，还要看宴请的效果。效果的唯一标准，就是看整个宴席下来喝醉了几个人，喝醉的人越多越受人称许。

"喝醉几个？"

"一个也没喝醉。"

"真撒气！"

参加陪客的觉得没面子，没参加陪客的听后直摇头，快快地走开了。

"撂倒几个？"

"撂倒三个。"

"娘家人统共来几个？"

"八个。"

"好样的，他们那小庄哪是咱庄的对手！"

参加陪客的人一脸骄傲，忙把耳朵上夹着的喜烟，递给问话的人，站在那里再交流一会儿具体情景，仿佛打了一场胜仗。

寿宴是家里老人到了一定年纪，逢生日晚辈们要给老人祝寿摆下的宴席。寿宴要比婚宴斯文多了，因为目的就是让老人高兴。寿宴可以办得大些，也可以办得小些。往大处办，亲戚朋友，包括儿女的亲戚朋友，都来参加；往小处办，儿女和至亲参加就行了。宴席上晚辈恭敬地给寿星敬酒，说些吉利的话，老人表示一下，晚辈把酒饮了，也就尽了祝寿之意。然后退到其他席上，大家可以热热闹闹地喝酒，但不能过于放浪恣肆，破坏了喜庆气氛。

有一次，我去给一个同事的老母亲贺百岁寿诞，几个人一起去给老寿星敬酒，我说到祝您老人家长命百岁，有个人拦我说，今天就是老人家的百岁生日呀。我说我知道，可我的话还未说完，我接着说道："祝老人家长命百岁再百岁，您是世间老人瑞，我们这些晚辈今天都来沾您老人家喜气来啦！"一圈人大笑，提醒我的那个人，照腰窝里捅了我一拳，说，你小子没糊涂呀。

回门宴，是闺女出嫁后，三日回门，摆下的专门招待新女婿的宴席。宴会的目的只有一个，大家都明白这规矩，就是想法把新女婿灌醉，能让其出点洋相最好，留下以后多年的谈资。但新女婿也不是单枪匹马，可以带一个两个人，叫扛篮子的。

我的邻居海群爷结婚，他回门时喊我去给他扛篮子，虽然我是生产队长，但这不是生产队的事，他是爷他叫去我不能不去。海群奶奶的娘家是伯岗集的，中午吃饭时，一看七八个陪客大部分是我的初高中同学。我想既然是同学，话就好说了，拉拉统一战线，只要打成混战局面我就能自保了，我只要不喝醉，海群爷肯定不会喝醉，因为冲到前边的是我。礼面上的酒喝过以后，我就开始论同学交情，然后就是战场混战。一会儿海群爷告诉我，有人喝的是水，我只笑了笑，没作任何表示。我想谁我也不监督，换来他们也不监督我。喝到最后，谁也没喝多，我和海群爷清醒地走出酒场，打道回府。回来的路上，海群爷说："你这孩子行，他们七八个人愣没把你喝多。"

满月宴，一般不会大请，找几个好朋友聚一聚就是了。要参加满月宴，得多少准备个红包，三块五块都行。宴前把孩子抱出来，轮流抱着看看，说长得像谁，说有福相，开开玩笑，然后喝酒。这种场合都是喊最知近的人，可以放开喝，话也随便说。

"你小子，时间不长，弄哩不瓤。"

"喝吧，咱都没帮啥忙，还是喝酒吧。"

"闭住你们的臭嘴，这事还能让你们帮忙。要喝就喝，不喝滚蛋。"

"哥，介绍介绍经验呗，我怎么弄生的都是闺女。"

"去你的吧，你就是绝户头命，再生还是闺女。"

"都别瞎咧咧啦，喝酒！"

"喝酒，喝酒。"

听说，现在家乡孩子考上大学也要办宴席，一是我没参加过，二是也没人请我参加过，应该也算喜宴吧。洞房花烛夜，金榜题名时，人生乐事也。

# 冬趣

冬天的早晨，可是真冷，猫在热被窝里怎么也不愿起床。不起床不行呀，总不能不吃早饭呀，总不能不去上学呀。

要是父亲、母亲喊我起床，心里再不情愿，也只好磨磨蹭蹭把凉衣服穿上，不敢赖床。

要是奶奶在做早饭，总是先把我的棉裤放灶门上烤热，裹紧，从厨房一溜小跑地给我送床上，催我趁热快穿。再把棉鞋烤干给我送来，穿时热腾腾的。不知小时候那么爱出脚汗，头天总把棉鞋里边淌湿，第二天早晨棉鞋冻得像个小冰窖，不烤干实在难以下脚。父母总抱怨奶奶惯着我，有奶奶在跟儿，我才不怕呢。

要说怕冷，还真不怕冷。吃过早饭，饭碗一推就出外去疯。如果有雪，就和小伙伴一起堆雪人、打雪仗。打雪仗就是把雪团成团儿，互相攻击，有时被别人的雪团击中头部，碎雪满脸，有时碎雪也落到脖子里。落在脖子里的雪，你还没来得及抖掉，已化成冰凉的雪水，别无他法，只能暖干了事。

如果积雪已经化了几天，房檐下总挂着几尺长的冰琉璃，我们爬上梯子，从根上用力折断，用手折不断就用棍子敲断，拿在手里当剑耍，寒气如剑气，也是气势逼人。不一会儿，两手里都是冰水，那也不舍得扔，继续玩。玩得没趣了，或者手冻得实在受不住了，我们就从尖头，嘎嘣嘎嘣咬断当冰棍吃。冰棍是冰棍，那就是雪水，淡而无味，咱吃的就是个脆性。

如果坑里的水已经冻实了，这下好了，我们可以在上面溜冰。我不会游泳，不会游泳不妨碍溜冰。溜冰重要的是掌握身体平衡，否则摔屁股蹲儿是常有的事儿，摔了就摔了，摔疼就摔疼，咧几下嘴，拍拍身上的碎冰屑，继续折腾。

如果地里有积雪，上学路上要小心别人往你脖梗里塞雪。有一个小伙伴犯贱，他本来没我力气大，仍然惹我。正走着，他忽然给我说，你看那边是不是只兔子，我刚一扭头，他顺手就往我脖子里塞了团雪，我只顾收拾脖子，他已像兔子一样跑远了。一路上他又塞了两个人，到了村头，我一使眼色，三个人把他按倒在地，棉裤扒开，给他塞一裤裆雪，让他光着屁股在那里抖半天。

到了晚上，雪映得大地蒙蒙亮，东西虽然看不真切，熟门熟路的地方，不耽误我们疯玩，打起雪仗来比白天过瘾，你想，这是夜行军呀。白天只能互相掷雪团，晚上可以练卧倒，练匍匐前进，要是白天，让大人看见肯定挨骂。

小时候，一到冬天就盼着下雪，下雪多有意思呀！

# 我的父亲

我的父亲没上过学，却识些字，能读书看报，还打得一手好算盘，所以曾经当过几年生产队会计。

我没问过父亲怎么识的字，我猜想无外乎两个途径。一是跟三爷学的。我的三爷是他的亲叔，三爷读过私塾，当时是俺庄最有学问的人了。三爷虽然有一肚子学问，却在家种了一辈子地，他那些之乎者也、经史子集没派上什么用场，教教自己的儿子和侄子，还算多少发挥些作用。二是父亲在商丘拖拉机修配厂当工人时，肯定上过夜校什么的。"大跃进"时代办工厂，招的工人大部分是农村青年，没几个识字的，不识字可以种地，不识字当工人可不行。我想厂里会采取一系列措施让工人脱盲，什么扫盲班呀，工人夜校呀，加上父亲原来也不是一个字不识，很快就成长为生产能手，不断被评为先进工作者，我曾见过他下放回来时带回的奖状，还有那杆作为奖品的英雄牌钢笔。

我想他的算盘也是跟三爷学的，三爷会打算盘。我小时候，父亲亲手教过我打算盘，我只是觉得算盘珠相碰时发出的"啪啪"脆响好玩，才乐于学打算盘。我不知道父亲教我打算盘时想的什么，是否让我长大了也弄个生产队会计当当，如果真是这样，我也算是门里出身了。

父亲算是一个好庄稼把式，扬场放磙，犁耧锄耙，样样来得。但他比一般庄稼人强的还有一手，会修柴油机。农业机械化具体到生产队最早的就是柴油机，用柴油机带动水泵抽水浇

120

地。安水泵，发动柴油机，不需要多少技术，大家很快都学会了。但柴油机坏了要修理，这只能由我父亲动手了，因为他在商丘拖拉机修配厂当过工人，修理柴油机是他的当行。有时父亲正在家吃饭，有人来喊说柴油机坏了，父亲放下饭碗就跟来人一起下地了。奶奶心疼儿子，就埋怨说，你那两口饭吃完能耽误多大事呀？父亲是从不给奶奶顶嘴的，也不吭气，只管跟来人走了。

父亲干活从不惜力，干公家的活儿和干自己家的活儿一样，所以人们都说他实诚。如果需要搭班干活，都愿意跟父亲在一起搭班。他看到别人偷奸耍滑，是从不会言语的，也不会影响他的情绪，他只管干他的活。

父亲为人也像他干活一样，实诚。谁跟他打交道也不担心吃亏，他不会或者是不屑于占别人的小便宜。即使吃了亏，只要过得去，他是不会说出来的，从没见他与人发生过这方面的争执。有时在家里会受到母亲的埋怨，母亲只要不一个劲儿唠叨，父亲一般是不接腔的。等到被唠叨烦了，父亲会大吼一声说道："你嘟噜个啥，他占那点便宜就好过了？"母亲看父亲发脾气了，要么嘟噜着走开，要么也不再往下说了。父母亲虽然脾性不同，但很少吵架。

父亲以他的实诚，在俺庄落了个好人缘。两家发生矛盾了，兄弟之间不和了，就请他去评理，从中说和说和。谁家有个红白喜事，也必请他去参加酒席。父亲喝酒也实诚，往往喝醉，年纪大了，酒场又多，心脏也有点毛病，我一直担心他的身体。偶尔回去见他一面，就叮嘱他少喝酒，他听了点点头，笑笑，也不说什么。后来他患了神经性皮炎，治好后医生给他说，以后少吃辛辣的东西，绝对禁酒，不禁酒很可能复发。这下好了，儿子说了不算，医生说了还能不算？父亲只好把酒戒了。酒席只管参加，就是不喝，这一下倒使我放心不少。

父亲每天出门散步，走得很快，我弟弟陪他散步时，紧着走才能跟上。就是他的听力下降得厉害，给他买的助听器，他嫌不习惯经常不戴，不戴助听器，和别人交流起来就显得困难了。

弟弟告诉我，现在老父亲有个毛病，散步时碰到碎纸、废塑料就顺手捡了拿回家，不让他捡他也不听。我说，他不听就让他捡吧，这能算啥毛病？一辈子苦劳俭省惯了。弟弟笑了，再没去阻止他。

父亲今年八十六了，一辈子没少吃苦，眼下身板还那样硬朗，真是我们当儿女的福气。

## 我的母亲

母亲没有上过学，所以不识字。我一直这样想：以母亲的聪明劲儿，她要是小时候能有机会上学，别说初中高中，就是大学说不定她也能考得上。

母亲完全称得上心灵手巧，平常的针线活儿不说，她会织纯白的棉布，还会织各种花布。农村会织布的人本来就少，会织花布的人更少。织布可以自家穿用，母亲织布基本是我家的副业，是为了拿到集市上交易，赚几个辛苦钱养家糊口。

布织好后，要拿到集市上去卖。父亲去卖过，不行。父亲是傻大方，这本来就是小本小利的事情，哪能经得起他大方？后来，母亲就自己去集上卖布，她从来不少给人家，但也不会多给人家。母亲算起账来，比一般人都快都准，谁也不敢欺哄她，谁也欺哄不了她，一是一，二是二。

我小时候的印象里，我们家堂屋当门的织布机，一年四季都在支着，母亲白天去地里干农活，晚上回来织布，一织就织到深夜。母亲那"哐当哐当"的织布声，就是我的催眠曲，这可是我在娘胎里就受教的。我睡到半夜起来撒尿，看到母亲还在织布，奶奶还在纺花。母亲的织布机前吊着盏煤油灯，奶奶纺车前小板凳上放着盏煤油灯，这幅"农家夜绩图"，是我永远也不会忘记的家庭场景。

母亲的记性真好，如今上年纪了，你要和她说起过去的事，仍能给你理得清清楚楚。说起家里的事是这样，说起村里发生的事也是这样。

母亲很能接受新生事物，适应新环境。父母亲年龄大了，家里又没暖气，到冬天我就接父母来郑州住。住到第二年春天，刚过了春节父亲就吵着要回老家去，母亲不愿意走，她觉得城市生活挺好，比农村方便。冰箱、彩电、煤气灶、电烤炉，这多好呀！可父亲不行，一天也不愿意在城市多待。儿女劝他们天暖和些再走，母亲同意。第二天父亲谁也不说，到长途汽车站买张车票，独自回去了。老两口总不能分开生活吧，我们给母亲开玩笑说："俺爹走让他走，你就不回去。"母亲说："那咋行？他自己连顿饭都做不好，我得回去。"我们只好把母亲也送了回去。

春节我回去过年，大家电视都看腻了，我和小弟陪母亲说话，已夜深了母亲尚无睡意。小弟给我说："咱娘在老家天天和别人一起打麻将，都夸她别看年纪大了，门儿清。现在住到城里打不成麻将了，又学会了下枚方。"这是我小时候就下的一种棋。我说："谁给她下呀？"小弟说："有时候我给她下，有时候翠玲（小弟的爱人）给她下。她能赢翠玲赢不了我。"我说："我看着你给咱娘下一盘。"我看到母亲仍然思路清晰，落子很有章法，小弟下着下着看不对劲儿，要悔棋，我不允许，母亲只笑不表态，结果小弟输了。又来一盘，小弟又输了。我笑小弟："你不是说你能赢吗？不让你悔棋你咋不赢呀？"小弟说："我让咱娘哩。"我说："我没看到你哪一步是让的，不行就是不行，别乱找理由。"小弟大笑，母亲也笑了。

小时候由于奶奶的溺爱，我比一般的孩子淘气，尽做些惹大人生气的事情。母亲虽然心里疼我，但表面上表现为严厉，有时气急了也会打我几下，仍是吓唬我居多，实在算不得什么。

## 黑锤儿爷

黑锤儿爷小名叫黑锤儿，我怀疑他是叫"锤儿"，因为长得黑，就落下个"黑锤儿"的名号。其实黑锤儿爷的称呼，是我父亲这一辈喊的，我应该喊老爷才对。他不在我们村住，而是住在东乡他姥娘家。

有一次老黑锤爷回来村里，大概是冬天，浑身穿着黑布棉衣。我印象特别深的是他穿的棉袄比一般棉袄长，又比棉大衣短。来个生人儿，我们小孩子只管围住看热闹，并不知道他是谁，更不明白他和俺庄有啥关系。一会儿父亲从旁路过，热情地给他打招呼，看我也在跟前，就把我提溜出来给他介绍："这是我跟前的，你的重孙儿，刚上小学。"又指示我，"快喊老爷。"我怯生生地喊了声"老爷"，只见老人慈祥地摸着我的头说："哈哈，我重孙儿都上学了。我就说嘛，我们家就是人丁旺，他们不服气不行。"我确实不知道，他怎么就是"我们家"，也不知道他说的"他们"是谁家。

后来陆续从大人口中知道，黑锤儿爷和我们是近门儿，是一个挺能折腾的人。他一辈子当过两次兵，当然都是国民党的队伍，他能两次逃跑回来。新中国成立后，他对此有一个很正当的说辞，把日本人打跑了，再当兵有啥意思，总不能和共产党打吧。

父亲给我讲过一件往事。有一年西头一家人家，仗着人多强梁惯了，到东坑来捞鱼，东头的人都不出头制止，黑锤儿爷看不下去，就出头去制止，结果打起来了。人家弟兄三个打他一个，打架的地方就在我们家门口，我的老爷就出门去劝架，对方误认为他是来帮手的，不由分说把我老爷也卷进去打开了。双方打得互有伤处，事后就开始打官司，官司一时分不出输赢，双方都没少费事花钱。对方的老太太就埋怨三个儿子不懂事，为什么去东坑里捞鱼。三个儿子说，不是你吵着想吃鱼，不然哪有这事？老太太一气上吊死了。农村常说死有理，对方就把老太太的尸首，抬到黑锤儿爷的家门口，非要多少粮食多少钱才埋人。黑锤儿爷家穷得叮当响，哪能赔得起？僵持了几天，没有结果。这时黑锤儿爷给对方点眼说，放着肉不吃，光知道要汤喝。对方悟出了其中奥妙，就把尸首抬到了我们家门口。我们家当时日子过得相对富裕些，只好赔了人家。全家都埋怨我的老爷："就你知道亲近，全东头没一个人出头，就你去劝架，这一下好了，你当冤大头吧。"从此，我们家的人都不再搭理黑锤儿爷。

黑锤儿爷后来离开我们村，倒不是和我们家的矛盾，而是他和西头一家人的媳妇好上了，结果被人家发现了，这事又找不着人顶缸，实在住不下去了，就去东乡他姥娘家住了。

东乡和俺庄距离很远，黑锤儿爷很少回来，我想他是把人家得罪了，也把自家人得罪了，回来谁会欢迎呢？只好流落他乡了。

# 林中叔

俺庄的赤脚医生，叫张林中，我该喊他叔，平常就叫他林中叔。

林中叔大高个，脸面白净，待人和气，一说三笑。他是读过几年书的，所以才让他当了赤脚医生。

林中叔当赤脚医生之前，村里没人会看病。村里人有大病才去伯岗卫生院或县医院，头疼发烧的小病，没谁去医院，用些土方就治了。譬如熬碗姜汤，煮碗柳叶茶，庄稼人皮实，不耽误干活儿，慢慢就熬好了。

自从林中叔开馆行医，就不断见他背着个带红十字的保健箱，在村里走动。村里人好像一下子医疗条件有很大改善，有了小病也不忍了。

"到林中家拿点药去。"

"叫林中来看看吧。"

"林中行不行呀？"

"行。我上一次发烧，人家说让我三天退烧，吃了他包的药，两天就退烧了。"

有一次我患了感冒，去林中叔家让他给我看看，拿点感冒药吃。林中叔很热情，拿过药后，他留我坐下说会儿话。我问他："林中叔，你的医疗水平在咱公社的赤脚医生中能数得上吗？"

他说："不是你叔给你吹，就咱公社卫生院那些坐诊医生，我也不服气多少。"

"真的吗？"

"医生这个行当，关键是得学习，得钻研。你看这些医书，我得空就看，不说能达到倒背如流，但也保证记在心里。只要上级举办的学习班，我没有不参加的。"

"这么多医书你都看完了？"

"不但看完了，还不止看一遍。再说了，这赤脚医生是个新生事物，是毛主席他老人家号召的，是给咱贫下中农保健康的，我要干不好怎么交代呢？"

"林中叔，您是好样的，不但会看病，政治觉悟也高。"

林中叔笑了笑："啥政治觉悟不觉悟，理儿就是这个理儿。我还有一条，咱能治的病就实打实地治，不能治的病，赶紧催人家去正规医院，因为咱的条件有限，无论如何不能把病耽误喽，乡亲乡邻的，我可落不起这个埋怨。"

"咱庄那几个老病号，你有啥高招治没有？"

"没啥高招，你方爷得的是肺结核，也就是常说的痨病，发展到这种程度，到大医院也治不好，他连药也吃不起，咋治？我已经尽力了，到处给他打听偏方。但总不见效，唉——"

"有你这个赤脚医生，村里人也已经少受好些罪了，真得感谢你。"

"你现在是干部，还给你叔客气哩。"

"不是客气，真像你说的，理儿就是这个理儿。"

林中叔小时候，在他们那一茬人里并不突出，但当赤脚医生以后，声望在村里不断提高。人吃五谷杂粮，谁能不生个病呢，患病时有个医生在跟儿守着，该是多好个事呀，尽管他是个赤脚医生。

# 方爷

方爷的大名叫张清堂，但我从不喊他清堂爷，就喊他方爷，"方"是他的小名。

方爷看上去是一个非常干净利落的人，因为年龄差距大，他年轻时的风采我没留下一点印象，似乎我开始认识他的时候，他就已经得上了肺病，就是肺结核。在那个缺医少药的年代，一个农民得了这种病，基本没有治愈的希望，无外乎拖延的时间长些短些。

方爷上过什么学我不清楚，但他是我们生产队里少有的几个文化人之一。他爱读书，也读过不少书，我们在一起时，他总能说一些我感到很新鲜的东西。所以，我爱和他一起掰和，就是聊天。

有的人说我："你整天和那个病篓子一起掰和个啥，小心他传染你。"

我听后笑笑，也不说什么，只要有空儿，我仍然和方爷一起谈天说地，不时发出会心的笑声。我从没担心过他会传染我肺病，事实上也真没传染我。

我知道方爷也喜欢我，喜欢我和他一样爱看书。他学来的那些知识，当一个农民能有什么用呢？如今又是一个病人，还是一个没希望治好的病人，那些知识就更没用了。我想他那些知识能找个人说道说道也是好的，心里也会舒坦些，我就很愿意听他说。

方爷虽说是个普通社员，但他有文化，和大队干部都熟悉，他可以到大队部把人家看过的《参考消息》拿回来看，他看过再转给我看。那时候最苦恼的就是没书看，更没报纸看，生产队又不订报，自己更没钱订报。逢到这时，我们聊的话题就广了，真是从公社到大队，从国际到国内，啥话题都能掰和一阵子。

上大学前，我在县针织厂当了一年工人。我本来是统计会计，现金会计是个女同志，因生孩子休产假，又让我代理了三个月的现金会计。我给方爷买了一些治疗肺结核的带用药，只记得有一种药名字是异烟肼，其他药名忘了。回家时，我把药给方爷送去，他接过药什么也没说，两眼噙满了泪水。

我上大学走前，方爷来我家给我送行，那高兴劲别提了，眉飞色舞，高谈阔论，好像不是个病人。

放寒假时，我回家过年，父亲告诉我，你方爷死了，上吊死的，熬不下去了。我听后什么也没说，两眼噙满了泪水。从学校回家的途中，我还想着要是见了方爷，肯定有扯不完的话题，可是谁承想如今已天人永隔了。

# 芳姑

芳姑比我大两岁，我认为她是她那一众姐妹中最漂亮的姑娘了，丹凤眼，瓜子脸，整天下地干活，脸怎么晒也不黑。个头又高，胸脯挺着，两腿笔直，质料再差的衣服，穿在她身上都展括括的。浑身透着一股英气，就是脾气暴些。

芳姑在家里敢给爹吵，敢给娘吵，姊妹弟兄都不敢惹她，生起气来，几天不吃饭。她家我那个奶奶经常说："就你这个驴脾气，一辈子也找不着婆家。"芳姑说："找不着，我住成老闺女还不行吗？"

我高中毕业回乡后，糊里糊涂当上了生产队长。我号召年轻人晚上加班拉粪、浇地，芳姑不但到得早，干起活来也利索，还不惜力。我吩咐她干什么活，从来没打过别。

有一次芳姑家又生气，喊我去评理。事情是有人给芳姑介绍了个对象，男方家庭条件很好，父亲是公社干部，家里有三间大瓦房，就是男孩个头太矮了，芳姑不愿意。二老很愿意，又说不服芳姑，就生起气来。我刚到她家，芳姑就哭着说："人长得尖嘴猴腮的，还是个矬子，我打心里就是不乐意，我不稀罕他家的钱财。"不管怎么说，我也算个有文化的人了，立场立即站在芳姑一边。

我给爷奶说："你们这就不对了，这是芳姑的终身大事，她心里不乐意，你们不能硬当家。"

同时又对芳姑说："你不愿意就说不愿意，犯不上给二老吵架，耍性子，让二老生气。"

芳姑的父亲说："好了好了，你不愿意就不愿意吧，这广智也说了，以后找到找不到婆家，我们也不管了。"

听到这里芳姑破涕为笑，我给她使了个眼色，芳姑领会了我的意思，就对二老说："以后找不着婆家我也不会埋怨你们，今儿是我不对，不该给你们吵架，惹二老生气。"

"算了算了，只要不把我们气死，就算烧高香了。"

晚上，芳姑给我家送来了一小篮麦黄杏，因为她家院里有一棵大杏树，结了很多杏子，正是成熟的季节。

芳姑坐下来给我母亲聊天，说："嫂子，你真有本事，生这么个有出息的儿子。"

母亲说："他有啥出息，还不一样都是打坷垃种地。"

芳姑说："嫂子你别这么说，上午广智到我家，三言两语就把我爹娘说服了，我给他们吵半天都不行。"

母亲说："不愿意就不愿意吧，赶明儿嫂子给你介绍个好的。"

芳姑说："嫂子说话可要算数呀，那我先回去了。"

母亲送芳姑到大门口，又站着说了一阵子，芳姑才走。

后来经别人介绍，芳姑总算找到了一个如意郎君，小伙子长得排场不说，还在县城一个工厂里当工人。

芳姑出嫁那天，我忙完其他事情，赶到她家送她，她正在里屋梳妆打扮，奶奶高声告诉芳姑："队长也来送你了。"

上轿时，我看到芳姑穿了一身红嫁衣，蒙着红盖头，嘤嘤地哭泣着，更显得娇美了。我打心里祝福她的婚姻美满幸福，这么漂亮的姑娘，不幸福没有道理。

后来我离开家乡，很少回老家，再也没有芳姑的消息。只是偶尔在某种场合，看到某女士和芳姑身材相仿，心想：如果这身衣服穿在芳姑身上，别是一番风致。

# 华叔

华叔比我小两岁，长得短小精悍，那双忽灵灵的眼睛，透着少有的精明淘气，一嘴洁白的小牙间都空着缝隙，却能做到学啥像啥。

一次我们一群孩子正在路边玩耍，义中大伯骑自行车从旁边路过。那时候村里自行车很少，我们队也就义中大伯有一辆，还算稀罕物呢，所以义中大伯骑车经过时我们都注目观看，等他快过去时华子嘴里忽然发出"噼嘶"一声响，连我们猛一下也觉得是自行车后胎撒气了。义中大伯平时对自己的自行车金贵得不行，听到撒气的响声，失急慌忙地从自行车上跳下来，差点摔倒。他按住后座试了试，车胎没瘪呀，又蹲下去用两手掐住车胎按了按，也没事呀，最后一脸狐疑地看了看我们，我们都不吭气，他就推着自行车走了。等义中大伯走没多远，我们笑作一团。都说华子你学得太像了，差点把我们都蒙住了。华子说，你看他那熊样，成天骑个洋车子跑来跑去，烧球啥！

一次，小可的二舅来俺庄走亲戚，正站在路口和别人说话，华子挑着个箩斗从背后走过来，突然拿捏成大人的腔调："老哥，你啥时候来哩？"小可的二舅嘴里说着"刚来，刚来"，赶紧回头打招呼，一看没人，只有一个挑着粪箩斗的十来岁的小孩，若无其事地从旁边走过，使他感到莫名其妙。站在他对面的人，也不好多说什么，毕竟人家是客人。小可知道了，就问华子是不是你给我舅开的玩笑。华子说，是呀，看你舅那个呆样，他还在那儿到处找人呢，他不知道说话的人就在他眼皮底下。小可说，咱俩一辈哩，你喊我舅喊老哥，你不是浑蛋吗？华子说，可弟，我下次再见你舅喊老舅不就行了。两人击掌，笑了。

我要去开封上大学了，华叔来家看我。他说，好了，你这一上大学，将来就可以吃商品粮了，再不用在家打牛腿了。母亲说，他华叔，你明年也考呗，考个中专也行呀。华叔说，嫂子你开我的玩笑不是？我连高中都没上，考个气儿呀。华叔第二年就参军了。我听说后，很为他高兴，心想，凭他的机灵劲儿在部队一定能干出点名堂。

寒假回家过年，听人说华叔在自卫反击战中牺牲了，已经追认为烈士了。我一下子不敢相信这是真的，他比我还小两岁呢，他是那么机灵活泼，怎么就牺牲了呢？我又想，这过年去不去他家给爷奶拜年呢，我和华叔从小常在一起玩耍，现在他牺牲了，我不去他家看看爷奶，拜个年，说不过去；可是我要去了，这大过年的，肯定会惹两位老人伤心，两难之下，一时真难拿定主意。

有一天我从家里出来，正巧碰上华子的父亲荣堂爷，我赶快上前打招呼，他也紧拉着我的手，问我什么时候回来的。我告诉他回来两天了，还没去看您和奶奶呢。于是我就和荣堂爷一起去了他家，没进屋就看到了门头上"烈属光荣"的牌子。进屋后首先映入眼帘的是镜框里华叔穿着军装的照片，面带微笑，显得更机灵活泼了。荣堂奶奶看见我来了，一把拉住我，笑着问寒问暖，亲热得很。家常话题谈完了，自然就说起了华叔。荣堂奶奶刚一提及，就两泪双流哽咽着说不下去了，我只好攥着她的双手和荣堂爷进行交谈。荣堂爷给我讲了华叔从参军到参战打仗，到牺牲，到安葬，到民政抚恤等。我说，华叔参军打仗，光荣牺牲，这是大忠大孝呀，他是为国家、为人民死的，希望爷奶不要太难过，要保养好身体，不然华叔在那边也不会放心的。我一时也没有更多话来安慰他们，站起来望着华叔的遗像，深深鞠了三个躬，匆忙告辞出来，眼泪止不住流了下来。

# 小
# 顺

小顺比我小一岁，是经常在一起的玩伴。

小顺长得精瘦，干什么都有一股利索劲儿。在坑里洗澡时，看上去就像一条鱼，手脚并用，箭一般向前游去，水对他好像没一点阻力，论速度没谁能追得上他。如果爬树，不管树有多粗多高，小顺都能毫不费力地爬上去，简直像一只足带吸盘的壁虎。不管多高的墙头，小顺在上边行走，如履平地，不摇不晃。

有一天，别的小伙伴告诉我，小顺得了脑膜炎，去伯岗卫生院住院了。我不懂啥是脑膜炎，只觉得这病带个"脑"字，可能病得不轻。但怎么也没想到，小顺的病竟没治好，两天后死掉了。现实就这么残酷，一个活蹦乱跳的生命，说没就没了。村里老人，年纪七老八十，去世了，在我们心里激起不了太大浪花，但小顺的死，却使我们心里无法平静，甚至联想到自己说不定哪天也挂了。

在我们家乡，小孩子死了是不能入老坟的，只能埋到乱葬岗去。这让人更产生了无边的孤独感。小孩子死掉，埋葬时是不用棺材的，而是只用秆草（谷子的秸秆）捆扎一下了事。我看到小顺在秆草的包裹下，显得更加瘦小了。小顺的母亲，坐在一旁哭得呼天抢地，一旁有不少人在劝她不要太伤心，要保重身体，还有一大家人要过日子呢。我们几个小伙伴，站在一旁偷偷抹泪。这时只见一个大人过来，也不言语，把小顺夹在腋下，另一个人扛了把铁锹，相跟着向村庄东南角的乱葬岗走去。我们心里害怕，也不敢追着去看。

我们几个小孩，有一天放学回来，壮着胆绕个弯去看看小顺的坟头。坟头是那样小。后来没有两年，那小小的坟头也不见了。

有的晚上，我们会站在村头，看那忽明忽暗迅速流动的鬼火，我们认为那就是小顺了。他已在另一个世界，不便和我们打招呼，就出来给我们显示显示而已。我知道这就是天人永隔了。

# 两个同学

我的小学同学，一个班上也有四五十个，不可能都在这里数叨数叨，再说有些同学连名字都记不起来了，这里只说天天和我一块上学的两个。

正，大名叫张子中，比我大一岁，论辈分该喊他叔。小时候谁会喊叔呀，都是叫"正"。正是个美男子，清秀异常，简直可用貌若潘安形容他。正还好脾气，说起话来斯斯文文，从来不会咋咋呼呼。我们两家住得很近，只隔一户人家，扭屁股就到，不但一路去上学，放学也一路回来，他是我最忠实、最长久的伙伴。

正小时候身板长得单薄，和我这小胖墩一起，就更显得清瘦了。他和别的孩子打起架来，先自怯了，缺乏一种拼劲儿，好在有我在身边护着他，谁欺负他我就和谁干仗，啥叫朋友，能看着朋友受欺负吗？

长大后，我和正一起去生产队地里干活，干活时也爱聚在一堆儿，说说笑笑。后来我去开封读书，逢年假回去，总要去他家坐坐，说说话。他有空也必到我家来聊聊天，谈些小时候在一块儿做下的糗事。

参加工作后，回老家的次数少了，偶尔回去一次，也是当天就返回了，好多年和正都未见一次面。后来听说他结婚了，还生养了一儿一女，我很为他的幸福生活而高兴。

有一次老家有人来郑州找我办事，我问起正的情况，来人说正今年春天死了，才刚四十岁。说他得了肺结核，熬了有三四年就不行了。我知道现在肺结核不像原来是不治之症，是可以治好的，怎么就死了呢？来人说，农村人生个病，哪能像城里人一样去治，治不好就算了。我心里很难过了一阵子。

助，大名张雷中，论辈分我也该喊他叔，那时候自然不叫他叔，而叫他"助"。助比我大两岁，但他从小到大个头都没我高，我们同一年开始上小学，一直到高中毕业，从未分开过。他学习成绩不如我，但脑子灵光，爱琢磨事儿，我和他一起做的那些淘气事，有不少都是他出的主意。偷个瓜果梨枣，和别的孩子干仗打架，也算在战斗中结下了友谊。

助先是养了几年猪，只是规模太小，一二十头的样子。猪圈就建在他家院子里，本小利薄，养了几年，只好收手不干了。

又过了几年，助成了远近闻名的风水先生，阴阳两宅都能看。我回村里见到他，笑着问他，你这本事咋学的？他说跟太康县一个老风水先生学的，两人凑巧认识了，一个愿教，一个愿学，那还有啥说的？助叔说他只能算上了点路，和先生的本事比起来差远了。先生去世后，送了他一本书，让他好好钻研。书的名字我都没有听说过，真是高手在民间呀。

去年春节回去，听说助叔又开始酿造营养醋了，还在网上销售，供不应求，小日子过得红火着呢。我知道他家是老醋坊，小时候都是去他家打醋，他酿醋也算是家传手艺了。我说他脑子灵光吧，你还别不信。

## 提（dī）雾麦

小麦开始孕穗到炸苞前，有一种患病的小麦，看上去和其他小麦没啥区别，但实际里边的穗已病了，最终结不出健康籽粒来。把麦穗剥开，里边的胎穗形状和健康的麦穗没有两样，只是里边已经变黑，外挂一层如雾气的白粉，所以我们叫它雾麦。雾麦的胎穗吃起来嫩嫩的，甜甜的，有一股清香。所以，我们小孩子乐于把雾麦提下来，剥开，吃掉，好像比别人提前品尝到了新麦的味道。

雾麦的穗苞和健康小麦的穗苞并无明显区别，没经验的人如果搞不清楚，把健康的小麦当成雾麦提掉了，那就大错特错了，所以大人是反对我们到麦田里去提雾麦的，免得我们糟蹋庄稼。可是嫩时不提，等炸苞了，倒是一眼能认出来，但已经老了，不能吃了。

吃的动力谁能挡得住，我们去学校的路上，两边都是郭岗的麦地，一瞅周边没其他人，我们就钻进麦地提雾麦吃。有时正提着，发现郭岗的人来了，赶紧逃逸，那时候我们跑得贼快，即使大人也难追得上我们。

有一次，我们正提得高兴，忽然从四面麦地里站起四个人，一齐向我们围来，虽然不是八面埋伏，人家都是大人，四面围来我们怎么也跑不掉呀，只好束手就擒。他们知道我们是洼张的，也不好意思太为难我们，就把我们领到学校见老师。

"你们来上学，不直接来学校跑人家麦地里干啥去了？"老师问我们。

"提雾麦哩。"海龙叔是我们几个中间年龄最大的，我们不搭腔，他只好接茬。

"那你们要把好麦当成雾麦提掉怎么办？"

"不会。"

"怎么不会？"

"雾麦和小麦长得不一样。"

"怎么个不一样？"

"提雾麦你要迎着太阳，不能顺着阳光。迎着太阳看，好麦照着青青的，雾麦照着黑黑的。离几步远都能看出来，错不了。"海龙叔还边说边比画。

"嗳，你还是个行家啦。"老师说罢笑了。郭岗的几个人也跟着笑了。海龙叔显得很不好意思，我们几个捂住嘴笑。

"以后上学就是上学，提什么雾麦，不准乱往庄稼地里蹿，踩坏了庄稼小心你们的屁股，快去上课吧。"老师一脸严肃地教训我们。

我们如脱网的鸟儿一样向教室跑去。从此海龙叔落了个外号——"太阳一照黑黑的"，只要一说这句话，谁都知道是指海龙叔，他自己也从不否认。

# 听戏

小时候不光是肚子吃不饱，精神上的饥饿显得更严重些。字认识了，却找不到书看，比饿肚子还难受。

那时候的精神生活有什么呢，除了好长时间能看场露天电影，再有就是听戏了。

我们从来都是说听戏，而不说看戏。在庄当中那片露天地里，说大鼓书，唱河南坠子，时间又都是晚上，你只能听，你要看可没什么可看的。说大鼓书时就是一个人，一面鼓，一副月板，说书人也不化装，穿着打扮就是个农民，你看个啥，只能听。唱坠子倒是两个人，多一个拉弦的，拉弦的人多数还是盲人，仍然没什么可看的，也只能听。所以我们叫听戏，不说看戏，是很有道理的。

要说称得上是看戏，还真有过一次。大队请来了县剧团，戏台就搭在大队部后边的空地上，演出时间还是大白天，演员都化了装，那是我平生第一次看戏。演出的剧目是《朝阳沟》，据说演员都是县剧团的名角，什么"笑脸"呀，什么"红脸王"呀。看罢《朝阳沟》，我们男孩子之间也是张口"亲家母"，闭口"老嫂子"地胡乱开玩笑。

听得多的当然还是大鼓书和坠子。每年收秋后，场光地净，田里已没多少活可干，请人说书。说书地点，就是俺庄当中那片空地，后来想想，那就是俺庄的广场，甚至可以叫文化广场。大人都搬个小板凳，坐那儿听。我们小孩子席地而坐，屁股下面什么东西都不带垫的，要垫就垫自己一只鞋。如果中间尿急

142

也不愿离场，怕耽误听书，还怕自己的好位置被别人占了去，在自个跟儿挖个尿窑，直接尿进去就是，小孩儿家，你只要不尿别人身上，谁管你呢。

一次说书，总要十天八天时间，否则说不到热闹处，不过瘾。我记得听过《七侠五义》《彭公案》《施公案》《杨家将》《岳飞传》等。有的艺人擅长说哪部书，十里八村的大家都熟悉，愿意听哪部书，大人商量一下，就去把那个艺人请来。我们那里请谁来说书，不说请谁来唱戏，说成写的谁的戏，雅着呢。

我听戏是场场不落的，即使邻村说书，也每场必到。村里几个老人，本村有戏去听，年纪大了，邻村有戏没法去听。我头天晚上在邻村听的戏，第二天按我的记忆，连说带比画地给他们讲一遍，他们听了很高兴，少不得夸我说，这孩子聪明，听了都能记住。

晚上听戏，白天我们小孩子就凑到一起，扮演戏里的角色，什么南侠展昭呀，北侠欧阳春呀，小侠艾虎呀，锦毛鼠白玉堂呀。嘴里喊着手里根本没有的厉害兵器，胡乱对杀一通。反正都愿意当武艺高强的角色，但现实中你实力不行，你只能被人家派定个小角色，不让你当坏人就算照顾你了。

赶集路上，邻村人碰到一起，互相询问村里写没写戏，要是写了写的是谁的戏。写没写戏不一样，请的艺人名气大小不一样。请了戏的村里人，觉得比没请戏的村里人，脸上光面些；请的艺人名气大的村里人，比请的艺人名气小的村里人，脸上光面些。谁没个集体荣誉感呢？

庄稼人，辛辛苦苦劳作一年，写场戏听听，真是应该得到的一份精神享受！

月
夜

生产队里分给各家的红薯，要立即切片晾晒，直到经过三两天晒干，再捡拾回家，才算踏实的收成。如果没等晒干就遇上了雨天，红薯干在地里发霉变质，那全家一个冬春的口粮就成了大问题。所以，红薯一分到户，家家都忙得手脚不闲，谁家也不会拖到第二天再切片，当天必须切完晾上。切片时固然有割破手的危险，算个技术活儿，父亲熟练得很，我不会。我的任务是把父亲切下的鲜红薯片摆到地里，这活儿不需要技术，但也马虎不得，不能有任何两片重叠在一起，重叠的后果是该两天晒干的，三天也晒不干，晒不干，收不回家，那就不算到手的收成。

那天红薯分下来后，父亲有事来地里晚些，别人家都切完陆续归去，我们家还没切完。天黑下来了，东边天空冉冉升起一轮橙黄色的月亮。那月光虽然比不上白天的太阳明亮，照着干活儿足够了。父亲切完，把物件收拾到架子车上，问我还剩多少没摆完，我说快了，你先走吧。父亲吃力地把架子车拖到大路上，先走了。当我摆完最后几片，站起来活动活动酸疼的腰，朝四周看看，连一个人影也没有了。月光下大地有些虚浮，我觉得自己是在一个看不到岸的大海上漂着，既无助又无奈，于是赶快挎起条篮，沿着小路向村里急急走去。

月亮比刚升起时，白了些，亮了些。周围的一切，虽能看到，但看不真切，显得朦朦胧胧。空气中似有薄薄的雾，黏滞着我的双腿，使我走起路来不像白天那样轻快，我顿时感到有些孤单，感到从未有过的渺小和柔弱。

远处的村子，灰蒙蒙的一坨，村头的树木也都粘连在一起，分不出远近高低，房屋是根本看不到的。周围只能偶尔听到几声虫鸣，我想那是蟋蟀了。村里的人语声根本听不到，只能听到几声狗吠。天空忽然传来几声雁唳，抬头看去，有一阵大雁飞过。雁过后，周围显得更苍茫寂静了。

离小路不远处有一个坟头，坟上洒满月光，我知道里边埋的是一位大伯。他活着时对我很好，老在父亲面前夸我。但我仍然怕他现在出来和我搭话，心想既然你对我好，现在你就不要出来吓我。大伯是一个脾性那么好的人，对人那么和气，就和这月光一样温情，怎么不到六十岁就死了呢。他要是没有死去，现在正巧碰到他，岂不像见了救星一样，陪着我一起走去村里。

我来到村头的大路上，路面被月光照得像落了一层霜，我使劲儿用脚朝前趋了几下，只荡起一些看不清的浮土，那浮土似乎早已被露水打湿了。路旁的几棵大杨树，因为无风，杨叶懒懒地泛着月光，并未发出声响，只偶尔飘落一片，触地的响声也没白天来得清脆。我想这杨树是怕吓着我，才暂时没有发出大的响声，我很感激地回头又看了看，它们像几个白头老人，默默地站在那里，凝望着天上那一轮明月。

我看到墙根儿前有一个黑影在移动，心里毛毛的，走近看是一头正在趁着月光觅食的猪，拱一阵儿"哼"一声，猪身上也落了薄薄一层霜，不像白天那样彻黑。

远处传来几声狗叫，一会儿我家的黄狗跑来接我，又是拱我的脚，又是舔我的手，亲热得不行，使我产生了一种已经到家的感觉。黄狗在月光的笼罩下，周身泛着时有时无的毫光。

寻常晚上是不烧饭的，因为今天干活太累，母亲贴了一锅玉米面饼子犒劳我们。我到家时，正巧饭熟，铲在馍筐里的饼子，圆圆的，黄黄的，也像一个个月亮了。

奶奶拿起一个玉米面饼子，夹上一片豆糁，塞到我手里。同时埋怨父亲把我一个小孩撂到地里，也不怕孩子害怕。父亲也不申辩，自顾吃饭去了。奶奶问我："你自己走夜路怕不怕？"

我说："不怕。"

奶奶笑了笑说："俺孙儿有种！"

月亮做证，其实走夜路我心里是害怕的，尽管月光是那么明亮。

## 捉特务

镇海叔比我小两岁，老实巴交的，从不说谎。

有一天，我们几个小孩子正在村头玩耍，镇海慌慌张张跑来告诉我们，他在秝秝地边看到一个生人，脊梁上背着个黑匣子，匣子上边还有根天线。我们几个七嘴八舌地议论，怀疑可能是特务。不知谁带头喊了声"捉特务"，随后大家也跟着喊起来。我们各人或持了木棒，或掂了粪叉，一窝蜂地跟着镇海向秝秝地跑去。碰到大人们，他们也不知找谁才能问清事由，也操着抓钩、锄头，随孩子们一起来到秝秝地旁边。

一会儿，队长也到了，问怎么回事。我们告诉他，镇海看见一个特务，还背着发报机，钻秝秝地里去了。队长又问镇海，镇海颤颤地说"真的"。队长让大家散开，一个人把一垄庄稼往前赶，不能让特务跑掉。大家一边喊着"捉特务了"，一边一齐往前赶，赶到地头也没见个人影。不少人过来吵镇海，镇海委屈得哭了。

还是队长说："镇海这孩子没说过瞎话，是特务都很狡猾，不会让我们轻易抓住的。"

有人接道："说不定人家早跑到洼王地里去了。"

大人们散去后，我们小孩子还围在地头议论。

"你们说，要真是特务，他身上带不带枪？"

"当然带枪，特务会不带枪？"

"要带枪也只能带把手枪，不可能带杆步枪，步枪那么长，带步枪早被人发现了。"

"要是手枪，能装几发子弹？"

"最多五发。"

"他要是开枪，打得再准，也只能打住五个人，咱几十个人呢，他还是跑不掉。"

"所以要赶紧溜号，他要被我们捉住就完了。"

"你说这狗特务，跑咱庄来能干些啥呢？"

"就是，他又不是小偷，偷只鸡，偷只羊。"

大家一时搞不清，这特务到底来干啥。后又问过几次镇海，他还是说："真的看见了，那个人脊梁上背个黑匣子，匣子上还有根天线。"

# 烧红薯

在野地里烧红薯吃，真是忘不了的乐子。

把刚从地里挖出来的红薯烧了吃，首先是尝了鲜。经过栽培、浇水、施肥、除草、翻秧，最后看到薯块在地下不断长大，把地皮拱得裂出或大或小的裂纹，就盼着有一天，从地里刨出来就地烧了吃。红薯的那种香、甜、面的味道，令人垂涎日久，今日得尝，岂不快活之至？

再者，烧红薯是可以当饭吃的，是可以照饱处吃的。吃了烧红薯可以继续干活，不需要再跑回家去喝一肚子稀汤寡水，等跑回来接着干活时，来回折腾得饭力耗掉了一半。你在地里掰几个芝麻蒴，往嘴里绷几个芝麻籽，香是香，能香多久，能顶啥用？你在地里摘几个绿豆角，剥了吃到嘴里，甜是甜，能甜多久，能顶啥用？啥也不能和烧红薯比，错远了。

烧红薯好吃是好吃，你得会烧。常言说"樱桃好吃树难栽"，烧红薯也是个技术活，特别是刨窑要看准风向，生熟要看准火候。烧窑挖背了风向，既费柴又受罪；火候掌握不准，轻了不好吃，糊了不能吃。

收获红薯的劳动我们叫出红薯。社员出一上午红薯，中午放工回家吃饭，我们四五个人留下来看红薯，烧红薯吃就成了我们的当然权利。队长让赶快挖窑，扭头一看他的侄子在跟前，就吩咐他看看啥风。我这个老兄用块坷垃往上一抛，直上直下落地，说，上下风。结果被队长臭骂一顿，从此还落下个"上下风"的外号。旁边有人抓把细土一抛，看尘土往哪刮，立即

149

辨清了风向，有人抄起铁锹按风向十下八下就把窑挖成了。大家齐动手挑最好的薯块拿来，队长一块一块在窑上卷成一个穹顶，然后点上玉米秸秆开始烧，烧到了一定火候，队长认为可以了，就把火灭掉，把红薯拢进窑内，把窑壁踩塌封上。五分钟后扒出来吃。拿起烧熟的薯块，当你揭掉第一块薯皮时，一股满溢薯香的热气扑面而来，简直令人陶醉。吃起来味道比把红薯拿回家煮了、烀了好得多。

除了在地里烧红薯吃，我们还在地里烧吃过玉米，烧玉米更需要技术，主要是把握火候，火不能大，火大了会把玉米烧焦，烧焦了无法吃。我们在地里还烧吃过毛豆，烧毛豆相对粗放一些，大火伺候，东方不亮西方亮，有烧焦的，也有烧得正好的，火一灭，各自捡着吃吧，生熟都是自己捡的，怨不得别人。反正最后都落得满手满脸黑灰，一个个花猫似的，谁也别笑话谁。

由家乡的烧红薯想开去，我很能理解有些人为什么喜欢野炊。天苍苍，野茫茫，几个人在野地里自己动手整吃食，再没那么多规矩限制，再没那么多狭窄局促，原来一日三餐的人间烟火，也可以有这样一种自由放任的状态。

## 给父亲写信

我九岁那年，父亲随村里人到湖北荆州去打工，干的活儿是挑堤。所谓挑堤，就是把河床里的泥土挑到大堤上，既加深了河床，又筑高了大堤，能起到很好的防汛作用。

有一天，父亲来了信，我当时上小学四年级，念信不成问题。放学回来就把信念给奶奶和母亲听，开头称呼是母亲大人，信的内容讲的是挑堤的活儿和咱这挖河差不多，也不太累，伙食也好，只是整天吃大米有点不习惯，工程估计可以多长时间完工，到时候就回去了，不要挂念，最后问全家好。

奶奶听完，问我："信上尽给我说话，也没给你娘说话？"

我说："没有。"

奶奶又问："也没说让你好好上学？"

我说："没有。"

奶奶说："我说你爹就不是个清亮人，大老远写信就给我自家说话，真是！"

我说："奶奶，俺爹也不是光给您说话，这不是还问全家好吗？全家肯定包括俺娘，还包括我和弟弟妹妹。"

奶奶笑了："给他说，都好，都好！"

我也笑了："奶奶，你让我给俺爹说都好，他在湖北那么远又听不见，我给他写封回信吧。"

奶奶吃惊地问："你会写信？你小孩家会写信？"

我说："我会，我在学校学过写信。你们想在信里给俺爹

151

说什么话，告诉我就行，我都写上。"

奶奶说："那能说啥，不要叫他挂念家，还能说啥？"

我问母亲，母亲说："你奶奶一说啥都有了。"

我把信写好，念给奶奶和母亲听，开头用的是父亲大人，没有念。内容写了奶奶身体好，俺娘身体也好，她们让你一定要吃好，不要累着。家里养的猪长得很快，几只鸡争着孵蛋。弟弟妹妹都很听话，最后我表态一定听大人的话，不淘气，好好上学。最后落款也没念。

奶奶听后说："中，写得怪好哩。快寄走吧，寄一封信多少钱？"

我说："平信，八分钱就够了。"

奶奶给我母亲说："快给孩子一毛钱，让他寄信去。给两毛，大老远跑到集上，也让孩子买个烧饼吃。"

父亲从湖北打工回来，给奶奶和我母亲说，信收到了，几个人传着看了，还都夸这孩子信写得好哩，把家里啥事都写上了。父亲可从来没夸过我，奶奶和母亲听了也都很高兴，我心里也觉得美滋滋的。这是我给父亲第一次写信，也是生平第一次写信。

## 关于舅舅

舅舅是母亲的亲兄弟，所以在我们家乡，外甥和舅舅的关系被认为是至亲关系，舅舅在外甥面前，除了父亲外是最有权威的男人了。

舅舅在管理外甥时，可以像管理自己的儿子一样，说了你不听，可以动手扇一耳刮子跺两脚，人们都认为这是再正常不过的事，外甥如果敢反抗，会被认为不通事理，大逆不道。

家里发生了什么矛盾，爹娘也说不通的时候，可以喊舅舅来评理。舅舅来了，拿出长辈的尊严，对外甥数落一通，再和和稀泥，很多时候这事就算过去了。

当好舅舅也要有点本事，自己先要做到通情达理，能掌握矛盾的要害，再挟长辈之威，说得又入情入理，外甥听了自然服气。有的当舅舅的，只仗着是舅舅，葫芦僧判葫芦案，弄得外甥不服，矛盾不但没有化解，外甥真杠上了，自己脸面权威也没了。

特别是在母亲的丧事上，究竟要怎么办理，一定要征得舅舅的同意。包括用什么棺木呀，停灵几天呀，用不用响器呀，只要舅舅同意了，别的人无话可说，因为要入土的人是他的亲姐妹，他的话最有分量。

舅舅能管外甥，除了血缘关系，还要建立在舅舅和外甥的感情基础之上。我们家乡好说"妗子不亲舅舅亲"。这实在都是按血缘关系说的，实际上妗子也有亲的，舅舅也有不亲的。

家乡的风俗中这么尊敬舅舅，但人们又常用"舅舅"来骂人，除了真正的亲戚，弄得谁都不想轻易当舅。

如果两个经常爱开玩笑的人碰到一起，有时候就拿"舅"来说事，如果正巧其中有个人自己儿子在跟前。这玩笑就开始了。

"孩子，过来，见过你舅。"

"瘦（故意把舅转话成瘦），瘦了你晌午回去吃饭时多加把料。"料是喂牲口的，不是人吃的。

"孩子，快过来喊舅。"

"舅，不舅（救）你早死驴肚里了。"

我还记得最早学会的歇后语中，有一个是外甥打灯笼——照舅（旧）。后来说起"按既定方针办"，我老想起这个歇后语。

154

## 寿衣寿材

家乡上了年纪的人，只要家庭条件允许，都提前准备好寿衣和寿材。

寿衣也叫送老衣，一般是年纪大的妇女备下的。寿衣要选上好的布料，做好后叠得整整齐齐，放在箱子里，有人还不时拿出来看看，每年还要拿出来晒晒，以防生虫。

寿材就是棺材。棺材做成后，放在一个闲房子里，每年油漆一遍，漆的遍数多了，看上去油光锃亮。平常日子里，棺材上盖一层谷草，我们小孩子看见棺材害怕，捉迷藏时从不敢藏在那屋子里，除非胆量特别大的孩子，可是你敢藏，没人敢去找呀。

老人们谈起来自己的寿衣和寿材，用的什么布料，什么木料，都是喜笑颜开，好像随时就要穿身上，随时就要躺进去。他们面对死亡的坦然和乐观，真是令人钦佩。

做棺材最好的木料是柏木，一般人家用不起，能用全榆木已经算上好的材料了，榆木瓷实，顶沤。追求的也是个不朽。

大部分老人都是文盲，不识字，更不知道什么是唯物主义，什么是唯心主义。多数人相信死后魂儿是不死的，要到阴间去生活，这寿衣就是在另一个世界的衣服，这寿材就是另一个世界的房屋。

老人们和别人说起死亡时，一点也不忌讳。

"老人家，您今年多大年纪了？"

"八十了，早该死了，七十三，八十四，阎王不请自己去。"说罢哈哈笑起来。

"您这身子骨硬朗着呢，活到九十没问题，说不定能长命百岁呢。"

"哈哈，活那么长干什么？又干不了活了，净是累赘。听说以前有个朝代，到六十岁就活埋了，干不了活了就该埋掉，多省事呀！"

我们村有一家，小两口生气吵架，媳妇跳井死了，娘家人不愿意，可人死不能复生呀，娘家人提了个条件，要用公公的寿材殡葬，否则不能下葬，万不得已，只能从了。老人家以前很为自己的寿材骄傲过，半路上又飞了，越想越气，气得一病不起，半年后也死了，结果只享用了个白茬棺材。我想他老人家是死不瞑目的。

# 晒暖

雪消了，草青了，柳树发芽了，天气一天天暖和起来。

几个老人穿着黑色的厚厚的棉衣，坐在临大街的墙根儿晒暖。有的人屁股底下坐个土坯，有的人干脆直接坐在地上，但都背倚着墙头。我们一群孩子就在他们跟前打闹，他们在有一搭没一搭地说话。

"麻子到底没撑过这个冬天，翘蹄子了。"

"走了也好，一辈子走州过县，吃过香哩，喝过辣哩，也值了。"

"这货一辈子寻三个媳妇，也没留下一男半女，死了也没个扛幡哩。"

"听说他在安徽太和当兵时找的那一个，给他生个儿子，可是他自己不吭气跑回来了，后来再没敢去认过。"

"没认，那是他理亏，理不亏咋不能认？"

"你还别说，他跑回来跑对了，他是张岚峰的队伍，如果他不跑回来，新中国成立后有他受的。"

"这货还是精明，他说他也是穷人出身，他一口咬定他不想给共产党的队伍干仗才当逃兵，也没人再找他的麻烦。"

"咱们都是一窝子张，谁会愿意找他的麻烦。"

一个话题说完，大家都不再言声。有的探到衣服里去捉虱子，捉住一个，用两个大拇指指甲盖一挤，"啪"的一声，举到眼前看看，再往鞋底一抹，继续享受那阳光送来的温煦暖意。

我们玩着玩着打了起来，有一个货吃了亏，哭着跑到一个老头跟前告状："老爷，二平打我。"

老头问："哪个是二平，为啥打你？"

另一个老头笑了，说："二平是我的重孙，那个高个。"

另一个老头接话："你们想想，咱们的重孙都这么大了。咱还能不老？"

"都是这些孩子拱的，啥时候把我们都拱到土里就不拱了。"

"他拱我们，以后的孩子拱他们，一样。"

"一茬拱一茬，我们小时候还有'学'字辈的人活着，现在我们几个'元'字辈的人辈算最长了，等我们死光了，该轮到'堂'字辈打头了。"

"咱庄家谱排的是'文学应云元，堂中广明贤'，这些孩子该是'广'字辈、'明'字辈的了。"

"这家谱上的辈字快用完了，该去续家谱了。"

"听说今年秋后就去续了，总不能等到用完再续。"

太阳还高着，我们继续打闹，老人们继续晒暖，时不时地来个扪虱而谈。

# 疾病

人吃五谷杂粮，哪能不得个病呢？这就是村里人对疾病的态度，觉得人得病很正常，天底下就没有不得病的人。无外乎是大病小病，恶病好病。病还有好的，有，我们家乡把怀孕后的妊娠反应，叫害好病。

有的人得了急病，还没来得及去医院就死掉了。农村人认为就该这样，这是命。如果是年轻人得急病而死，还撇下有孩子老婆，加上平常人缘又好，会引起一片同情，出一屋进一屋的人，都过来安慰家人，齐手帮忙料理后事。如果人缘不好，也会有极个别人说怪话，不知道哪辈子造的孽呢？如果是年纪大的人得急病死了，人们会说，走得也太快了，不过这样也好，一点罪也没受。家乡人认为，床前没有百日孝，你一病在床三年两年的，端吃送喝，擦屎刮尿，儿子儿媳妇再孝顺，也经不住长时间的挨磨，再说那罪总得自己受。

人要是得了治不好的长病，花了钱病又治不好，最后落得个人财两空，是最煎熬人的。所以有些人知道自己得了绝症，就坚持不吃药不打针，等死，认死也不给儿女增加负担，这些人一旦横下心，任谁也说不动他（她），儿女费事巴力取了儿服药，他（她）会生气地扔掉，不治就是不治。有些人病到熬不下去时，就自寻了短见，多是悬梁自尽。方爷就是这样，不行了就在窗棂上别了根棍儿，上吊了，家里人看都看不住。

人得了病，吃点药好了，除了家人知道，外人可能不知道，你头疼发烧了，谁没头疼发烧过，那也值得叫病。

我们家乡人对疾病还有一句顺口溜：大小得个病，可别要了命；弄个十天半月，喝个酸汤面叶。家乡人对疾病就是这样的豁达。

腊八　祭灶　写春联　过大年　走亲戚

# 第三辑

闹元宵　二月二　清明　端午　六月六　七夕

中秋　重阳节　寒衣节　冬至　娶媳妇　嫁闺女

坐月子　认干亲　生日　起名

# 腊八

腊八节，我们是叫小年的。过了腊八，就盼着过年了。"小孩小孩你别馋，过了腊八就是年。"

过了腊八节，盼着过年，我们经常挂在嘴边的儿歌就是："年来到，年来到，小闺女儿要花衣，小小子儿要鞭炮，老头儿要个红缨帽。"

腊八这天要吃腊八粥。奶奶用小米、黄豆、绿豆、豇豆、红小豆、花生、红枣，熬制腊八粥，吃着非常香甜，感觉比后来吃的八宝粥强多了。

传说上古有个帝王，三个儿子死后都变成了恶鬼，这些恶鬼专门欺负孩子，但他们最怕赤豆，也就是红小豆。腊八这天，小孩子如果吃了有红小豆熬制的腊八粥，这些恶鬼就不敢纠缠了，能保一年平安无事。

腊八是释迦牟尼佛成道日。释迦牟尼经过多年苦心修行，仍然一无所获，身体虚弱得路都走不成，正巧碰到牧女苏耶妲，苏耶妲熬了一碗粥，送给释迦牟尼吃。喝了粥以后，释迦牟尼浑身来了力气，站起来走到一棵菩提树下，静坐悟道成佛。为了纪念佛祖成佛日，寺院每逢腊八要向信徒施粥。

腊八这一天，除了吃粥，还要冻腊八蒜，也叫冻绿蒜。奶奶让我剥很多蒜瓣，洗干净，放到一个坛子里，然后盛满醋封起来，过几天蒜瓣都变绿了，翡翠一样。过年时吃油腻东西多，吃点绿蒜爽口消食，是非常不错的佐餐小菜。

有一年腊八，我在外边疯了一上午，中午回去吃饭，一看奶奶用各种豆煮的粥，才知道当天是腊八。我刚端起碗喝了一口，奶奶问：“好喝吗？”

我说：“好喝。”

奶奶问：“甜吗？”

我说：“不太甜。”

奶奶从桌上一个纸包里给我搲了一勺红糖放碗里。奶奶说：“搅搅，看甜不甜。”

我随即搅了搅，猛喝一口，立即惊叹道：“奶奶，甜哩狠，好喝！”

饭后我想，往年吃腊八粥没有放过糖，今年怎么有糖呀？忽然想起，奶奶生日那天，姑姑来给她老人家祝寿时拿一包红糖，奶奶舍不得吃，才留到了今天。

武则天有一首很有名的腊八诗，《腊日宣诏幸上苑》：“明朝游上苑，火急报春知。花须连夜发，莫待晓风吹。”腊八时节，天气寒冷，除了梅花凌寒吐蕊，其他花皆难绽放。但武则天是皇帝，据说她一下诏，上苑百花不敢抗旨，都开了，只有牡丹未开，武则天一生气，把牡丹从长安贬到了洛阳，这倒使洛阳变成了后来的牡丹花城。

过了腊八盼过年，只是我们小孩子的心思。过年多好呀，可以穿新衣，可以吃白馍和肉，可以放炮仗，可以看焰火。大人们一点不着急，甚至还为置办年货愁得唉声叹气。只要过了腊八，我们小孩子只管议论怎么样过年，编织出一幅幅美丽的图画，不管能不能实现，只管往好处想，先过把瘾再说。小孩慌着过年，对农村孩子来说更是如此，腊八节等于吹响了过年的号角，谁个能淡定得住呢？那可是个展翅欲飞的年龄。

# 祭灶

腊月二十三，送老灶爷上天。

祭灶都是父亲的事。灶王爷的神像贴在灶台旁的墙上，父亲祭灶时，会掫一碗粮食当香炉，燃上三根香，再放一盘麻糖，也就是灶糖。口里念着"上天言好事，下界保平安"。等香燃得快尽时，把老灶爷像从墙上揭下来，烧掉，就算送老灶爷上天了。

说老灶爷是玉皇大帝派到民间的监察神，腊月二十三这天，他要回天宫向玉皇大帝汇报一年的工作，由玉皇大帝来决定对这家人的赏罚。用麻糖祭拜老灶爷，是因为麻糖又甜又黏，老灶爷吃了灶糖，不好意思再说人间的坏话，说也说不利落，玉皇大帝听不到人间的坏话，听到的都是好话，就只给人间降吉增祥，保佑平安。

祭灶使我们挂心的事，不是老灶爷回到天宫说什么话，而是祭灶后的麻糖。麻糖麻糖，浑身沾满芝麻，吃起来又香又甜，寻常日子父亲是不会舍得买给我们吃的。

灶神是和人间关系最近的神了，谁家能不烧火做饭呢？所以家家都请有灶神。腊月二十三，把经过一年烟熏火燎的老灶爷送上了天，到年三十，再把新请的灶神爷贴上，继续值守到明年的腊月二十三。灶神像上，还印有日历、节气、九龙治水等，据说过去还印有各种民间禁忌，当时提倡破除迷信，去掉了这部分内容。总之，灶神像就是一本民间生活守则，别的神谁会管这些细事呢？

有说老灶爷也姓张，和老天爷是一个姓。也有说灶神是颛顼帝的儿子黎，也有说是燧人氏的。中国北方是腊月二十三祭灶，南方是腊月二十四祭灶。范成大有诗曰："古传腊月二十四，灶君朝天欲言事。"范成大是南方人，证明南方人是在腊月二十四祭灶。

我们家乡过了腊月二十三，就算进入了年下，日程排得满满的。二十四，扫房子。屋里屋外都要打扫得干干净净。二十五，蒸白馍。蒸的馍，要能吃到正月十五元宵节。不但蒸馒头，还要蒸枣山、枣花，喜庆得很。二十六，煮块肉。煮过肉，再用肉汤烘一盆海带。二十七，要杀鸡。二十八，炸丸子。二十九，扭一扭。就是检查一下过年还缺少什么东西，赶最后一个集补齐。除夕这一天要贴春联，也叫贴花花，天明就要过大年了。

说腊八节是小年，我们感觉有点骗人。说腊月二十三是小年才是真的，祭了灶以后，每天都安排有与过年有关的事情，一天也不缺。腊月二十三，才真是过年的序曲。

# 写春联

早年的春联都是请三爷写的，他读过私塾，写一手好毛笔字。三爷写好后，我拿回来负责张贴。有时把上下联贴反了，三爷看到后，就给我耐心地讲一遍。好在意思是不会大错的，既然贴上去也就无法再揭下来，再说，也没几个人能看出差错来，你说应该先念右边，我说新念法是先念左边，没人去计较的。

从十岁那年开始，年节时我就自己写春联。因为没练习过书法，学校也不开书法课，我的毛笔字完全是按钢笔字写的，真真是涂鸦。不想三爷见了，还夸我写得好，我明白他是在鼓励我。他想让自己家再出个拿得动毛笔的人。我心里想，既然三爷说行，那就是行，不行也行。因为三爷在俺庄学问最大，毛笔字写得最好，他都说我写得行，谁还能再说我写得不行。

我写春联时，除了毛主席诗词和一些古诗词，其他内容都是自己瞎编。反正就是胆大，敢编敢写也敢贴出去。我不喜欢写那很传统的老联，什么"天增岁月人增寿，春满乾坤福满门"，什么"嘉节号长春，新年纳余庆"，都用了几百上千年了，年年都是它，少了点新年的意思。

有一年，我在我家大门上写的对联是：柘城无柘，好栽杨柳万株；洼张不洼，能蓄良田千顷。横批是：家乡信美。引起村里不少人驻足观看，有的人看后说，照这孩子写的，咱这地方还不赖哩。三爷看了，也说好。这无疑又壮了我的胆子。后来才知道，柘城不是无柘，而是柘树太少，老王集乡板瞀口村

166

就有一株近千年树龄的老柘树。唉，当时我也就这个见识。

乡亲邻里知道我能写春联，就买了红纸央我写，这差使还真红火了几年。每年春节前几天，我的主要任务就是写春联，没时间帮大人干其他活，大人也不烦。奶奶说，你会写对子，也是一种能耐。

春联，我们叫对子。那些年，过年的喜庆气氛，靠的也就是听到炮仗声，看到红对子。炮仗声一时间就过去了，红对子你要粘得结实，可以一直留到来年过年。

# 过大年

过年时，头天晚上是除夕夜，兴熬岁，说是熬的时间越长越吉利，能熬通宵最好。那时候家里没有电视，也看不成什么春晚。当门儿天爷桌上上着供，燃两根大红蜡烛，这蜡烛是整夜不熄的，一直燃到新年的早晨，给新旧两年来了个无缝对接。一家人坐在那里说说话，说说过去一年的事，说说过往亲人的事，很是温馨。等村里鞭炮声零星下来，奶奶发话：睡下吧，明天还早起。我就去放三个炮，算是关门炮，就躺被窝里睡了。

大年初一兴早起，起得越早越喜庆。我一听到传来鞭炮声，就爬起来，开开门放三个炮，算是开门炮，标志着新的一年开始了。尽管我家的院落只有一二分地，不是什么深宅大院，但关门开门的仪式可是一样庄重。你宅院再大，关门炮开门炮也只能放三声，总不能放六声。那时候父亲很少买鞭炮，尽买些散炮，关门放，开门放，上坟放。有一年我给父亲闹着要鞭炮，父亲说，放炮就是听响，人家放炮谁捂住你耳朵了？要说也是，可心里总觉得听自家的炮响和听别人家的炮响不一样。

初一早晨的饭很好做，除了饺子外都是熟东西，奶奶和母亲一会儿就把饭做好了。饺子中有一个是包了一枚硬币的，谁吃到证明谁有福，印象中我只吃到过一次，说明我不是福星高照之人。饭碗一推，就和小伙伴们一起串门儿拾炮去了。一挂鞭炮，燃放时多少有几个没响的，我们叫哑炮，等一挂鞭燃放将尽时，赶快去拾。胆大的正放时就去拾，有的拾到手里又响了，那该你倒霉。我们那儿有句说人慌张的话："你看你，慌得跟拾炮哩一样。"拾炮不慌能行吗？不眼疾手快，早被别人抢了去，你落得两手空空。天明了，小伙伴们就比赛谁拾得多，比赛谁放炮胆大，有的敢于手拿着放，点着后不扔出去，就让它在手边炸响。那你得有那个本事，不然的话，失手炸伤自己，既受罪又丢人。反正我没那个本事，点着赶紧扔出去了事，所以谈不上失手。

初一的早饭，我们不叫早饭，叫五更汤。大人见了面，互相问："喝过汤没有？"

"喝过了。"

"起得早？"

"不早啥。"

拜年主要是给长辈拜年。谁家有辈分长而又上些年岁的老人，去拜年的人就多。

晚辈说："老人家，给您拜年！"

长辈说："不拜了，一说就是了。"

"咋能不拜呀，大长一年哩。"

"不拜了，省着吧，明年打总拜。吸烟，吃糖。"

桌子上摆着烟，摆着糖，摆着花生和瓜子。有的人，手里拿着烟吸着，两个耳朵上还有烟夹着。

同辈人不专门拜年，碰上了就说一声客气话，表示有礼了。

"二哥，给您拜年了。"

"不拜了，年轻着呢。"

"你当哥哩，总要分个大小吧。"

"不拜了，咱不拜了。还是一块儿去给几个老寿星拜年吧。"

说着笑着，一群人就去给长辈拜年了。

串门拜年，就是天明那一阵儿。上午就跑到关系不错的人家里喝酒去了。下午人们见了面就说，过年过年，有啥过头，一转眼年跑远了。早晨那阵儿过年的热闹劲儿，像燃放炮仗时的轻烟一样，已飘散得无影无踪了。

# 走亲戚

亲戚是靠走的，不走就不亲了。你见过谁家有十年八年还不走动一次的亲戚呢。

亲戚之间寻常有事要走动，即使寻常不走动，但过年时亲戚是一定要走的。要不走动，这门亲戚就算断了。

亲戚中也分个远近。姥娘、舅家的亲戚是一定要走的，姑姑家的亲戚是要走的，姨妈家的亲戚是要走的。等到长辈过世后，到了表兄弟这一辈上，当然还可以走，但亲情已减了些，所谓"一表三不亲"。

小时候每年都随母亲走姥娘家。姥娘、姥爷对我亲，舅父、妗子（舅母）对我也亲。但我们那里总说妗子不亲，实际上妗子有不亲的也有亲的，谁能保证舅父就一定亲呢。我到了姥娘家，就和几个表兄弟满村打闹疯玩，没一点生疏感，和在自己家一样自由自在。应了那句"外甥是姥娘家的狗，怎么撵也不走"。

去姑姑家走亲戚是我的专利，好像每年都是我去。父亲和姑姑姊妹俩，父亲是哥，姑姑是妹，每年都是姑姑、姑父带我那些表弟、表妹来我们家走亲戚，但父亲从不去姑姑家走亲戚，就让我这个小孩子去，好像也不失什么礼节。这是因为我奶奶健在，姑姑来走亲戚是回娘家，她不能让她的孩子代替这份孝心。我去姑姑家走亲戚，姑姑对我的亲近是发自内心的。我一去，好吃好喝的先尽着我，一时间地位好像高于她那些亲生子女，也就是我的那些表弟表妹。所以，我最盼着去姑家走亲戚，待遇高呀。

我也愿去姨家走亲戚。其实姨妈对我的亲，明显不如姑姑。

之所以愿意去，主要是和几个表兄弟能玩到一起，更重要的是，表哥上学时买有很多画书（连环画），去了不但可以尽情地看，临回时还能偷走一本两本，不是压在馍篮子底下，就是束在腰里。"窃书不算贼"，这句话到现在我也不知谁说的，那时觉着说得有点道理。

我还陪着两个叔叔去梁楼表爷家走过亲戚，两个叔叔是大爷的儿子，也就比我大个一岁两岁，其实都是小孩子。表爷慈眉善目，见到我们显得非常高兴，不因为我们年龄小就慢待我们。先是和我们亲切聊天，我们照礼说给他拜年，他捋着白胡子笑着说，不拜了，不拜了，你们来了就行了。又逐个把大爷家、三爷家和我们家的大人，都问一遍。并说，你们回去说一声，等天暖和了，我去看他们。中午七盘子八碗给我们做一大桌子菜，一再劝我们多吃点，直到我们吃撑了，他才露出满意的笑容来。以至使我怀疑"一表三不亲"这句话的正确性，表爷和我爷是亲老表，表到两个叔叔那是第二层，表到我这是第三层了，可是表爷对我们仍然是那么亲，像见到了自己的亲儿子亲孙子一样。世上的事还真不好讲。

我们那里有这个风俗，当姑父、当姐夫的，年下来走亲戚就是被捉弄的对象。如果你再好喝两杯，好热闹脾气，非把你灌醉不可。有些人仗着枚高量大，天明喝到天黑，虽然最后自己喝高了，陪客也被他放倒几个，似得胜般回府了。有些人酒量小，就中间开溜，借故逃跑，免得被灌翻丢人。

最悲催的亲戚是出嫁后的闺女，爹娘死掉了，又没个兄弟，我们那里叫绝户头。过年了，闺女要回来给爹娘上坟烧纸，如果再没个近门人照应，有的到坟上烧纸后，连庄也不进，就直接走了。从这事上看，农村人重男轻女也没啥道理。

## 闹元宵

正月十五元宵节，突出的是一个"闹"字。表现在两个方面：一是气氛热烈，二是人人参与。

元宵节兴家家门口挂彩灯，一般人家大门口左右两边各挂一盏，有的人家可以挂一溜，有的人家干脆一盏也不挂。在我们家乡的元宵节夜里，虽然比不上城市里的火树银花，鱼飞龙舞，但比寻常日子要热闹多了。天一擦黑，街上涌动着人流，除了行走不便的老人不出来，大人小孩、姑娘媳妇，都穿着过年时的新衣，出来看灯。

看一阵儿灯，接下来就该放焰火了。放焰火才是闹元宵的高潮。

俺庄几乎每年正月十五都放焰火。村里的焰火，不是去集市上买的，而是村里人动手自己制作的。正月初七八亲戚基本走完了，就集中一部分人，找个空闲屋子，开始制作焰火。我们小孩子不插手，可以站在门口参观。指挥制作焰火的是一个本家爷，他一辈子走南闯北，见多识广，在他的指挥下能造出很多花样的焰火。他不但会制焰火，还会扎走马灯，挂在那里一直转动，当时让我们稀罕得不行。

俺庄的焰火在周围村是有名的，燃放时邻村的人也来看，弄得人山人海的。我们小孩子在人堆里挤来挤去，好不热闹。

有一年看焰火时，我忘记把钢笔从兜里掏出来，结果挤断成几截儿。这支钢笔是父亲当工人时的奖品，英雄牌，实在漂亮，通体布满红绿线条，闪闪发光。父亲发现后，揍了我一顿。

再买的钢笔，怎么也没有那支笔好使，挨打是小事，再没那么好的钢笔用，才是大事、憾事。

元宵节除了看放焰火，再就是打灯笼了。天一擦黑儿，就让大人把蜡烛点上，灯笼罩上，挑着去街上和小伙伴们比赛，看谁的灯笼漂亮。当然还比赛挑灯笼的技术，技术高的能自个儿甩着灯笼转圈，或站定后让灯笼在灯杆上甩着转圈，蜡烛不灭，灯笼不烧。要是技术不过硬，你就稳稳当当挑着，要是自己逞能，把灯笼烧了，怨不得别人。

打灯笼都是小孩子的事，大人会围着看热闹。有时候大人会骗我们小孩子取乐。你正挑着灯笼走着，突然有人对你冷不丁地喊道："你灯笼底上粘哩啥？"你要歪了灯笼去看，保不定你的灯笼就燃着了。大人一看真着了，赶紧帮你把蜡烛吹灭，可是灯笼已烧了个大窟窿。你哭了，大人笑了，其他小伙伴笑得更欢。唉，谁让你笨呢。

打灯笼除了正月十五这天，十六、十七还要打，连打三天。到正月十七这天夜里，真成了打灯笼了。小伙伴们之间，可以用灯笼对打，打烧了就烧了，反正今年不再挑了，烧了明年再买新的。即使没烧掉，也没见谁挑着个旧灯笼出来玩的。

要说元宵节应该吃元宵，我们家乡不产糯米，缺乏制作元宵的原料，一般还是包饺子吃。饺子又吃不烦，觉得挺好的。过了元宵节，年味也就散尽了。大人要下地去干活，我们小孩子要去学校上学了。

二
月
二

二月二，龙抬头。这是一个和龙有关的节日，历史相当悠久了。古代文学中的二十八宿，分为东西南北四组，东青龙，西白虎，南朱雀，北玄武。东方青龙七星，主生发，主风雨，和农事有紧密关联。到了二月二，青龙七星中的角星，要从东方地平线上升起，这就是龙抬头了。一年的农事要开始了，春耕春种，这关乎到一年的收成，一年的日子。所以，在这一天要向龙神祈求风调雨顺，五谷丰登。我们从小就会唱："二月二，龙抬头。大囤尖，小囤流。"

二月二，在各地民间流传下来很多不同节日风俗。

二月二要剃头，所谓"剃龙头"。小孩剃头，健康成长；大人剃头，保佑平安。正月不能剃头，说是正月剃头死舅舅。都挤到二月二这天剃头，哪有那么多理发匠呢。如果真剃不成，大人就用剪子给我们剪下几绺头发，也算剃了。

二月二在吃食上的风俗更多了。吃春饼，叫吃龙鳞；吃馄饨，叫吃龙眼；吃饺子，叫吃龙耳；吃煎饼，叫吃龙皮；吃丸子，叫吃龙子；吃猪头，叫吃龙头。真不知道，本来是敬龙的节日，怎么都吃了去。二月二这天，奶奶要给我们擀白面条，切得尽可能细，叫吃龙须。我觉得这挺好，龙少两根胡子，不会有大碍。

二月二这天，妇女不能动针线，恐怕扎瞎了龙眼。这条禁忌，倒显出对龙的尊敬之情了。

有时奶奶还用柴灰在门口撒一条灰线，我问奶奶这是什么意思。奶奶说："龙是虫的王，真龙出来了，其他虫要回避，蝎子、蚰蜒都不能进家了。"

说二月二还是土地爷的生日，庄稼人谁不亲土地呢，实际上就是社日。社日分春社和秋社，这是春社。这天要拜土地神，意思也是祈求庄稼丰收，一年日子过得吃穿不愁。这使我想起唐代王驾那首《社日》诗：鹅湖山下稻粱肥，豚栅鸡栖半掩扉。桑柘影斜春社散，家家扶得醉人归。

# 清明

清明节虽然家家上坟烧纸，祭奠先人，但并不显得怎么悲痛，好像就是去看望一下而已。

我们那里讲究"早清明，晚十一"。清明节上坟可以提前几天，最晚不能晚于清明节当天。农历十月一也是个鬼节，也是祭祖的节日，人们也要上坟烧纸，上坟的日子可以晚几天，最早不能早于十月一当天。其中什么道理，至今也不清楚。

古代还有寒食节，说是为了纪念介之推。介之推是被烧死的，寒食节讲究禁火，要吃冷食。寒食节和清明节日期相近，因为清明节名气越来越大，寒食节逐渐被融到清明节里去了，一般说寒食节也就是清明节了。既然禁火，清明节也不再有什么特殊吃食可说了。

清明节令，天晴日暖，百草争发，鲜花盛开，人们甩掉棉衣着单衣，兴外出踏青。对我们小孩子来说，正是去野地里撒欢炮蹶的时候，间或也会采些野菜回来。

清明节我们小孩子头上要戴柳帽，"清明不戴柳，死了要喂狗"。从柳树上折下柳条，编成一个圆环，戴在头上，有点像解放军战士头上戴的那种。戴上柳帽，小伙伴也模仿起解放军来，随便找个棍棒当枪用，在野地里冲冲杀杀，不玩出一身汗来绝不罢休。

清明节时，柳枝最适宜做柳笛。折下指头粗细的柳条，截成一拃多长，反复拧捏熟烫，使皮骨脱离，抽出骨芯，把一端的外面青皮刮掉，柳笛就制成了。噙在嘴里吹时，会有一些苦味，吱吱哇哇吹响没问题，要吹出悠扬的调子很难。后来读到宋代雷震的《村晚》诗："草满寒塘水满陂，山衔落日浸寒漪。牧童归去横牛背，短笛无腔信口吹。"我觉得那牧童就是我，吹的那短笛就是自制的柳笛。

我们家乡清明要植树，认为清明栽树易活。实际上就是民间的植树节。大人也喜欢带着孩子去植树，因为植树和让孩子上学是一个道理，正所谓"十年树木，百年树人"。

# 端午

农历五月初五是端午节。我们家乡把"端"读转成"当","端午"就读成了"当午"。"当午"和我们读转的"耽误"成了一个音,小时候整不明白,为什么给"耽误"还设了个节,到底耽误了什么呢?

后来知道了端午节,又叫端阳节,不但和我们的日常生活有关,还和伟大的诗人屈原有关。

五月初五,已进入炎夏,人们视为"毒月""毒日"。人们这天行事是忌讳的东西多,可行的事情少,甚至有些地方还有"躲端午"的习俗,譬如不宜盖房、不宜嫁娶、不宜到官、不宜生子等,多了去了。要做的事情也多是为了"避毒"的目的。

端午兴插艾。艾是一味中药,人们认为它能驱邪避毒。我们家乡讲究端午采艾时要不见太阳,能挂着露水的更佳。艾采下后扎成把,挂在门旁的墙上,离好远就能闻到阵阵艾香,我彻底相信那些有毒的虫子是会避而远之的。

关于端午插艾的历史传说很多,最著名的就是"燕王扫北"。燕王朱棣在大哥朱标死后,本来想着自己可以当皇帝,却让侄子朱允炆践了皇位,眼下还要奉这个小皇帝的圣旨,平定北部边乱,心里有一股说不出的怨气。加上战争还遇到不少抵抗,于是下令屠城,赶尽杀绝,来出这口恶气。五月初五这天,兵锋所指,百姓四散奔逃。路上突然有一个女人,背着一个年龄大些的孩子,扯着一个年龄小些的孩子,迎着朱棣大军而来。人们非常纳闷，逃难都是往远处跑，哪有迎面来的道理？就报告了燕王。朱棣也纳闷，就亲自上前去问个究竟。那女人说，我一个人带两个孩子，咋能跑过你们，既然早晚都是死，晚死还不如早死，早死早心净。朱棣又问她为什么背着大的，而不背着小的。那女人说，大的是我恩人的孩子，小的是我自己的孩子，恩人已经死了，我背着这孩子，也算最后尽一点报恩之意。朱棣听了很是感动，说，你这样知恩图报的人，我不杀你，你回去吧。女人说，兵荒马乱的，你的兵又不认识我，你说不杀俺就不杀俺了。朱棣想想也是，转眼看到路旁有一丛艾草，就顺手割下一把递给那女人，让她把这把艾草插在门上。随后传下军令，不准进门上插有艾草的人家，违者斩。女人接过艾草，千恩万谢，马上转回家去。并告诉乡亲们在门上都插上艾草，军兵一看家家门上都插有艾草，既然燕王有令，就不再进去杀人，相沿成习，之后每年端午这天都兴插艾了。

中国的传统节日总和吃有关，端午节吃粽子，我们会唱："粽子香，香厨房。艾叶香，香满堂。"家乡不产糯米，奶奶包粽子用小米黏谷，里边放红枣、花生、核桃仁等，吃起来味道不比今天城市里的粽子差。吃粽子是为了纪念屈原，屈原是端午这天投的汨罗江，人们为了不让鱼啃咬屈原，就包了粽子投入江里喂鱼，以保护屈原。也有说，投粽子以飨屈原，但投的粽子要包上楝叶，这样鱼龙就不吃了。

端午节这天，时兴赛龙舟，可那是在水多的南方。俺庄就仨坑，有时还没水，甭说龙舟，蛇舟也跑不成。水上不行有天上，我们可以放风筝。端阳端阳，天上难道不比水上还阳？

# 六月六

"六月六，闺女送块肉。"

我们家乡有个风俗，六月六这天，出嫁的闺女要回娘家看望父母。带其他礼品没有讲究，但要有一块生猪肉，正巧六斤六两重最好。

六月六，在宋代叫天贶节。说是真宗赵恒，某年的六月六日，得上天所赐天书，于是就把这天叫天贶节。如果去过泰山岱庙，那里为了纪念此事，建有高大宏丽的天贶殿。

六月六，已近初伏，是曝晒东西的好天气。晒衣衣不蛀，曝书书不蠹。在佛教中就是"晒经节"，说是唐僧西天取经，经书掉进了河里，捞起晾晒，这天也正是六月六。

历史上还有一个"六月六，请姑姑"的传说，强调的不是出嫁闺女回来看望父母，而是要把出嫁的闺女请回来，好好招待一番再送回去。说是晋国宰相狐偃，居功自傲，权倾朝野，亲家赵衰看不惯，就好心提醒他。狐偃不但不听，还数落了赵衰一通，把赵衰气得一病不起，不久就去世了。赵衰的儿子仇恨岳父不仁不义，决心在六月初六狐偃生日这天，趁祝寿之机杀掉狐偃为父报仇。这个信息被狐偃的女儿知道了，非常担惊受怕，就把信息想办法提前告诉了母亲。赵衰的儿子知道事情败露了，内心也非常害怕。但六月初六这天一大早，狐偃亲自来请女婿女儿到相府去，并让女婿女儿坐到上席。然后对大家说："国家受灾，百姓苦难，老夫出外放粮时，发现我以往确实做了不少错事，还辜负了老亲家一片好心。女婿设计杀我，为民除害，为父报仇，我不怪罪。女儿通风报信，救父危难，尽了大孝，我也高兴。希望贤婿看我的薄面，不计前嫌，你们要做恩爱夫妻，愿两家和好如初。"狐偃一番话，说得满座又惊又喜，女儿女婿双双叩头谢罪。从此，狐偃也痛改前非，尽心治理国家。六月六，请闺女回娘家，招待招待，叙叙亲情，消灾解难，便相沿成习，流传下来。

我们家乡还说六月六是蚂蚁的生日，到了这一天，奶奶要烙焦饼让我揉碎了喂蚂蚁，给蚂蚁过生。焦饼可是一种好吃的东西，是用白面烙的，上边还粘有芝麻，吃起来又香又酥。我们心里并不乐意拿焦饼喂蚂蚁，只是觉得不喂过意不去，如果不是人家蚂蚁过生日，我们怎么能无缘无故地吃到焦饼，分明是沾了人家蚂蚁的光。但要让把焦饼都揉碎喂蚂蚁，我们才不干呢。拿一张焦饼，找着一窝蚂蚁，掰下一小块揉碎，撒在蚂蚁窝旁，一边看蚂蚁忙碌地搬运那些碎饼粒，一边就把剩余的焦饼美美地吃掉。参加人家蚂蚁的生日宴会，蚂蚁只吃到那么一小块儿，我们作为来宾却吃了几乎一整张，是名副其实的喧宾夺主。

在我们家乡还真流传着一个关于蚂蚁生日的故事。说是一个媳妇为了养活年老的婆婆，因为家里太穷，就去财主家厨房当佣工，每天她把沾满面粉的双手回家再洗掉，用洗下面粉的水给婆婆做饭吃，玉皇大帝认为这个媳妇不孝顺，用洗手水给婆婆做饭，就决定用雷劈死她，并把这个决定托梦告诉了她的婆婆。婆媳俩抱头痛哭，可是老天爷的旨意又不能违背，婆婆觉得儿媳为了养活自己，没吃过一顿饱饭，就把家里仅有的一碗白面烙成焦饼，让媳妇吃一顿饱饭再上路。媳妇心想雷劈下来是那么厉害，既不想连累婆婆，也不想连累乡亲，就带上焦饼向婆婆告别后，来到荒郊野外坐等末日的到来。焦饼的香味吸引来无数的蚂蚁，这媳妇看蚂蚁爬到焦饼上，急得团团转却吃不到嘴里，她就把焦饼揉碎撒给蚂蚁吃，结果蚂蚁越聚越多。这时雷公来执行玉皇大帝的指令，看到女人正在把自己要吃的焦饼揉碎喂蚂蚁，将死之人还存这份善心，觉得事情有些蹊跷，就回去给玉皇大帝汇报了实情。玉皇大帝这才发现冤枉了好人，就撤销了雷劈的指令，并把六月初六这一天指定为蚂蚁的生日。人们为了感恩蚂蚁，在六月初六蚂蚁生日这一天，家家户户都要烙焦饼给蚂蚁过生日。

# 七夕

七夕节因为在全国都流行，在日本、朝鲜、越南等外国也流行，所以名称也多了去了。七巧节、七姐节、七娘会、乞巧节等，还有说是中国的情人节。

七夕节是以祈福、乞巧、爱情为主题，欢度方式丰富多彩。但它是女性的节日，给男性少有关系，更没有我们小男孩什么事。女孩子怎么欢度这个自己的节日，我们确实不甚了了。

七月初七这天夜里，已经有了明亮的月光。据说，小姑娘聚在月光下，进行乞巧、斗巧的游戏。能迎着月光，把线顺利穿入针眼，就算乞得了天上的巧，预示着能有一手好针线。过去的年代，缝衣织布，都是手工活儿，一个女孩子能做得一手好针线，那可是值得骄傲的本事，常被夸为心灵手巧。斗巧是人人面前放七根针，看谁先穿完，最快者为"得巧"，最慢者算"输巧"。

其实对女孩来说，七夕节最重要的是拜月祈福，默祷自己日后能嫁个如意郎君。如果是少妇，祈求的是早生贵子，祈求的是和丈夫百年好和。

有关七夕节的传说，最著名的当数"牛郎织女"的故事了。牛郎织女隔着天河，夫妻二人常年不得相见，只有七夕这个晚上，靠喜鹊帮助搭建鹊桥，才能完成一年一次的约会。天可怜见的，但也有诗人赞叹：金风玉露一相逢，便胜却人间无数。

把七夕节称情人节，其实这天与爱情有关的元素并不太丰富，如果用牛郎织女的故事作支撑，也显得太伤感了些。所以有人主张以元宵节为情人节。古代女孩子，是不能轻易出门抛头露面的，但元宵节可以，女孩子可以自由出外观灯，当然也有机会和情人见面。欧阳修就有一首《生查子·元夕》：去年元夜时，花市灯如昼。月上柳梢头，人约黄昏后。今年元夜时，月与灯依旧。不见去年人，泪湿春衫袖。读来可知，欧阳公分明写的就是一场恋爱。元宵也好，七夕也罢，愿天下有情人终成眷属。

# 中秋

我认为，中秋的月亮是一年中最大、最圆、最亮的。一生中度过的最温馨的中秋节，就是在老家小院里，依偎在奶奶膝头，一边吃月饼，一边听奶奶讲古。什么嫦娥奔月了，什么玉兔捣药了，什么吴刚伐桂了。奶奶不识字，但能把这些故事讲得条理清晰，深深刻印在我幼小的心灵里。

中秋之夜，农家拜月也没什么隆重的仪式。就是在院里放一张小方桌，把月饼和一些瓜果都摆上。有花生、葵花子、西瓜、甜瓜、红枣、石榴等，但不兴摆南瓜，家乡有一句俗语：八月十五抱个南瓜——胡愿（怨）八愿（怨）的。东西摆齐后，奶奶望着天上月亮说："月姥娘（我们家乡对月亮的称呼），今年收成好，请您尝尝俺地里长的瓜果。"然后，奶奶吩咐我父亲或母亲把月饼、西瓜切开，分给大家吃。

儿时的吃物，回忆起来都是美好的。那时的月饼，几毛钱就能买一个。里边有冰糖、豆沙、青红丝，愣是好吃。现在的月饼，价昂物不美，怎么也吃不出儿时的味道。那时的西瓜，刀未到，皮已开，黑籽红瓤，泛着沙，甜味醇正，清香满口。现在的西瓜，甜得浓腻，好像人们摘下后，又往里面注了一针管糖水。

如果八月十五夜，阴天多云，把月亮遮住了。大人们会说："八月十五云遮月，来年一定雪打灯。"就是说，今年中秋节浓云遮月，明年元宵节要下雪。因为相隔时间长，第二年元宵

186

节下不下雪，也没再听人提起去年中秋云遮月的事了。

逢中秋节，有一首我们爱唱的儿歌：月姥娘，高又高。骑大马，挎洋刀。洋刀快，切白菜。白菜白，切蒜薹。蒜薹辣，切苦瓜。苦瓜苦，切老虎。老虎一瞪眼，七个碟子八个碗。

年年过中秋，心境大不同。2008 年我在安阳工作，中秋夜独自一人望着窗外的明月，思念着远方的亲人，写下了一首《中秋感怀》的小诗：惆怅凭栏，月华如烟，朦胧乡关。儿时明月净，今生环形山。 年少不知乾坤大，绕村乐，五味皆甘。何由闯世界，回首鬓已斑。

# 重阳节

俺庄

我们家乡是不怎么过重阳节的。你要登高吧，豫东平原上哪来的山呀，大山没有，小山也没有，石山没有，土山也没有。当然话不能说绝，永城就有个芒砀山，可是离我家有三百里远，也没法去登呀。

重阳节是个祈寿节，可以给老人祈福增寿。"九""久"同音，九九代表年寿长久。略有些文化的人，知道重阳节，但也没有什么具体的活动来表示过节。

重阳节和河南有紧密的联系。河南西峡县，是中国民间文艺家协会授予的"中国重阳文化之乡"。《续齐谐记》中有桓景斩瘟魔的故事，该传说是重阳节的来源之一。桓景是东汉时汝南人。

我们家乡和西峡、汝南同属河南，我们家乡重阳节兴吃年糕，年糕谐音年高，年高不就是长寿吗？不能登高，还不能吃年糕吗？吃年糕就是祈寿，人们吃了年糕，预示着活得年高，要再加个"德韶"，岂不美死了？

重阳节天高气爽，重阳文化中有"晒秋"的习俗。趁好天气，把收到家的粮食，再重新晒一遍，不致发霉生虫。当然，晾晒粮食不只重阳节这一天，重阳节前后的好天气都可以。这倒是我在家乡看到的普遍场景，到处飘溢着五谷丰登的喜气。

很早就会背诵的一首有关重阳节的古诗，是王维的《九月九日忆山东兄弟》：独在异乡为异客，每逢佳节倍思亲。遥知兄弟登高处，遍插茱萸少一人。有说这首诗，是王维登焦作云台山茱萸峰时写的，聊备一说耳。

# 寒衣节

"十月一，送寒衣。"农历十月初一，就是寒衣节。

我们家乡不说寒衣节，说成"十来一儿"。如果写成"拾来衣儿"，就有些寒衣节的意思了。

寒衣节和清明节，都是一年中最为重要的祭祖节日。即使在大力破除迷信的年代，人们在清明节和寒衣节仍然坚持为先人上坟烧纸，这充分反映了中华民族慎终追远的文化传统。

因为要上坟，家乡人有时也把清明节和寒衣节说成鬼节。历史上真正的鬼节指中元节，是农历七月十五。"七月半，鬼乱窜。"中元节要烧纸，也不上坟，而是七月十四夜，在十字路口烧纸，有点普度众鬼的意思。这源于道教的"三元说"，即"上元天官赐福，中元地官赦罪，下元水官解厄"。七月十五早晨起来，在十字路口能看到烧落的纸灰，但并不多，说明中元节慢慢式微了。

寒衣节已进入了天气寒冷季节，上坟烧纸就是给先人送上寒衣御寒，送去冥币越冬。我们家乡讲究的"早清明，晚十一"，不是指节日当天的早晚，而是指日期。清明节上坟可以早几天，寒衣节上坟可以晚几天。

寒衣节和清明节上坟，都要焚烧冥币，这是相同的。人间一世界，阴间一世界，但道理是通的，一年四季都要花钱，所以要烧冥币。寒衣节上坟，给先人送上冥币，只要有了冥币，想那阴间也是什么衣服都能买得到的。

寒衣节上坟烧纸前，要对先人坟茔稍加整理，譬如清理杂草，对一年风雨剥蚀之处重新覆土还原。我认为这和农业生产有关，清明节时，坟墓周围都是正生长的庄稼，无处取土，恐怕先人有知，也不会赞成你为了修坟去毁掉庄稼。寒衣节就不同了，庄稼已收割完毕，取点土就取点土，不妨碍别的。再说寒衣节除草，它今年不会再长了，如果清明节除草，隔不几天草又长出来了，白费劲。

清代女诗人席佩兰，有一首《寒衣节》诗，很能让人体会到寒衣节的景象。诗云：幽明隔两界，冷暖总凄凄。处处焚火纸，家家送寒衣。青烟升浩渺，别绪入云霓。旧貌应难忘，凭谁问老衢？

# 冬至

冬至，是一年四时八节中的一个重要节气，过了冬至，天气一天天寒冷，所以也叫冬节。

冬至日是一年中白天最短、夜晚最长的一天，冬至后白天逐渐变长，夜晚逐渐变短。吃了冬至饭，一天长一线。指的就是冬至后白天逐渐变长。

我们家乡从冬至开始数九。九天为一九，从一九数到九九，共八十一天。数九歌曰：一九二九不出手；三九四九冰上走；五九六九，抬头看柳；七九河开；八九雁来；九九加一九，耕牛遍地走。

我们家乡冬至必须吃饺子，所谓"冬至不端饺子碗，耳朵冻掉没人管"。这个民俗和张仲景的传说有关。说是张仲景致仕返回家乡，正值大雪天气，他发现乡亲们有些人耳朵溃烂流脓，有些人耳朵已经冻掉。张仲景看在眼里，急在心上，为了解除乡亲们的疾苦，就让人搭起大棚，支上大锅，又让人用羊肉、萝卜、白菜加上胡椒、葱姜，剁成馅儿，用面皮包成耳朵状，煮熟后让乡亲们在大棚里吃下三碗两碗。不几天，好多人耳朵就好了起来。人们问张仲景这是什么药，张仲景说，这是矫耳。"矫耳""饺儿"同音，这就是后来逢冬至必吃"饺子"的来历。

冬至以后，地里已没庄稼活可干，进入了农闲时节，但那时候不兴闲着，年年都要大搞农田水利基本建设。毛主席说了，水利是农业的命脉。农田水利基本建设就是挖河修渠，我高中毕业回村捞了个生产队长的差使，年年冬天带领社员去挖河。挖河可不是个轻活儿，加上天气寒冷，不是棒劳力拿不下来。要用架子车把河里的污泥拉到岸上，几个人拉一辆架子车，不人人拼尽全力是拉不上去的。拉车的绳被浸湿后，第二天冻成了直直的冰棒，每人手上只有一副薄薄的白线手套，不一会儿手把绳暖化了，冰冷彻骨。那时候我才十六岁，身量小，可你是队长，你不带头干谁干。不是说嘛，干部不领，水牛跳井。尽管河工的伙食比家里要好，一天下来也累得吃不下饭。河上的工作将近完成时，要清理河底，河底的水结着薄冰，那也得跳进去呀。我带头跳，社员也跟着跳，一跳进去，忽然冻得觉着两只脚没有了，上下牙直打架，但两只手握着铁锹仍在机械地铲泥。半个来月时间，收工回到家里，奶奶心疼地说我瘦了一圈儿。

冬至大如年。冬至这天，怎么着也不能忘了吃饺子，把耳朵冻掉可不是玩的。

## 娶媳妇

"洞房花烛夜，金榜题名时。"娶媳妇当然是人生一大喜事。

娶媳妇，娶媳妇，有人愿意嫁给你才能娶，不然你娶个气儿。娶前的过程叫搞对象。搞对象的过程，包括介绍对象、见面相亲、定亲、看好儿等。

我没见过专职媒婆，介绍对象的人都是热心人，愿意操这份心，生产队又没派他（她）这项工作，介绍成也不奖励工分，家乡人都说这是积德行善的好事。介绍人熟悉双方的家庭情况，男孩也认识，女孩也见过，觉得两相般配，就牵线搭桥介绍双方认识。当然，到女方家会夸男孩多么多么好，到男方家会夸女孩多么多么俊。

如果双方都觉得合适，介绍人会领男孩到女孩家见面相亲，或到其他场合见面，集上呀，会上呀，反正女孩不去男孩家就是了，女孩有人家女孩的尊严。两人见面后，如果有一方不同意，或双方都不同意，这事就算扯了。如果双方彼此印象不错，同意继续接触，再见面时，一般不再麻烦介绍人了。十里八村的，亲戚摞亲戚，熟人多的是，找熟人捎个信儿，约定见面的时间和地点，继续深入了解对方，婚姻毕竟是终身大事，马虎不得。又接触几次，有的散了，有的双方都很满意，男方女方分别给介绍人回个话，接下来就可以定亲了。

那年月，定亲的仪式很简单，有时介绍人给双方家长都打个招呼，就算定亲了。正规点儿的是男方请两位有头面的人，备上一份礼，到女方家交换一下庚帖。庚帖上写的是男女双方的生辰八字。

定亲了不一定马上结婚，要结婚还要到民政部门登记，还要看好儿。看好儿，就是找人根据男女双方的生辰八字，推出这一年哪天结婚最吉利。这天就是所谓"好"了。

结婚这一天，男方用花轿到女方家把新媳妇接回来，新女婿也要随花轿去。过去年代新女婿骑马，这时候是骑自行车。随花轿回来的是送亲的队伍，抬着新娘陪送的嫁妆。富裕家庭嫁妆多些，贫困家庭嫁妆少些，但多少总会有几件箱柜桌椅。有时还有响器一路歌吹伴奏，到处洋溢着喜庆的气氛。花轿落地，把新娘从轿里搀出来，然后拜天地。拜天地是总称，包括一拜天地，二拜高堂，夫妻对拜，送入洞房。拜天地时，鞭炮齐鸣，响器高奏，看热闹的人围得里三层外三层，真是一家喜，全村乐。

新郎新娘入洞房时，由当嫂子的人帮助撒床，撒床的人要儿女双全才行。撒上红枣，祝贺早生贵子；撒上花生，祝贺先生儿，后生女，儿女双全。有的撒床人嘴巧，能唱出很多撒床歌来。

中午由喜主摆上宴席，招待亲戚邻居，叫喜宴，也叫喜席。喜宴讲求的是热闹喜庆，有时到半下午才席散客去。这时媳妇算娶到家了，但洞房里，还有些年轻人在玩闹着，新郎新娘别想得一会儿安静。人来人往，能一直闹到深夜，家乡兴的就是这个，如果没人来闹房，还嫌不吉祥呢！

# 嫁闺女

有女不愁嫁，话虽这样说，真要嫁个理想的人家也不是那么容易。过了门，公婆疼，女婿爱，当然皆大欢喜。要达到这样理想的地步，闺女出嫁前也有很多事情要做。男方家庭的情况，男孩本人的脾性，都要有充分的了解才行。自家闺女的教养怎样，脾性如何，也是过门以后能否过好日子的关键因素。

我还见过闺女过门没几天，就跑回娘家哭哭啼啼报冤叫屈的。要么是婆婆强势，或是小姑多事，婆媳或姑嫂发生了矛盾。这还是次要的，如果是小两口关系上不来，可能就是问题了。

婆媳关系搞不好，似乎是一个历史性的家庭矛盾。不少人是多年媳妇熬成婆，当了婆婆也想摆摆架子，抖抖威风，把自己当年受婆婆的拿捏在儿媳妇身上找回来。她不想时代变了，现在的年轻人哪有忍气吞声甘愿做小媳妇的？弄不好小两口合兵一处，反过来开始欺负老人。

姑嫂关系是婆媳关系矛盾的衍生品，小姑子仗着娘亲，对嫂子横挑鼻子竖挑眼，搞得一家人鸡犬不宁，到处冒烟。但是等小姑子出嫁后，再回娘家可不是你的天下了，别怪当嫂子的给你白眼。

闺女受气，跑回娘家诉苦。虽然娘亲，但娘也得是个头脑清亮的娘。如果娘只知道亲闺女，不化解矛盾，还火上浇油，那事情就麻烦了，说不定就把一桩还有希望化干戈为玉帛的婚姻最终给毁了。

　　我们家乡还有一句话，叫"嫁出去的闺女，泼出去的水"。闺女回娘家，本是争取娘家支持同情的，至少争取爹娘理解的。可是有的不但得不到爹娘支持和理解，反而遭一顿吵骂。哭着来，哭着回，使闺女一时感到整个世界都抛弃了她，有时候就导致了悲剧的发生。

　　如果闺女出嫁后，夫妻和美，家庭关系融洽，闺女每回娘家都笑意盈盈，后面跟着春风得意的女婿，那又是另一番景象了。我们家乡还有一句俗话："丈母娘，疼女婿，古来都是一样的。"娇客上门，岳父岳母忙不迭地又是烧菜，又是打酒，还请三五个头面人物作陪。闺女觉得有面儿，女婿觉得有脸儿，小两口的日子会过得越来越红火。乡亲乡邻见了，这个夸闺女找了个好婆家，那个夸闺女嫁了个好姑爷。老两口听了，高兴得合不拢嘴。

　　我们家乡闺女出嫁时兴哭嫁。哭什么呢？大喜事为什么要哭呢？我想一是闺女舍不得爹娘。爹娘养育自己长大，从小没离开过，一朝分别，再不能陪伴爹娘左右而伤心，伤心要哭。二是虽然愿意嫁去夫家，但毕竟是到一个新的环境，自己心目中的幸福愿景还是个未知数，对前景的担忧和无助，无助该哭，哭出心中的郁闷，哭出心中的担忧。不管怎么说，这时候流的泪怎么说也是喜忧参半的泪。

# 坐月子

农村妇女生了孩子后，要坐月子。坐月子的目的，是让产妇保养好身体，早日恢复健康，图个母子或母女平安。

那时候的农村生活水平不说不能和城市比，和现在的农村也没法比，产妇的最好饭食也就是白面、红糖、鸡蛋。我们家乡把用白面搅的汤，叫疙瘩汤。汤里再卧两个荷包蛋，吃时再抓一把红糖放碗里,这就是产妇的标准营养餐了。家庭条件好的，可以多吃几天，甚至吃到满月。家庭条件不好的，吃个三天五天的，有那个意思就是了。一个月下来，有的产妇还真能吃成个白胖给你看。

坐月子忌生冷风寒。产妇吃饭要吃热饭，穿衣要严实保暖，不能迎风。总之，是避免落下月子病。不然的话，落下腰酸腿疼什么的，一辈子受吧。

坐月子，坐月子，时间是一个月呀，叫满月。可是，那时候社员是靠挣工分吃饭，你不去上工就没有工分，生产队里又没放产假这一说。所以，没见哪个产妇真能在家里躺一个月不上工，歇个三天五天、十天八天的就不错了。你真敢在家躺一个月，别人会说，你看她娇病的！娇病，就是耍娇气，怕生病。人们在一块儿议论开来，有上年纪的妇女会说，不就生个孩子吗？腰一酸的事，我生老四的时候，正在地里干活，觉着要生了，赶快跑回家，腰一酸就生了，把孩子裹把裹把喂几口奶，往床上一放，自己扎把扎把就又下地了。一圈人哄笑。有人说，你那是第四个了，熟门熟路的，当然快了，人家这可是头生。

头生，就是第一次生，经验当然少些。

做产妇，你可以下地干活儿，那都是公家的地儿，谁也不忌讳。但你不能串门，不能去别人家，村里很忌讳这个事。你如果不满月去了别人家，就说这家的宅子被你扑了，非常不吉利，道理是什么，没听大人们说过，似乎自己也从没想起来问过。

现在城市里，成立有这月子公司，那月子医院，用我们老家的话说，都娇病得不行，可是就这保不定还出现这问题那问题。想那时候，在农村生个孩子真就不算大事。譬如你老婆生了，哥们儿一见面就问："听说你老婆生了？"

"生了。"

"男孩女孩？"

"女孩。"

"好，有送大馍的了。"

女孩长大出嫁后，年年回娘家走亲戚，都要给爹娘拿大馍。大馍比一般馒头大得多，里边包有红枣，这是闺女回娘家必备的礼品。

你要说："男孩。"

"好，带把的，你弄哩不瓢。不弄两杯喝喝？"

"喝，到满月时喝。"

如果生的是男孩，一般要在满月时请顿酒，以示喜庆。如果生的是女孩，女人该坐月子照坐月子。即使主人正盼要个女孩，心里很高兴，高兴是高兴，高兴也不请酒，也没谁缠着要酒喝。

## 认干亲

农村认干亲有两种情况，一种是两家大人关系好，一家有了孩子，为了加强这种友谊，就把孩子认在对方跟前，证明一家的喜事就是两家的喜事，一家的孩子亲如两家共同的孩子。另一种是视孩子娇贵，为了让孩子能够顺利长大成人，不致夭折，就找一个认为能够帮助孩子成长的家庭，认在人家跟前，前提是人家也乐意，否则也结不成这样的干亲。

我是认了干亲的孩子，而且还不止认了一个。奶奶寡妇熬儿，我是长孙。奶奶总担心我有个三长两短，不能长大成人。除了她自己宠着我，护着我，可以说不准父母亲动我一指头。父母亲要是敢当着奶奶的面打我，往往是他们还没打住我，奶奶的拐杖早已落到他们身上。奶奶当家惯了，啥时候都是一家之主。父母亲又不敢给奶奶犟嘴吵架，就由着我闹腾吧。奶奶要是不在跟前，我立即就老实了很多，这时候再闹腾，就是找打了。

奶奶为了让我成人的另一个措施，就是认干亲。我真不知道老人家费了多少心思，审查了多少家庭，最后选定了一家。奶奶有眼光，选定这家对我的有利因素太多了：干爹大名叫张领中，关键是他小名叫留定。留定了，那还有啥担心的。还有就是干娘姓刘，这等于又加一道保险，更放心了一层。奶奶给我父母亲商量，问他们中不中，父母亲说中，也不可能说不中。奶奶就去领中大伯家，说了想把我认在他们跟前的意思。领中大伯高兴得很，爽快地答应了。以奶奶在村里的威信，人家不可能不答应。第二天留定大伯就赶集买了碗筷，送到我家来，父亲让我跪在留定大伯跟前，磕一个头，喊一声"爹"，留定大伯拉着长音应一声"哎"。又把我拉在怀里亲热一番。从此我就算成为干爹干娘家一口人了。留定大伯有两个儿子，一个比我大，一个比我小，这样我就有了哥哥，也有了弟弟。以后每年春节这天，我都去给干爹干娘送大馍，并且还要在这个家里吃顿饭，说明我是这个家的一分子。

认另一家干亲，是因为他们家就在我家隔壁，我经常在他们家玩耍，干娘和我母亲关系非常好。有一次她们俩在一块聊天，我在跟前玩耍。干娘给我母亲开玩笑："把这孩子认给我吧。"

母亲说："这孩子调皮得要命，给你你也不要。"

干娘说："我要。男孩家，调皮点好。"

干娘把我喊到跟前问："你叫我啥？"

我说："叫大娘。"

干娘说："不行，叫娘。"

我看了看母亲，母亲笑着说："叫吧。"我喊了声"娘"就跑开了。

干娘当了真，母亲又不敢当家，回来就给我奶奶商量。

奶奶嘴里"留柱儿，留柱儿"念了半天，最后说："好吧，认。"

奶奶之所以同意，是因为干爹大名叫张学中，小名叫留柱儿。能留住当然好了。不过干娘不姓刘，姓乔。干爹给我送新碗筷的时候，我正巧不在家，就没磕头。留柱儿干爹和老乔干娘一家，不长时间就搬去太康了。说是留柱儿干爹不是这边爷亲生的，是要的，于是就搬回他原来的老家了。相距路程又远，我年龄又小，实在无法走动，认这门干亲的事也就不了了之了。

后来我考上了大学，要去开封读书了。晚上留定爹来家里，满脸笑容，给我父亲说，这孩子从小我看就有出息。说着还从腰里摸出五块钱来，塞到我手里。我推辞不要，留定爹说，白嫌少，出门在外的。那时候五块钱可不算小数，我读大学期间，每年也只能给家里要三十块钱。

有一年，忽然接到留定爹的电话，他说："你干娘病了，检查出来是肿瘤，看能不能去郑州做手术？"

我立即说："一定要来郑州做手术。"

我马上联系了医院，干娘的手术做得很顺利，术后又做了三个月的化疗，中间我隔三岔五去看望他们。留定爹见了我总说，你娘认你这个干儿认值了，得了你的济了。我想，你们一直把我当成亲儿子看待，我对你们也该像对待亲爹娘一样，尽我应该尽的这份孝心。

我认的一个干爹叫留定，一个干爹叫留柱，可能使奶奶放心不少。

# 生日

二平要过八岁生日了。

二平的生日是二月初三。他从一周前就开始盼这一天了，准确地说他从一个月前，甚至从去年的生日后，就开始时不时地想怎么过今年的生日。去年过生时，母亲给他煮了一个鸡蛋，弟弟妹妹都没有，姐姐也无份，因为过生日的是二平，不是别人。

二平放学回到家，书包一放，赶紧跑到厨房，他看到母亲正在张罗全家的午饭。所谓午饭就是用红薯干面加少量豆面，再加一点榆皮面和在一起擀面条。面条的主要成分是红薯干面，那年月，别说擀面条靠红薯，在人们整个的饭食结构中，红薯那可是独尊独大。不是说了："红薯汤，红薯馍，离了红薯没法活。"黄豆金贵，豆面是用来提香的，当然不能放多。榆皮面，抓一把用开水烫一下，就可以了，要的是它的黏性，否则擀不成面条。尽管有榆大人亲自提调，煮熟后的面条看去还是更像糊涂，但不管怎么说，还叫面条，面条就是比糊涂好吃。如果你说煮的糊涂，二平只喝一碗就烦了，现在是面条，二平呼噜两碗跟刮风似的。母亲正擀着面，看到二平进来，就直起腰看着二平笑了笑，从窗台的碗里拿出个鸡蛋，当然碗里也只有一个鸡蛋，递到二平手里："今天你过生，娘特意给你煮了个鸡蛋，吃了好好上学啊！"二平"嗯"了一声，赶紧把鸡蛋接在手里，又装进了褂兜里，鸡蛋没凉透，还存有微温。

二平并不想很快把鸡蛋吃掉。吃掉很容易，可这一天才过去一半多一点，这一天都是自己的生日呀，现在马上吃掉，后半晌就没意思了。二平也不想偷偷吃掉，自己过生日吃鸡蛋是应有的待遇，没什么不好意思的，不用背着藏着。同着父母吃没问题，同着姐姐吃也没问题，他知道姐姐疼他，绝不会与他争嘴。可是要同着弟弟吃，他还小，他也要吃，怎么办？当哥哥的，愣不分给他吃，有点说不过去。可今天不是弟弟的生日呀！

二平从家里出来到大街上，看到不远处有几个同学在玩耍，二平先把鸡蛋了剥了皮含在口里，跑去和同学一起玩耍。几个小伙伴看到二平嘴里含个鸡蛋，都羡慕得不行，直吞口水。二平把鸡蛋从嘴里掏出来，告诉大家今天是他生日。小伙伴七嘴八舌地说，自己过生日娘也是给煮鸡蛋。二平忽然看到弟弟从家里跑来喊他回家吃饭，慌忙把鸡蛋塞进嘴里，可这鸡蛋一口是吞不下去的，只好又把鸡蛋从嘴里掏出来，给弟弟说："今天是我生日，娘给我煮了个鸡蛋，你生日娘也会给你煮的，我把鸡蛋分开，你小你吃小瓣，我生日我吃大瓣，好不？"弟弟点了点头，二平把鸡蛋分开，小的塞进了弟弟嘴里，大的留给了自己。兄弟俩嘴里嚼着鸡蛋，手牵手向家走去。

现在人们过生日兴吃蛋糕，蛋糕上又是奶油，又是水果，搞得花里胡哨的，也没见几个人馋着去吃。蛋糕蛋糕，蛋不是还在前边吗？我告诉你，现在过生兴吃蛋糕，就是从我们那时候过生兴吃鸡蛋发展来的，信不信由你。

# 起名

俗语讲："赐子千金，不如教子一艺；教子一艺，不如赐子好名。"可见起名也不是个小事。

是人总得有个名字吧。没有名字，你无法进行社会交往。与人见了面，认识的人知道你的名字，不认识的人会问你的名字。俗点儿的问你叫啥，雅点儿的问你尊姓大名。古代两人对阵，还要先说："来者何人？报上名来，我刀下不死无名之鬼。"你要没有名字，连被杀的资格都没有。

现在城市里，都有起名的专家、起名的公司了。那时候农村有文化的人少，起名很随意，但也不是没一点讲究。

先说小名，也就是乳名，是供大人和小伙伴喊的。有按动物起的，龙、虎、豹、鸡、猪、羊；有按草木起的，桑、柳、桐、花、草、秧；有按工具起的，刀、锄、镰、棒、钩、叉；有按地理起的，江、河、海、山、岭、坡；有按顺序起的，大虎、二虎、小虎，大娃、二娃、小娃；有按愿望起的，盼富、招财、进宝，高升、平安、顺利。实在无法一一列举。但有一个现象值得说说，就是为了让孩子成人，故意把名字往低处起，譬如路、桥、砖头、瓦碴，这种姿态够低了吧。更有甚者是往贱处起的名字，譬如笤斗、粪叉、狗蛋、狗剩、屎波、粪堆等。但也有往高处紧跟着时代形势起名的，譬如解放、抗美、互助、高社、四清、文革、卫东、反帝、反修等。

女孩子起名时，不兴乱起的，和男孩子不一样，不能落笑话。一般都是花呀，朵呀，玲呀，翠呀，芳呀，芬呀。再不济也叫个妞呀，妮呀。

到上学的年龄要起学名，也叫大名。不上学，长大了也要起大名。起大名没有小名好起。起小名没有拘束，大名就不同了。大名一般由三个字或者两个字组成。姓占了一个字，姓张就是姓张，姓王就是姓王，无法改动。如果是两个字的名字，只有一个字可以选择。如果是三个字的名字，实际上也只有一个字可以选择，因为辈分还占了一个字。譬如我是"广"字辈，"张"和"广"两个字定了，也只有一个字可供选择。除非你不按家谱上给你排定的辈分，起三个字的名字还有两个字可选。我的这个"智"字，是旺堂爷给我选的，他是民办教师，跟着他去上学要报名，不起又不行，一起就叫了一辈子，实在没什么考究。俺庄虽然广字辈的人很多，据我所知俺庄没有和我重名的，直到大学毕业也没发现重名的。

参加工作后发现了一个人和我重名，是浙江大学一个老教授，他在《人民日报》发了一篇史学方面的文章，被省社科院一位熟人看到了，他来找我要商榷相关问题。我知道他搞错了，先开玩笑说，我兴趣已经转移了，不研究那方面的问题了。我看到他懵懂的表情，赶快说实话，那文章不是我写的，人家是大知识分子，我这一辈子在《人民日报》上也发表不了文章。

还有一个是甘肃省的副省长和我重名，我们俩在政府分管同类工作，不断在北京参加同一类会议。会议方只好把我们俩的桌签加注上甘肃、河南，免得我俩到时无所适从。有一次在敦煌有个会议，我去参加他却没参加，介绍来宾时念到我的名字，掌声比其他人热烈得多，参加会议的大多是甘肃的同志，他们一听，这人竟和他们张省长一个名字，这掌声究竟为何而鼓，可想而知了。我们两个相处得很好，他也比我年轻些，后来调任陕西省委组织部部长，有些朋友和我俩都认识，我接到好几条祝贺我荣任新职的信息，看后笑笑，也不回复，要祝贺你只管祝贺吧，反正我没通知你。殊不知，此广智非彼广智也。

我们家乡兴给人起外号，就是绰号、诨号，论意思有褒有贬。不怕献丑，我小时候有个外号，叫老淌。因为我总不知不觉流口水，其实应该是肠胃有毛病。大人看我整天活蹦乱跳的，从来没想起来给我整点药吃吃，一直淌口水，就落个"老淌"的外号。我们小伙伴几乎都有外号。有一个头长得明显有些扁，外号就叫"老扁"；有一个额头长得特别平，外号就叫"老铲"；有一个爱放屁，我想他可能也是肠胃有点问题，外号就叫"老屁"；有一个人的外号叫"上下风"，我们在地里烧红薯吃，挖窑时让他试一下风向，他拣块大坷垃一抛，直上直下落地，他就说是"上下风"，令我们笑得捂住肚子，他就落了"上下风"的外号，并使用了一辈子；有一个本家爷，春节爱包大饺子，大得小包子似的，结果落了个外号"大扁食"家，我们把饺子叫扁食。你想，一户人家还兴起个外号呢。

孔子之所以叫丘，据说是因为他的头顶长得像个小土丘，所以就起名叫丘，这"丘"字也不能算很高雅。

说来说去，这名字就是个代号，起雅些固然好，起土些也没啥，人的一生和名字也没太大关系。苏轼的号叫东坡居士，现在张口闭口东坡先生，想想"东坡"两字的意思，也够土气的，但人家学问大。

说南瓜　说辣椒　说大蒜　说豆类　说茄子

# 第四辑

说谷子　说高粱　说芝麻　说棉花　说玉米　说红薯

家乡茶事　野菜　野草　野花　垂柳依依

白杨萧萧　洋槐树　桑树　桐树　柏树

## 说南瓜

父亲在自留地里每年都要种些南瓜，那时候可不知道吃南瓜可以降血糖，只是知道南瓜个大，可以当饭吃。

我们小孩子一般不会去南瓜田里玩耍。因为南瓜的瓜秧粗壮，只有它可能把我们绊倒，我们不可能把它踢断。南瓜个再大，又不能生吃，犯不上我们挂牵。只有南瓜花开时，我们会摘下一朵，凑鼻子上闻那甜甜的花香。南瓜花是当时能见到的最大的花朵了，金黄色，状如摇铃。

一棵南瓜上只能保留一到两个，再多了长不大，甚至长不熟就落了。多出来的南瓜花要掐掉。南瓜花可以蒸着吃，如果挂上面过油炸一下，那就更好吃了，酥脆香甜，真不知道天底下还有什么比这更好吃的东西了。

南瓜子本身带油，泼上点盐水腌一下，在锅里直接焙炒，香味醇而浓，比葵花子要香得多。

南瓜可加工成的食品种类很多，图省事直接烀了吃。如果和小米直接一块儿熬汤，那就是小米南瓜汤，因为增加了甜度，比单用小米熬汤好喝。如果把南瓜蒸熟，老皮去掉，把瓜肉与面粉和在一起，做成南瓜饼，也比单用面粉蒸馍好吃。

南瓜可以说浑身是宝，医者说它能降糖、能排毒、能健胃、能防风，南瓜子、南瓜花、南瓜须皆可入药。

南瓜秧很粗壮，盘曲如蛇，叶大如扇。南瓜成熟时，颜色橙黄，一个大南瓜有几十斤重，掩映在瓜叶下，看上去很喜人。摘了南瓜的瓜田，不用及时清理，谁也不去动它，我们小孩子根本没有力量把南瓜秧拔掉。等大人把手头该忙的活儿忙完，得闲了再去收拾南瓜秧。大人收拾南瓜秧也不直接拔，直接拔很费力，也不一定就能拔得掉。而是先用铲子把根铲断，用双手揪住南瓜秧，吃力地向远处拉扯，只听到瓜秧下的浮根噼啪断裂，能拉出好长去，最后才能把整棵瓜秧拔掉。

南瓜虽然好吃，但形状说不上秀气，所以和人联系起来往往生出贬义。如果谁的脸长得又宽又长，就说他是南瓜脸；如果谁的身段长得短粗，就说谁长得像个南瓜。以至中秋节给月姥娘上供，其他瓜果都可以摆上，但不能摆南瓜。你要摆上南瓜，肯定会惹人笑的，还会说你，八月十五弄个南瓜，胡愿（怨）八愿（怨）的。意思是指人没有检讨精神，办了错事不从自己身上找原因，却一味去埋怨别人。

清代学者、藏书家严元照看着自家院子种植的南瓜，诗兴大发："南瓜大于瓮，豆花纷上屋。平生爱闲适，长此愿已足。……"可见对于严元照来说，有南瓜吃，有豆花看，已足慰平生了。

# 说辣椒

俺庄

我们把辣椒叫成秦椒，挂个"秦"字，说明它是从关中秦岭一带传来的。

辣椒可以说是我们的主菜，青时可以吃，红时可以吃，鲜的可以吃，干的也可以吃，一年四季都离不开它。比较起来，萝卜、白菜、韭菜、豆角等只能吃一季儿，谁也没有辣椒吃得长远。

生产队里每年都种些辣椒分给社员。社员不用去集上买辣椒，生产队也不大量种辣椒去集上卖，完全是一种自给自足状态。

辣椒成熟时，满地红绿相间，熟后望去一派红红火火。我觉得，什么庄稼成熟时也没辣椒成熟时好看，那种热烈蒸腾的场景，完全像一幅画。

辣椒有很多种吃法，平时切碎放盐即可。母亲有时会把干辣椒用油爆一爆，爆到略带色，然后切碎放盐，会减少辣味，增加香气。有时母亲还会用辣椒和面粉拌后和在一起，上锅蒸熟当菜，我们叫辣椒糊。

反正主食常年就是窝头，窝头中间有个坑儿，坑儿里放上辣椒，简直是绝配，既省了碟子，又省了筷子，蘸着赌吃了。高兴时我们会说，吃吧，窝窝头蘸辣椒，越吃越上膘。不高兴时，我们会发牢骚，吃辣椒净让人两头受罪，吃下去时辣，拉出来时也辣。

辣椒作为菜能独当一面，作为调料又可生出好多菜来。辣酱豆、辣豆椮、辣黄瓜、辣豆角，哪一样也离不开辣椒。那时倒没吃过辣子鸡丁、麻婆豆腐，真要吃也离不开辣椒。

后来我们县大面积种植三樱椒，每年高达 40 多万亩，名副其实的辣椒大县，被有关部门命名为"辣椒之都""辣椒之乡"。辣椒一跃成为一大经济作物，为家乡农民致富作出了很大贡献。我是吃着窝窝头蘸辣椒长大的，现在吃早饭，有时也把馒头掰开夹上辣椒，三下五除二就把一个馒头干掉了，别的什么菜也吃不出这样的痛快劲儿来。作为一种菜，能下饭又多又快，还能不算大优点？

我爱吃辣，说不上特别能吃辣，更谈不上达到不怕辣、辣不怕、怕不辣的境界。我特别佩服有些人，拿起辣椒就往嘴里送的派头，那才叫真正的吃家。我出差去过湖南、贵州、重庆、四川，有时主人问放不放辣椒，我会肯定地回答："放。"我心想，不放辣椒你不做成河南菜了？做河南菜你还能做过河南？

我不能说辣椒是我的最爱，但还有什么菜能与我相伴终生呢？

# 说大蒜

大蒜可是个长远菜，保存得好，一年四季都可以吃。

蒜苗可以吃，蒜薹可以吃，蒜头更可以吃。蒜苗、蒜薹，可以直接凉调，也可以炒着吃，蒜薹还可以腌了吃。蒜瓣可以直接拿着吃，也可以切成蒜片，捣成蒜泥，腌成糖蒜，冻成绿蒜。北方人吃凉调菜，吃蒸菜，吃捞面条，离不开蒜汁，没有蒜汁提调味道，档次立马下跌。说厉害点，那叫不成体统。

大蒜能杀菌防病，这是人人都知道的卫生常识。奶奶还经常用蒜焖面条给我治拉肚子。我一闹肚子，奶奶就给我捣少半碗蒜汁，然后煮大半碗面条，直接把热面条覆在蒜汁上，焖一会儿，把蒜焖熟，拌了吃下去，吃两顿肚子就好了。

家乡人认为，吃大蒜百利一害，对眼睛不好，容易得夜盲症，我们叫黢糊眼。我没听哪个医生说过吃大蒜会得夜盲症，我知道大蒜吃多了会烧心是真的，我们家乡有个说法，葱辣鼻子蒜辣心，芥末单辣鼻梁筋。我就稀罕，同样是吃进肚子里的东西，还辣得各有各的部位。

大蒜辛辣，不容易生虫生病，但蒜薹长出来，必须及时抽出来，不然它会耗去很多养分，影响蒜头的生长。抽蒜薹不能用蛮力，用蛮力会使蒜薹从中间断掉，留个半拉子工程，只有用巧劲儿才能把蒜薹全部抽出来。我的体会是，刚开始抽时，要慢慢用力，蒜薹最下端最嫩，要让它从最嫩处"啪"的一声断掉，如果从中间断掉，还留下一段在里边，还要继续消耗营养，仍然影响蒜头生长，抽出来的蒜薹也失去了最嫩最好吃的一段。

我当生产队长的时候，看集上蒜价很高，就多种了二十亩，本想赚一把，结果蒜价又下来了，等于赶了背集。社员家家分的蒜吃不完，美了小孩子，天天烧蒜吃，烧蒜好吃是好吃，但到底当不得饭吃。

那时候农村又没冷库，大蒜并不太好保存，都是把它编成辫，挂在墙上。你如果把它放在红薯窖里，它很容易发芽，长出来就是蒜黄了。蒜黄是一道味道很好的菜，但农民吃不起呀。家里墙上几辫大蒜，几串辣椒，看去给人一种家境殷实的感觉，但风吹日晒，蒜瓣容易糠掉。

我们那里形容不懂装懂的人或真懂装傻的人，叫装蒜。还有一个歇后语，屎壳郎爬到蒜臼里——装蒜。装蒜的说法说是和算卦先生有关，装作能掐会算，实际上就是骗钱。"装算"后来变成了"装蒜"。

小时候吃饭时，如果需要捣蒜汁，这活儿我可以干，把蒜剥干净放蒜臼里，然后捣成蒜泥。仔细想想，厨房里我能插上手的事也就这一桩了。

# 说豆类

家乡的豆类庄稼可是多得很。有大豆（黄豆）、绿豆、红小豆、豇豆、豌豆、眉豆、蚕豆等。

大豆可是杂粮中的主打产品，原因是它用途广泛。可以做饭，可以做菜，可以榨油。如果想吃杂面面条，绝对少不了大豆的参与，少了大豆根本擀不成面条。如果蒸窝窝、贴饼子，能掺进少量豆面，那立即提高一个档次。大豆能做成的菜就更多了，母亲经常给我们做酱豆，做豆糁。大豆可以做成豆腐，豆腐本身就是菜，从豆腐说下去又有好多种，豆腐干、豆腐乳、豆腐皮，人家自己就可以办成豆腐宴。

做成的豆腐供人吃，剩下的豆腐渣人也吃，炒着吃，包成包子吃，都可以。农忙时，豆腐渣也让牲口吃，提提劲儿，把重活扛下来。农忙时牲口出大力需要加料，加料就是把大豆炒熟磨碎，拌到草里让牲口吃，这样牲口才不会累垮。

绿豆也是主要杂粮之一。过年最令我念念不忘的吃食就是绿豆丸子。绿豆丸子就是小时候的点心、零食，因为父亲从不给我们买零食吃。父亲炸丸子倒是大方，一炸就炸一大盆，我每天总要光顾丸子盆几次，掀开草盖抓一把，不管手上沾不沾油，拿了便吃，吃前不洗手，吃后也不洗手，随便找把树叶什么的，把手上的油搞掉完事。如果煮汤，抓两把绿豆放进去，味道大变；如果做菜，可以生成绿豆芽。绿豆芽可是待客下酒的好菜，烹调起来简单便捷，爆炒也行，凉调也可；清炒也行，加肉丝也行。反正都是三五分钟的事。

红小豆我们也叫小豆，它对应的是大豆。大豆是黄色，小豆是红色，大豆的颗粒比小豆大，把黄豆叫成大豆是对的。小豆可以熬粥，熬出来的粥是红色，人们就想当然地认为补血，每年逢腊八节做腊八粥，可是少不了红小豆。小豆可以用来做成豆沙包，豆沙包可是那时候很难吃到的妙物。

农村说的豆棚瓜架，是纳凉休闲的好去处。一边闲话，抬头就能看到垂挂着的那长长的豆角，枝叶间漏射下缕缕阳光，让人感到身心俱惬。嫩豆角摘下来焯熟，切成段儿，泼上蒜汁，如果能再点上点芝麻酱就更好了。豆角的香味非常清新纯净，不掺一点杂味，爽口得很。还可以把嫩豆角摘下来，焯熟后晒成干豆角，到冬天再吃，填补长冬的菜荒。如果豆角长老，可以蒸了吃，籽粒软香馥郁，别是一番味道。有人认为豆角老了就是豇豆，这是不对的，豇豆就是豇豆。豇豆的籽粒比黄豆还大，形状像个鸡腰，有的纯白色，有的还长有花纹，煮熟后吃着很面很香。吃啥补啥，有人说吃豇豆补肾，信不信由你，豇豆好吃是真的。

豌豆是作为主粮看待的，做成饭后吃起来有种特殊的味道，猛一吃并不习惯，吃多了也觉得很好吃，如果做成豌豆糕那就不是普通的吃食了。豌豆苗可以当菜吃，我们叫豌豆尖，种豌豆是为了让它长成粮食，可不是为了吃豌豆尖。在豌豆角长满而又没长老的时节，摘下来煮了吃，味道是其他豆类比不了的，我认为它比毛豆角还好吃。也可以把嫩豌豆籽粒剥出来炒着吃，满盘碧玉，看一眼就让人心清气爽。

眉豆，也叫扁豆，因眉豆角形状像眉，我们就叫眉豆。眉豆不种在大田里，屋根墙角都可以种，随便种几棵就够吃了。眉豆只当菜，鲜眉豆角可食，最好吃的是晒成干眉豆角。我们叫它富菜，即用肉汤煮了吃，味道最佳。

蚕豆，我们叫兰花豆。主要食用籽粒，嫩籽粒煮了吃，味道也很好。主要还是吃成熟的籽粒，可以炸了吃，脆酥香甜。也可以用盐水泡后煮了吃，绵韧香浓。都是下酒的好菜，孔乙己喝酒时吃的茴香豆，实际上也就是蚕豆。

常言说，种瓜得瓜，种豆得豆，想吃什么豆，房前屋后随便点种几棵，应时应景，在农村饱个口福并不难。

## 说茄子

茄子是最家常的蔬菜了。茄子多是紫色，也有很少是青色的。茄子皮的紫色，看上去润腻有光，钧瓷中有一个种类，就叫茄皮紫，可见紫是茄皮的正色。

茄子是次第成熟的，这就拉长了它的食用期限。你只要种了茄子，很长时间都有鲜茄可吃，作为蔬菜，这个优点农民是不会忽略的。

茄子最家常的吃法，就是把茄子蒸熟，切开加上蒜泥，这就是蒜泥茄子。如果吃捞面条，可用茄丁打卤，这就是茄丁捞面。我觉得煎茄子最能体现出茄子的清新本味，把整个茄子切成薄片，挂上少许面糊，下锅煎，外面的面糊煎得焦黄，里边的茄肉也熟了，吃起来外焦里嫩，清香扑鼻。红烧茄子需要油炸，但大家都认为茄子费油，我们家从来不做红烧茄子，我当然也是后来才吃到红烧茄子的。

都入冬了，有些茄棵还没拔，上边还缀着些大小不一的秋茄，只要不被严霜打过，就还能吃。我们捡了柴火，燃起火堆烧茄子吃。茄子在火头上燎得唧唧叫，一会儿就滴下水来，烤熟了吃，自有一番和在家吃茄子不同的味道。那场面和篝火晚会差不多。

小时候大人给我们出有关茄子的谜语，一句一个紫字，很容易猜到是茄子：紫色树，紫色花，紫花开了结紫瓜。紫瓜把上长着刺，紫瓜肚里装芝麻。

宋代郑清之有一首《茄子》诗：青紫皮肤类宰官，光圆头脑作僧看。如何缁俗偏同嗜？入口元来总一般。寻常人爱吃茄子，僧人食素，当然也爱吃茄子，茄子容易栽种，应季时间又长，僧人才不会不吃茄子哩。僧人爱吃茄子，郑清之把茄子比喻成和尚头，显得有些滑稽。

# 说谷子

生产队里每年都种谷子，那时候小米是主粮。白面是逢年过节才吃，平时吃红薯干，偶尔吃小米。小米在食物中的用场很多，煮稀饭叫米汤，煮稠饭叫米饭，一般不舍得磨成面粉蒸馍吃。

中国种谷的历史悠久，伯夷、叔齐"不食周粟"，粟就是谷子。裴李岗文化遗址中就发现有碳化谷粒。

谷子由于籽粒小，播种后谷苗很难出匀，缺的地方要及时补种，出稠了还要间苗，"谷间寸，如上粪"。谷间苗需要好庄稼把式，既要间得匀，又要保壮苗，眼到锄到。否则，会像《朝阳沟》里银环下乡一样，把棵好苗给判了死刑。

谷子成熟时，谷穗金黄，越是长得好，谷穗越是压得谷秆直不起腰。我们有首儿歌：秋天到，秋天到，地里庄稼长得好。高粱涨红了脸，谷子压弯了腰。成熟的谷子腰弯得厉害，那是丰收的前兆。谷子成熟时最招鸟儿，人们想出各种办法驱鸟。用东西绑成假人，绑成老鹰，插在地里。时间长了，鸟儿也能认出那是假的，于是壮着胆子，照吃不误。

人们夸谷子长得好，说谷穗长得像狗尾巴一样长。人们并不知道，谷子就是从狗尾巴草驯化过来的。

煮小米汤时，可以放点绿豆，就成了小米绿豆汤，这汤去火；放红薯，就成了小米红薯汤；放南瓜，就成了小米南瓜汤。如果蒸米饭，我们不但吃饭，还挂念着那焦酥的锅巴。后来在城市里吃锅巴，又是五香的，又是香辣的，不过尔尔，味道不比当年母亲从锅里铲下来的锅巴强到哪里去。

粮食可以统称为五谷，但谷子可是五谷之首。现在人们白面吃腻了，早晚还想吃点小米，变变花样。

## 说高粱

现在家乡基本不种高粱了，小时候高粱可是主粮。高粱面虽然味道不怎么好，有些发涩，那也比红薯干面强得多呀。红薯干面窝窝头里，如果能掺点高粱面，也会好吃些。

高粱不但作为粮食可以供我们食用，其余的东西也都能派上用场。高粱秆，也就是秫秸秆，可以扎成箔，用以晾晒东西，用于盖房。如果扎在屋里，把房子隔成里外间，我们就叫房箔子。高粱秸秆还可以编成席，铺在床上睡觉。

秫秸莛子，可以做成锅拍，用来盖锅、盖盆、盖缸、盖瓮，不管盖啥，都叫锅拍。我还用高粱莛子编过斗笠，我们叫席蓬子。脱粒后的高粱穗，连莛子一起可以作为帚材，可以扎扫地的笤帚，也可以扎刷锅的炊帚。下部的高粱叶，带叶裤摘下来可以织蓑衣，我们的蓑衣都用高粱叶织的，我就会织。

农村的青纱帐，主要指的是高粱地，因为再没有比它个高的庄稼了。你要不怕热，不怕扎，躲进高粱地里，真没谁能找得见你。高粱将要成熟的季节，正是大热天，风又吹不进去，这当口在高粱地里干活可是受罪。为了让高粱地能尽量通风，需要把高粱秆中下部的叶子打掉，我们叫打秫叶。打秫叶时，衣服穿得严了热得受不了，衣服穿得少了，身体暴露的部分，秫叶会给你划出一道道浸血的口子，汗水流到口子上，会火烧火燎地疼。秫叶上沾着厚厚的灰土，里边有很多死掉的小虫，使灰土变得黏腻腻的，一会儿就沾满全身，等干完活从地里出来，和刚从矿井里升井的煤矿工人差不多，脸不是脸，鼻子不是鼻子。需要赶快跑到井边冲洗，否则什么事也干不成。

高粱成熟后，要把高粱从田里用镰头砍下来。这个活也需要技术，行家是扎成马步，一手拢怀里五六棵，一手挥镰头砍。一镰头下去，把秫秸疙瘩砍掉一半留下一半，如果你砍得靠上，那头高粱穗一压，秫秸秆会腾地弹起来，整个阵线破防，你不把当前这棵高粱理顺放好，下边的活儿没法干。如果你的镰头砍得靠下，砍住整个秫秸疙瘩，人家一镰头一棵，你得两三镰头才砍掉一棵，你怎么跟人家比。有的人不但砍得慢，招呼不好还能砍伤自己。可不像有人说的：庄稼活儿不用学，人家咋着咱咋着。砍高粱还不单是个用镰头的角度问题，用镰头的力道也有讲究，那是个巧劲，行家手腕一抖的事，干净麻利脆，你要用笨力砍，累死你。

高粱不中吃，但酿酒离不开它。据说茅台酒主要是用高粱酿造的，五粮液中的粮，第一就是高粱。台湾不是还有金门高粱酒吗？敲明亮响就是高粱。高粱，你这庄稼中的大个，我们怎么会忘了您呢！

## 说芝麻

芝麻是庄稼中拔尖的作物，芝麻制的小磨香油，那是食用油中的公主，金贵得很。

一般不舍得用芝麻油炸东西，那多奢侈呀。芝麻油主要用来调味，所有凉调的蔬菜，提调味道离不开芝麻油，棉籽油不行，豆油不行，花生油不行，大油更不行。如果是做汤，最后要点几滴芝麻油，不需多，多了浪费，只那几滴足以把汤的味道提高一个档次。你再俭省，不煎不炸，还能不调个辣椒、调个黄瓜、调个蒸菜？最后滴几滴芝麻油，那称得上是点睛之笔。奶奶做饭时，如果是下面条，最后总不忘拿起香油瓶，用筷子戳几下，放在面条锅里搅和搅和提调味道。可是，蘸出去的油和带进去的汤差不太多，一瓶小磨香油，我们总能吃很长时间。

芝麻除作为油料，其他还有很多吃法，可以加工成芝麻盐、芝麻酱、芝麻糊。我爱吃奶奶烙的焦饼，因为里面有芝麻。我爱吃家乡的焦炉烧饼，同为上面粘的有芝麻。说一群人站在墙根看县法院贴在墙上的布告，前边一个人拿着热烧饼吃着看着，热烧饼散出的香气，使旁边的人闻得直咽口水。后面一个人问前面吃烧饼的人："那是啥？"吃烧饼的人答："烧饼。""那上边？""芝麻。""那黑哩？""糊了。"其实心里装的都是粘满芝麻的烧饼。

生产队里每年都种芝麻。芝麻小时候看上去和荆芥差不多，银环就把芝麻认成了荆芥，拴保告诉她，认准了再说，不然让人不笑掉眼泪也笑掉牙。

芝麻长成后齐腰深，当然是大人的腰，我们小孩子钻在地里，大人离远了发现不了。芝麻到底是油脂作物，芝麻叶摸上去也油腻腻的。芝麻棵的形状，有发杈的，有不发杈的。我们把发杈的叫多股杈，不发杈的叫霸王鞭。芝麻的花是白色的，花瓣摸上去也油油的，由于它是由下到上次第开放，所以我们盼望美好生活时，就说成芝麻开花节节高。

芝麻的秸秆是棱形，蒴果也是棱形。蒴果成熟后会自动开裂，籽粒会露出来或爆出去，所以寻宝时，要念叨芝麻开门，芝麻开了门才能见到宝贝。

蒴果成熟时，我们会摘下来先掰成两瓣，每瓣里有两个籽槽，一只手持稳，一只手抠准籽槽的边缘，待翻转到一定角度，对着嘴巴猛地放开，芝麻籽就会蹦到嘴里。芝麻香是那样醇正，那样脱俗，那样绵远。

现在城市的大饭店里，也可以吃到芝麻叶面条。芝麻是生产队种的，芝麻不像高粱，还需要打叶，要想吃芝麻叶，必须去偷摘。好在你偷摘的是叶，又不是芝麻蒴，也不怎么影响芝麻产量，生产队里管得也不太严，但到底大人爱脸面，不好明着去摘。我们小孩子就无所谓了，瞅地里没人时，几个小伙伴提上篮子，偷偷躲到地里去摘芝麻叶，被队长看见了骂几句，赶出芝麻地了事。不碰上人，就摘一篮回去，焯了晒干，做面条时下点，就是芝麻叶面条了。说实在的，吃芝麻叶面条，比奶奶蘸那点油香多了。

芝麻在古代被视为延年益寿的珍品，号称八谷之长。南朝齐梁时期医药学家陶弘景曾说："八谷之中，惟此为良，仙家作饭饵之，断谷长生。"

## 说棉花

棉花是当时最主要的经济作物，所有生产队都种。

棉花是非常难伺候的庄稼，播种时先打营养钵，一钵一棵，然后再移栽到大田里。棉花就是个多虫多病的身，什么立枯病、炭疽病，什么棉蚜虫、棉铃虫，需要不断整治，不断地打药。农药那种味道，闻见就反胃。因为晌午头打药效果最好，所以越是太阳毒时越要下地喷药。晒着太阳，闻着农药，背着沉重的喷雾器，时有把人累得晕过去的现象发生。

棉花成熟了，那时又没收获机械，只能靠人工一朵一朵摘下来。供销社只收皮棉，不收籽棉，要用轧花机把棉花和棉籽完成脱离才能上交。

如果想要穿在身上，还要经过纺线、织布。我家最典型的生活画面就是奶奶坐在纺车前，整天不停地纺线。母亲坐在织布机上，一梭一梭不停地织布。纺车的嗡嗡声，织机的哐哐声，就是我的催眠曲。当我穿上新衣新鞋时，高兴得不行，却没想起来感谢奶奶和母亲的辛勤劳动。

生产队里种棉花，可以用棉籽榨油，那时候吃的几乎都是棉籽油，没人说油里边有什么农药残留。棉籽油也不是常年有的吃，你要说这里有农药残留你不吃，一圈人不把你当神经病才怪呢。

棉花摘收后，棉柴却不及时拔掉，一直在地里长着，因为那里已没有其他庄稼棵子，鹌鹑只好躲进棉花地里。村里有人爱养鹌鹑，就去棉花地逮捉。他们先把原先养的鹌鹑挑着笼子插在地头，半夜开始拿着鹌鹑哨子不断吹，逗引原来的鹌鹑跟着鸣叫，这样可以把其他地里的鹌鹑也招引到附近地里来。我们要想亲享其盛，必须在第二天早晨赶去棉花地帮大人逮鹌鹑。人到得差不多了，大人让我们排成排，顺着棉垄高声喊着向另一头赶，另一头张一张网，快到网前时，要高喊着猛地向前跑，把鹌鹑惊起来，使它们起飞时正巧撞在网上。养鹌鹑的大人把有喂养价值的留下，其余的就和我们一起烧了吃。露水打湿半截裤腿，最后吃到嘴里的肉可能刚够塞牙缝的，但那也是肉呀，还是珍贵的鹌鹑肉。

棉柴是用手拔的，因为根细，不需要动镢头。既然把棉花棵都叫棉柴了，就是烧火用，你连根拔起又增加了些柴火，何乐而不为呢？等棉柴也被拔下了，棉花终于走完了自己的一生。

## 说玉米

玉米，我们叫玉蜀黍。玉蜀黍的种植面积是逐步扩大的，开始还没有高粱面积大，由于它吃起来口感好，也比高粱产量高，就逐渐代替了高粱，成了秋庄稼中的大宗。

玉米的种植，根据我的经验要掌握以下几点：一要做到合理密植，太稀太稠都会影响产量；二要注意防治病虫害，以防为主，以治为辅；三要水肥跟上，玉米个头长得高大，该浇水时要及时浇水，该施肥时及时施肥。我说的经验虽然是大路货，但也是我亲手种几年玉米得来的。

能体现庄稼生长场景的，玉米显得最真切了。玉米拔节时，你站在地头能听到拔节的"啪啪"声，如同亲眼见证它们长高。玉米吐出的须红彤彤的，吐须的庄稼也不是没有，都没有玉米须好看。玉米棒有半尺长，哪种庄稼能结这么硕大的果实呢？棒子上籽粒饱满，排列整齐，如训练有素的战斗队列。

吃玉米如果图尝鲜，煮熟了拿起就啃，连脱粒也省了，但这只能在玉米将熟未熟之际。成熟的玉米粉碎后，粗的可以熬粥，细面可以蒸馍。如果把玉米当成工业原料，后续可开发的产品比小麦还要多。

玉米秸秆嫩时可以作为青储饲料，牛最爱吃，能催肥，能催奶。老了大不了当柴火，现在玉米收割时可以秸秆还田，作为下季庄稼生长的肥料，直接进入循环。科技人员发明了秸秆发电，主要指的是用玉米秸秆，其他庄稼秸秆分量太轻，运去发电成本太高。

　　我在安阳工作时，引进了一个生产木糖醇的企业，木糖醇是用来生产供糖尿病人吃的添加剂，生产木糖醇的原料是玉米棒芯。我去厂里参观时，看到堆得小山似的玉米棒芯，原来当柴火烧掉的东西，忽然也成了宝贝。

　　如果按植物分类，玉米文化是和稻作文化、麦作文化并列的人类三大农耕文化之一。玉米在我们这里栽培历史不长，但在美洲却有悠久的栽培历史。

# 说红薯

"红薯汤，红薯馍，离了红薯不能活。"

在吃饭问题没有彻底解决的年代，红薯是立了大功的。红薯是高产作物，一亩地能产几千斤。锅里有红薯，就不能算断顿，就能维持人们的基本生存需要。

红薯我吃得够够的，但我得承认我是吃红薯长大的。那些年如果没有红薯，我的小命早交代了。其他粮食不能说一点没有，但都少得可怜，是靠不住的。能靠得住的只有红薯，馍、菜、汤都是红薯。不管在家吃母亲做的窝窝，还是在学校食堂吃大师傅做的卷子，都是红薯干面；不管粉条，还是粉皮，都是红薯淀粉；不管用鲜红薯煮汤，还是红薯干煮茶，反正都是红薯。真个是离了红薯不能活。

吃红薯最直接的效果是产生大量胃酸，我们叫烧心。胃酸多得吐不胜吐，一张嘴酸水就直接流出来，随时的，不需要准备。酸水流成一条线，飞流直下三五尺。多年后，看到红薯我就条件反射地感到胃不舒服。

锦中叔在城关医院当医生，过年时几个人凑在一起喝酒，我也叨陪末座。有人问锦中叔："人家都说吸烟喝酒对身体不好，你当医生的不是烟照吸、酒照喝。"

锦中叔说："当然不吸烟不喝酒最好，但你吸了喝了也没觉得身体不舒服，也没啥。"

爱开玩笑的小海一本正经地说："锦中叔，我有病，我一吃红薯就身体不舒服，我真不想吃红薯，咋治？"

锦中叔一听笑着说："小海，你这病可不是小病，你叔的医术低，看不了，你还是去北京的大医院看看吧！"

一圈人起哄，要罚小海酒，都说："你当个农民，还不想吃红薯，不想吃你喝西北风去。"

既然当农民要吃红薯，那就吃吧，有啥说的。红薯干面只能蒸窝窝头，窝窝头中有个坑儿，坑儿里可以放上辣椒，吃时既省筷子，又省碟子。"窝窝头，蘸辣椒，越吃越上膘"，上膘你还不吃，等着减肥哩。

现在红薯被推荐成最佳营养食品之一，谁认为有营养谁吃去，反正我是一般不会入口的，当然也不会忘记当年红薯养我的那份恩情。

我们家乡栽红薯有两种栽法，一是秧栽，一是种栽。秧栽需要先育秧，垒几个大池子，铺上厚厚的粪土，把薯块埋进去，洒上水，然后用几层塑料布蒙上，保温催芽。等薯芽长到一定高度，把塑料布揭掉，晒几天太阳，再把秧剪下来栽到地里。

种栽是把薯块直接栽到地里，我们叫红薯下蛋。种栽虽然比秧栽高产，但费种，等于加大了投入成本。种栽的株距密度比秧栽要求高，稀了稠了都直接影响产量。据说一个县委书记下乡检查工作，看到农民正在红薯下蛋，就走进地里和农民攀谈。他问老乡你这种得是不是太稀了，那农民又不认识县委书记，加上也没公社和大队的干部陪着，那农民正忙着干活，哪有闲心聊天，就直冲冲地说："栽稠喽，秋后结哩红薯给蛋子儿一样大，你吃？"几个陪同人员也不好再告诉农民这是咱的县委书记，县委书记只好点点头说："那是，那是。"

三十年河东，三十年河西。我告诉你，现在城市的大酒店里连红薯叶都上席了，别看不起红薯！

# 家乡茶事

我们家乡问人吃没吃过晚饭，叫喝过茶没有，实际上并没有茶。我就不记得家里买过茶叶，或者真的喝过所谓的茶。

我们把早饭叫成清早饭，把午饭叫成晌午饭，把晚饭叫成喝茶，可见晚饭是比早饭和午饭低了一个层次。吃过早饭、午饭还要干活，吃过晚饭就是睡觉休息，所以显得不那么重要了，喝点茶也迁就了，这茶也不是真的茶，就是指的白开水。晚上就着白开水，吃点凉窝窝头，就是晚饭了，就算喝过茶了。

茶不就是树叶嘛，家乡又不种茶树，但我们种有柳树，柳叶摘下来煮煮也是茶，我们叫柳叶茶。柳叶青时煮出来的茶汤是浓绿的，柳叶老时煮出来的茶汤是金黄色的，很打眼。但入口时都是苦的。

奶奶说，柳叶败火。我有个头痛发烧、咽喉肿痛，奶奶就摘把柳叶给我煮柳叶茶喝。那一头一腔的火气，喝两天柳叶茶，还真就慢慢地轻了。家乡到处是柳树，加上它发芽早，落叶迟，你什么时候发烧上火，随时可以摘来柳叶煮茶喝，杀掉你的火气。

此外，我们还把不少煮着吃的食物也叫茶。譬如用红薯煮的叫红薯茶，用冬瓜煮的叫冬瓜茶，用麦仁煮的叫麦仁茶，用胡萝卜煮的叫胡萝卜茶，用白萝卜煮的叫白萝卜茶；用各种豆去煮，既叫汤，也叫茶，譬如绿豆茶、小豆茶、豇豆茶；打个荷苞蛋叫鸡蛋茶；等等。

药食同源，有些茶也有朴素的药理。认为冬瓜茶利尿，白萝卜茶顺气，绿豆茶败火，豇豆茶补肾。红小豆茶补血，身体虚弱需要补血，用红小豆煮茶，加几颗红枣，反正颜色都是红的，血也是红的，喝吧，补。

村里有赤脚医生，他会根据你的病症，建议你煮什么茶喝。玉米须茶、南瓜须茶、桑叶茶、白蒿茶、蒲公英茶，大地上长那么些东西，不用白不用，想那家乡的茶事也丰富着呢。

# 野菜

春天是摘食野菜的大好季节。摘野菜你要到田野里去，总不能在自家院里找野菜。此时，田野里春光明媚，花草争艳，鸟儿欢快地叫，狗儿欢快地跳。走向田野采摘野菜，同时也在享受春意，沐浴春光。

我们家乡的野菜，印象深刻的有茵陈、荠荠菜、面条棵、灰灰菜、马齿苋、扫帚苗、苣荬菜、马兰头等，想在这里说说它们。

茵陈就是白蒿，嫩时称茵陈，老时称白蒿。茵陈经冬不死，其根来年春天发芽出土，所以叫茵陈。"二月茵陈三月蒿，五月拔了当柴烧。"茵陈本身具有香气，不管是凉调，还是蒸吃，味道都很鲜美。那时候，在农村一冬天很少吃新鲜蔬菜，饭桌上忽然出现这样一道美味，还不馋死个人。何况大家还都说它可以清肝利胆，好处多多。

荠菜，也叫荠荠菜。荠菜比较好认，因为它的叶片是裂开的。荠菜也是嫩时可食，等它挑起莛，开出白色的花来，就不能再吃了。荠菜吃法很多，可以凉调，可以笼蒸，可以包饺子、包包子。现在一些速冻食品企业为了让城里人也尝上这口鲜，就推出了荠菜水饺、荠菜包子。我特意买回家吃过一次，好吃是好吃，但和小时候吃的荠菜比较，觉得还是少些许鲜味。

面条菜，也叫面条棵。面条菜的叶窄而长，就像是一根根面条。面条棵当然可以下到面条锅里当配菜，主要吃法还是凉调和面蒸，我觉得最好吃的还是面蒸。现在城市里大的宾馆和酒店，也有蒸面条菜飨客。

灰灰菜，是一种非常好吃的野菜。因为从它叶片上看去有灰色粉末，所以叫它灰灰菜。灰灰菜可以凉拌，也可以炒着吃。但到梗叶发红时，就不能再吃了。

马齿苋，又叫长寿菜、救命草，灾荒年景，马齿苋可是能救荒保命的。马齿苋也很好认，因为它的叶片像马齿，农村人谁没见过马齿呀，马一张嘴，就露出那长长的马牙来。马齿苋有清热解毒、凉血止血的功效，农村人都知道，谁有胸口疼疾病，就建议煮马齿苋水喝。马齿苋略带酸味，吃时要用开水焯去，然后熬粥、包饺子、包包子。马齿苋还可以晒干留用，干马齿苋也挺好吃。

扫帚苗棵大，长到最后可以做扫帚，所以叫它扫帚苗。嫩时摘下来，可以蒸吃、凉调，还可以包包子、包饺子，营养丰富，味道鲜美。甚至有的人说，不吃肉，也要吃把扫帚苗。

苣荬菜，吃时有点苦，回味却甘甜，清热去火，吃了能上瘾似的。灾荒年农民靠它度荒，平常年份农民也爱吃。据说红军长征时，苣荬菜帮助红军渡过了饥饿难关，所以也叫它"红军菜"。

家乡还有一种"姓马"的野菜——马兰头。马兰头最好吃的是凉拌，如果能和豆腐或者豆腐干拌在一起，更中吃了。文人把马兰头故意写成马拦头，于是赋予这种野菜有惜别之义。清代才子袁枚所著《随园诗话补遗》中，记载有一地方官员，颇有政绩，离任时人们争献马兰头，传为美谈，马兰头也就变成马拦头了。有人据此赋诗："欲识黎民攀恋意，村童争献马拦头。"

那时候，使用农药较少，春天遍地都是野菜。我们小孩子扪上小篮，掂着小铲，小伙伴们边玩边摘野菜，真是一生中少有的快乐时光。有时大人收工时，随手就采些野菜回来，天天尝鲜，也算不上奢侈。

## 野草

小时候有一样经常干的活，给家里喂养的猪羊割草。割草的工具也简单，一个小篮，一把小铲，喊俩小伙伴就一起下地了。

割草你得认识草，要知道哪些草猪羊爱吃，哪些草猪羊不爱吃，猪羊不爱吃你割回来也没用。

最常见的就是狗尾巴草了，随处可以见到，长得也壮实，没见它生过虫子，猪羊都爱吃。看到一片，很快就能割一篮，割满篮是不慌着回家的，就在地里玩到天黑再回，反正有劳动成果在，大人是不会吵你的。狗尾巴草最后抽出穗来，真像一群狗在那里翘着尾巴。我们把草穗掐下来，编成各种小动物，回家送给弟弟妹妹，能让他们高兴半天。

硌巴草，路边坑沿长的都是，生命力极强。硌巴草既然生长在路边，就不怕踩踏，别说人踩它不怕，就是车轧一下也伤不到它的生命。硌巴草抓着地面生长，除了主根，长出一节就会再扎一个次根，你拔它时会听到啪啪的断根声。很难一次把一棵硌巴草全部拔掉，残留的部分会照常在那里活着。

牛舌草，也叫牛舌头棵，因为它的叶片长得像牛舌。它的学名叫车前草，之所以叫车前草，据说和东汉名将马武有关。说他一次带兵打仗，被困在一个地方，人马都生病了，但有几匹马吃了车前边一种野草，病却好了，于是就把这种草叫车前草了。如果再往上追，就是《诗经》里边的"苤苢"。"采采苤苢，薄言采之。采采苤苢，薄言有之。"描写的是一群姑娘在野外割草的画面，没想到几千年后，这种劳动场面被我们几个农村孩子复制了出来。

稗草，一般认为是稻田里的杂草，其实北方麦田里也生长稗草。稗草和小麦争夺养分，是必除的杂草。所以，我们割草虽然是为了喂猪羊，同时也保护了庄稼的生长。

牛筋草，我们习惯叫它扁草，因为它的草茎是扁的。它的根系很发达，我们拔时比较吃力，用小铲铲时也很费劲，一般有其他草在，就不费劲去招呼它。也知道有人说用它烧水泡脚好，终没有试过。

萋萋芽，嫩时是可以摘了喂猪。开紫红色的花，有高高的花葶，顶着花球。开花时刺已长硬，人们只能敬而远之了，其他动物也不敢招惹它。如果在地里不小心划破了手，可以用萋萋芽叶嚼成糊状，敷在伤口上止血，很有效。

节节草很好玩，就那样一节一节长起来，也不发枝叶，很脆性，容易拔。因为它一节一节的，我们特爱拿来做各种游戏。我们也有首儿歌唱它："节节草，高又高，高到天上把火烧。一个老头来救火，燎了胡子别怪我。"

猫儿眼，这种草在中药中叫泽漆，有微毒，据说兔子爱吃，我们家又不养兔子，所以不会去招它。猫儿眼的茎秆折断，会有白色的液体渗出，大人告诫我们，千万不能弄到眼里，弄到眼里眼睛会瞎的。有一次，我们一群小孩正在野地里割草，爱捉弄人的老皮爷从一旁走过，他问我们割的都是啥草，又指着一旁的一丛猫儿眼问我们为啥不割，我们回答说有毒。他说，有毒才有大用场，可以用它点小鸡儿。并说，猫儿眼点小鸡儿，长大能当官儿，咱公社那些当官儿的，小时候都用猫儿眼点过。老皮爷顺手拔一棵，折断茎秆，问谁想当官儿，我们几个年龄稍大些的孩子，捂住自己的鸡鸡不让他点，只有二平傻傻地笑着不动，老皮爷就给他的小鸡儿上点了一下，一会儿二平感觉疼了，哭了起来，再看二平小鸡儿的包皮肿得朝外翻着。老皮爷骂道："哭个屁，没出息，回去让你爷看看像不像他的烟袋嘴。"大家一看，真像，都笑翻了，二平是连哭带笑，到第二天才消肿。

　　家乡地里的野草多得很，说不完，道不尽。家乡年年芳草绿，而我频频添白发。

# 野花

野草开的花叫野花，野草开花结籽，用以繁衍后代。只是有些野草未等开花已被拔掉，所以很少见到它的花是什么样子。我这里说几种经常见到的野花，也算到家乡的田野上又走一遭。

先说一种小花，小到你不专意朝地上去瞅，就发现不了，就是婆婆纳。婆婆纳花是蓝色，四个花瓣，三大一小，仔细看去像一只胖嘟嘟的小蜜蜂，实际上就绿豆般大小。婆婆纳一般成片开放，静静地卧在绿叶中，仿佛闪烁在天幕上的星星。

最惹眼的花要数喇叭花了，也就是牵牛花。它在早晨开放，人们醒来一睁眼就能看到它。有红的，有粉的，还有蓝的，有的小喇叭上还带着露珠。但太阳光一照，它就蔫下了。开花时间越短，人们越金贵它。姑娘们摘下来插在鬓角上，立即就增加了几分水灵。

紫花地丁，我们叫犁头草。花紫色，非常漂亮。大人们见了一般不会放过它，可以拿去煮水喝，治疮毒。还说它是蛇毒的克星，被毒蛇咬了，可以用紫花地丁治疗，在北方很少发生毒蛇咬伤人的事情，但紫花地丁倒是常见的。

宝盖草的叶圆圆的，像个瓶盖，所以人们叫它宝盖草。它的花是红色的，向上方竖着，往往一开好几朵，像围在一起玩耍的小朋友，看上去很喜人。宝盖草也入药，也有人把它叫接骨草。

蒲公英的花是黄色的，花色明亮，成熟后长出冠毛，是白色的。我们喜欢摘下来用嘴去吹那冠毛，那些冠毛像一柄柄小降落伞，漫天飞舞，带着一粒粒蒲公英种子，开始了新的生命历程。

野花开无主，故乡的野花每年如期绽放，你当年的小主人，再无机会前去采摘，花自开落，想也应有几分寂寞。

# 垂柳依依

坑沿上栽的几乎都是柳树，别的树木很少，可见柳树是一种近水的树了。

柳树最先感知春意，九九还未尽，人们还穿着厚厚的棉衣，柳树的枝条已开始从青黄枯干慢慢浸润泛绿了。人们还没来得及发现这细微变化，柳枝又鼓出了芽苞，不几天嫩叶也长出来了，使本来就垂垂的柳条，随风款摆，显得更加娇软婀娜。一树绿烟，染得树下的水也绿了，不禁使人想起杨玉环那句诗：嫩柳池塘初拂水。

麻雀、喜鹊在柳间穿梭欢唱，鸣声不绝于耳。它们都是留鸟，一个冬天都在枯枝败叶中穿行，如今可以放情地歌唱春天了。黄鹂也从别处赶来，它的叫声当然比麻雀、喜鹊的叫声好听，清脆溜利，所以我们叫它黄溜子。

清明时节，也没人远行，也不懂折柳赠别的离愁。我们也折柳，折下柳条编成柳帽戴在头上，学习解放军冲锋杀敌。制作柳笛，吹奏那不成调的乡曲，我们也成了一群欢乐的鸟儿。

到了夏天，柳树变成了蝉唱的舞台。树上知了不断，有的一棵树有好几只在那里此起彼伏地鸣唱。我们有时候想听知了的叫声，有时候又烦它。特别是晌午头上，本想躺在树下睡一会儿，知了的叫声鼓噪得睡不着，就拿坷垃去砸它，直到把知了惊得吱的一声飞走。要说人家不要丝毫报酬地给你歌唱，不该这么无理地对待人家。晚夏时有一种蝉，个头比知了略小，浑身淡黄色，我们叫它伏郎，因为其叫声就是"伏郎，伏郎"，听起来比知了的叫声温柔些。

　　到了深秋，霜打后柳叶变得金黄，一遇风雨，柳树下满地铺金，落在水里的柳叶，也不立即下沉，而是在水面上随风滑动，像一只只小舢板。一棵柳树上的叶子，次第黄去，次第落下，别的树没落叶时柳树已开始落叶，别的树叶子已落尽，柳叶还挂着许多。落叶后的柳条仍垂在那里，轻轻摆动，不乏柔美，依依复依依。

# 白杨萧萧

杨树既然叫鬼拍手，自然不种在院里，也不种在近旁。小风一刮就哗啦啦响，大风刮起像发水一样，离好远就能听到。

庄北赶集路旁，有三棵大杨树，高可摩天，庄里再没有比它们高的树了。最粗的那棵，我们三个小孩才能合抱，另外两棵略细。树皮粉白，间或有黑黑的眼疤。树叶正面是青色，背面是灰白色。无风时看去一树绿叶婆娑，有风时树叶翻飞，掀起一片白浪。我们尽管处于一日上树能千回的年龄，也都不去爬白杨树。因为大人告诫我们，树上住的有神仙，上树会打扰他们，怕神仙会怪罪下来。那时候村里已没有可烧香的场所，有些人遇事想烧香，就趁夜深人静时，去杨树下烧。有时还在树上绑个红绳，但究竟是哪路神仙，我一直不清楚。问起大人来，有说是土地爷的，有说是白奶奶的。土地爷还有点说头，白奶奶是哪方神仙无可查考。反正人们讲求的是一个心诚则灵，你只要心诚，哪位神仙住在杨树上都会为你消灾解厄。

有鼻子有眼的说法很多。谁家老人生病了，在大杨树下一烧香，好了；谁家孩子头疼，在大杨树下一烧香，不疼了；谁家家里闹鬼了，在大杨树下一烧香，安宁了。那时候不兴迷信，这事你可以信，但你不能去认真求证。

那几棵杨树属于生产队，以前的生产队长都不去动它，我当了生产队长后，尽管我不信那树上有什么神仙，但我也不故意去招惹它。我可以拼一下胆量，但奶奶不会同意，父母亲不

242

会同意，我可不愿意为了生产队长这个比芝麻还小的官去惹他们生气。

离杨树不远有几座坟头，我老是认为叫杨树"鬼拍手"，跟那几座坟头有关。我小时候，一个人是不敢夜里从大杨树下走的。你正盯着那几个闪着惨白月光的坟头，忽然一阵风来，杨树上响声一片，能让人吓个半死。即使当了生产队长，一个人走在杨树下，头皮也有点发紧，从不在树下逗留。如果有风，拔腿跑几步是常有的，反正又没人看见去笑话我胆小。

那几棵杨树上的杨叶真大，小蒲扇似的，秋天落下，我们就拾了回去当柴火。白天，我们小伙伴在杨树下做各种游戏。有杨树的遮护，树下的地面特别干净平整，大人们也愿意在树下乘凉聊天。过路的客人，走累了也乐在树下歇脚。如果雨下得不大，在下面避避雨也可以。远远望去，那三棵杨树，就是三大把巨伞，给过往的人们做着自然的遮护。

白杨多悲风，萧萧愁杀人。村里那几棵白杨什么时间伐掉的，派了什么用场，没人说得清楚，回村看不到了它们，觉得少了些什么，再想听听那流水般的响声也不可能了，横在面前的仿佛是一条干河，原先的河水已不知流向何处。

## 洋槐树

到现在我也弄不清楚，我们家乡为什么把槐树叫洋槐树，没谁说它是从外国引进的树种。和洋槐对应的是国槐，国槐我们也不叫国槐而叫黑槐。村里也有黑槐，很少，一是长得慢，二是槐花也不能吃，人们不喜欢栽种。

村里到处都可以看到槐树，路边有，地头也有；房前有，屋后也有。它就是村里一分子，抬头就能看到，举手就能摸着。不管把槐树栽到任何一片地上，它都会默默守护在那里，不需要施肥，不需要浇水；不需要整枝，不需要打杈。就那样自自然然地生长着，该开花时开花，该落叶时落叶，不知不觉中，偶然发现它已长成有用之材了。

槐树的"槐"字虽然带个"鬼"字，家乡种槐树却没什么忌讳，随处都可以种。不像桑树、柳树、杨树不宜种得靠近庭院。"前不栽桑，后不栽柳，院里不栽鬼拍手。"

槐树在中国有悠久的栽培历史，古代是作为行道树看的。在中国传统文化中，槐树是和三公宰辅之位相联系的。如槐鼎，指执政大臣；槐位，指三公之位；槐卿，指三公九卿；槐宸，指皇帝的宫殿；槐望，指有声誉的公卿；槐岳，指朝廷高官；槐府，指三公官署或宅第；槐第，指三公宅第。由于"槐""魁"二字相近，槐树还和古代科举考试联系了起来，赴京考试叫"踏槐"。唐代诗人李频有《送友人下第归感怀》诗：帝里春无意，归山对物华。即应来日去，九陌踏槐花。我们小时候年年踏槐花，也从没想到和金榜题名有啥关系。

洋槐长得较快，材质也不错，可以盖房，可以制作家具、农具，也没听说有什么忌讳。

洋槐的树干笔直，树冠优美。当一树繁花时，犹如装束清雅的女子，站立在那里。槐花开成一串串花穗，花色玉白，每朵花都像振翅欲飞的小蝴蝶，也引来了无数的蜜蜂，槐花蜜也是主要蜜种之一。

槐花香气浓烈，有一次从伯岗放学回家，正值槐花盛开时节，刚过蒋河，离庄还有二里多路呢，就闻到了村里飘来的槐花香气。一到村头，就从槐树上摘下一穗槐花，顺手一捋就塞进了嘴里，一缕清香浸透心脾。不用说，第二天早饭时，就能吃到母亲蒸的槐花，有时母亲也用槐花蒸窝窝、贴饼子。槐花鲜食吃不长时间，可以把槐花摘下来，焯熟晒干，到冬天包槐花包子。即使外面冰天雪地，槐花包子可以给你口中送来满满暖意。

从小就会唱那首有关槐树的儿歌："槐树槐，搭戏台，人家闺女都来了，俺家闺女还没来。"参加工作后，我在河南省电化教育馆当馆长时，拍了一个电视剧，剧名就叫《小槐树》，一不小心还获了个全国电视剧飞天奖银奖，里边的主题曲就用的这首儿歌，可见我和槐树真是有很深的缘分。

# 桑树

俺庄

桑树虽然忌讳种进院落，但村里桑树还是有的。柘城县名中的"柘"，就是一种桑树，村里咋能不种桑树呢？桑梓指故乡，不种梓树，再不种桑树，那还能叫故乡吗？

植桑养蚕，首先得种有桑树，有桑树养了蚕才有丝绸。要说丝绸之路的起点，你可以说是西安，你也可以说是洛阳，细追起来，丝绸之路的起点就是那一棵棵长在大地上的桑树。我当生产队长时，为了发展经济，还专门引种湖桑养蚕。

不养蚕时，桑叶秋天落地，我们就捡了当柴烧。小孩子最挂念的是桑葚，从发红时就开始摘了吃，但很酸。桑葚熟透时发紫、发黑，说谁红得发紫，我就想起家乡的桑葚来。桑葚熟透后很甜，我们吃得嘴里是红的，嘴唇是红的，手上也是红的。可是，谁能抵挡得住那诱人的美味呢？

桑树的材质有韧性，做一些工具的柄把，非常跟手耐用。农村常用的桑杈，就是根据桑树的韧性，把小桑树理料成杈形，它就长成了桑杈，别的树不行。桑杈是重要的农业生产工具，收庄稼离不开它，翻场垛垛离不开它。用桑木做扁担，也是看中了它的韧性，桑木扁担挑重物不砸肩，颤悠悠的，省力。

桑杈的形状是一个长柄，三个杈股，我们那儿说两个人闹别扭，不团结，就用桑杈来形容："你看，两个人别哩跟杈股子一样。"

陶渊明归田园后，享受的就是那"狗吠深巷中，鸡鸣桑树颠"的农人生活，农村得有桑树，桑树就是农民安定温饱的象征。

　　诸葛亮在给后主上表时，说："成都有桑八百株，薄田十五顷，子弟衣食，自有余饶。"可见诸葛亮的家产主要也就是八百棵桑树，再加十五顷薄地，就可以使后人衣食无忧了。

# 桐树

庄里桐树不多，地里桐树多。庄稼地里只栽桐树，这是从兰考那边学过来的。焦裕禄为了治理风沙盐碱，改良土壤，就在地里多植泡桐。俺庄的地虽然没有兰考风沙盐碱严重，但土性是一样的，所以也广植泡桐。

泡桐的好处是生长速度快，材质好。泡桐枝条稀疏，根系也不发达，既少给庄稼争地力，又少遮阳光，它长在那里，就像一棵大庄稼，基本不影响其他庄稼的生长。既绿化了田野，又阻挡了风沙，别的树可没这些优点。

桐树清明前后开花。桐花色如紫缎，花开时，满地飘荡着紫色云霞，一眼望去，如梦如幻，给田野增添了很大魅力。"桐花万里丹山路，雏凤清于老凤声。"家乡的桐树不是梧桐，是泡桐。翻飞其间的不是凤凰，是喜鹊，是蜜蜂。我认为家乡的桐花已经够漂亮了，喜鹊已经够可爱了，蜜蜂已经够勤劳了。

桐木材质轻盈，宁折不弯，是制作乐器的好材料。古代传世十大名琴多由桐木制作。司马相如的绿绮琴，其铭文就是"桐梓合精"；蔡邕的焦尾琴，就是一段烧剩的桐木加工而成；大圣遗音琴，是唐肃宗李亨即位后制作的琴，其铭文是：巨壑迎秋，寒江印月。万籁悠悠，孤桐飒裂。这分明也点出了和桐木的关系。古代其他名琴恐也多为桐木制成。

我当生产队长时，把伐下来的桐木解成碗板，卖到禹州神垕的陶瓷厂。桐木板又轻又硬，作为碗板晾晒碗坯，减轻了工人的劳动强度，很受欢迎。我们是开着拖拉机去送货，我去压车，车装得很高，我趴在车顶上，司机不小心把拖拉机滑到了路边壕沟里，差一点给我甩下去。那时候到俺县县城也只去过两次，根本没出过远门。到神垕交了货，又转悠着参观一天，真开了眼界。那里到处都是碗碟，小时候摔破只碗，好像犯了天大的错，在神垕一只碗算啥呢。

我上大学时，父亲给我做了个桐木箱子。他从家乡骑自行车给我送到开封，好在桐木轻些，如果用其他木料，二百多里地，会把老父亲累成个什么样子。

# 柏树

柏树在俺庄并不多见，只有庄东南一片坟地中有五棵，皆有碗口粗细，估计树龄有四五十年的光景。

柏树四季常青。除了冬天，其他好多树都青枝绿叶，能开五颜六色的花，能结七形八状的果，谁也想不起来去关注那几棵柏树。到了冬天就不同了，其他树木都青褪叶凋，只剩一树败枝残条，唯有那几棵柏树还一片苍绿，如春常驻。这时节它才赢得我们时不时的光顾，满树绿叶中，缀有很多褐色柏树籽。我们实在稀罕这柏树的叶怎么能叫叶呢？和其他树叶咋都不一样呢？其他树叶或长或圆，都是连在一起的片状，柏树叶却如结在窗上的冰花，枝枝杈杈很多绿条组成一片叶子。那时候我们还没有针叶、阔叶方面的植物学知识，大人们也说不清，害得我们只能存疑不究。柏树还有一点和别的树不一样，也很令我们费解，别的树的叶子今年老了，落去，明年再发新的，柏树常年青着，它怎么也有落叶？

柏树落下一层褐黄的叶子，平常少有来人踩踏，被雨水清洗得干干净净，默默地躺在那里，看去一片肃穆，这使我们联系起静静躺在坟里的老人。在我们的印象中，柏树就是坟墓的标配树种，人们把它们栽植那里，就是让它日夜守护着已经去世的人们。死去的人长年累月躺在那里，柏树也长年累月守在那里。人们死后要入棺下葬，做棺材的最好的木头就是柏木了，但一般平头百姓是用不起的。

柏树虽然四季常青，在家乡谁家也不会在房前屋后种柏树。后来才知道故宫栽有柏树，国子监里栽有柏树，许多著名的宫殿寺观里都有柏树。我和杜维明先生共同举办的"嵩山论坛"，每年年会期间，都要在嵩阳书院的大柏树下，请很多世界知名学者开展华夏文明与世界文明交流对话，这场文化盛宴，赢得了天下无数学人的羡慕和称许。

柏树和松树是经常联系在一起的两种树，常说"千年松，万年柏"。松柏代表坚贞，代表长久，代表君子。荀子曾说："岁不寒无以知松柏，事不难无以知君子。"人活在世上，当以松柏自励，当以君子自警，虽不能之，总可努力为之。

养鸡　养鸭　小老鼠　小小虫　布谷鸟　野兔

第五辑

尜尜喳　蚯蚓　蚂蚁　蝎子和马蜂　促织子

虱子　猫头鹰　蝴蝶　苍蝇与蚊子　大雁　花大姐

豆虫　山羊　白尾巴　泥鳅

# 养鸡

俺庄

我的属相是鸡，在鸡、猪、猫、狗等家禽家畜中，从心里自然对鸡高看一眼。以前写过有关鸡的文字，话犹未尽，还想再说说。

家里养鸡一般不去买鸡仔，而是让一只老母鸡自己孵。老母鸡是自家的，鸡蛋也是自家的，何必再花钱去买鸡仔呢。买鸡仔养，要多操好多心，猫叼狗咬的，防不胜防。人有时不小心，一脚踩死一只，惋惜半天。用自家的老母鸡孵小鸡，情况就不同了，老母鸡关心小鸡，和母亲关心孩子是一个道理。老母鸡为了保护小鸡，敢和猫斗，敢和狗斗，甚至敢和人斗。老母鸡领着一群小鸡在院里觅食，老母鸡"咯咯"地叫着在前边走，小鸡"唧唧"地应着，像一个个滚动的绒球跟在母鸡后面。我想捉一只小鸡玩玩，刚捧到手，老母鸡听到小鸡的叫声，回头就跳起来啄我，好在我撒手快，未被啄住，但吓得心咚咚跳个不停，好一会儿才平静下来，平时谁怕过一只鸡呀。

长大后的母鸡，工作任务就是媲蛋。媲的鸡蛋，一般是不吃的，除非生日可以煮一个吃，或者来了客人，炒一盘当菜待客。有时为了节省，炒鸡蛋时再掺点面粉，少用个鸡蛋。攒下来的鸡蛋，要拿去换油盐酱醋，给我换铅笔和作业本。家里养十来只鸡，就有了个所谓鸡屁股银行。

家里养鸡，一群鸡里一般只留一只公鸡。公鸡的工作任务有两样，一样是打鸣。农民别说没人戴手表，连个马蹄闹钟也没有，白天计时看太阳，晚上计时听鸡叫。鸡叫三遍要起床，该上学的去上学，该下地干活的去干活，没有公鸡打鸣咋行。公鸡还有一项任务，就是负责给母鸡交配，我们叫踩蛋。母鸡不经过踩蛋燃下的蛋，叫寡蛋，你要吃没问题，但孵不出小鸡来。

母鸡和母鸡从不打架，公鸡和母鸡也不打架，经常打架的是公鸡和公鸡，我想它们之所以打架，是为了争夺交配权。母鸡的毛色没有公鸡漂亮，母鸡有白色、黑色、黄色、花色。公鸡为了赢得母鸡的青睐，长一身十分华丽的羽毛，头顶华冠，尾巴高翘，打扮得新郎官似的。

我们小时候，爱拔公鸡的翎毛做毽子。踢时，精灵般的毽子，随脚起舞，上下翻飞，洋溢着一派青春气息。高手能踢出好多花样，那毽子仿佛粘在了脚上，引来一阵阵喝彩。

小时候会背一首《劝学》诗：三更灯火五更鸡，正是男儿读书时。黑发不知勤学早，白首方悔读书迟。诗会背，更听到过不知多少次鸡叫，却没起来读书，到头来还是落个白首方悔读书迟。长大了才知道这首诗的作者，是唐代大忠臣、大书法家颜真卿。

据说，玉皇大帝安排人间生肖时，并没把鸡列进去，因为只打算列进兽类动物，没打算列进禽类。但鸡和人们的日常生活关系太密切了，人们向玉皇大帝讲述了鸡的功劳和美德，玉皇大帝就同意让鸡也列入十二生肖了，并随手摘一朵花放在了鸡头上，鸡从此就戴上了桂冠，成了十二生肖中的唯一禽类代表。

由于家禽中鸡是最早被人类驯化的，历史上关于鸡的文化十分丰富。民间有一种娱乐活动叫"斗鸡"，据专家考证，斗鸡已经有近 3000 年的历史了。不但中国有，世界上许多地方都有斗鸡游戏。唐玄宗爱斗鸡，"神鸡童"贾昌因擅斗鸡而升官，"生儿不用识文字，斗鸡走马胜读书。贾家小儿年十三，富贵荣华代不如"。我小时候也会"斗鸡"，不是斗真鸡，而是小伙伴们搬起一条腿来互相对撞，分个输赢。我也算其中比较厉害的，但也没谁给我升官，斗半天回家去，累得多吃半个馍是真哩。

## 养鸭

我们把鸭子叫扁嘴儿。鸭子的嘴是扁的，这名字也真突出了鸭子的特征。家乡的鸭子都是紫花色的，不像北京鸭浑身雪白，比较起来，家乡的鸭子朴素得多。鸭子腿很短，走起路来一扭一扭的，笨笨的。因为鸭子脚上有蹼，一旦进到水里，就像一只只迅速滑动的小船，比在陆地上自如多了。

鸭子算水禽，养鸭子得有或大或小的水面，不能整天把鸭子旱在地上，不能和养鸡一样。我们家乡把不会游泳的人叫作旱鸭子。因为水面少，家乡很少有人养鸭。我记得只有文成爷家养鸭，他家住在坑边，坑东沿的地也是他家的，他家要不养鸭，再没人家有此地利了。

文成爷家养鸭不是光有地利，还占人和。文成爷是最知鸭性的养鸭高手。有人来卖鸭苗，鸭苗不论公母，都是一个黄绒绒的鸭球。养鸭主要是让鸭娖蛋，可不是为了吃肉，公鸭不会娖蛋，养多了没啥用。文成爷说，一群鸭里也不能都是母的，也要有几只公的，鸭群才欢实。如果你想明年自己孵鸭苗，没有公的也不行，那样母鸭娖的都是寡蛋，寡蛋孵不出鸭苗。在别人眼里鸭苗根本分不出公母来，文成爷能分出来，并且不会认错，他是靠手摸。只见他左手托住小鸭，右手放在鸭屁股上向前一推，再向后一拉，随口说"公的"或"母的"，保证准确无误。他一般每年养三十来只鸭，挑三四只公的，其余全挑母的。他的挑鸭技巧，连卖鸭苗的人也啧啧称赞。鸭苗公母都是一个价钱，你要没本事，挑的多半是公的，那就等着吃鸭肉吧。

正是因为养鸭的少，我们小孩子爱和鸭子玩耍。特别是在坑沿上遇到鸭群，我们会故意追逐它们，追赶不是为了真正捉住它们，而是为了看它们那呱呱叫着跑不快、扑扇翅膀又飞不起来的怪模样。惊得它们不是连滚带爬地跳进水里，就是跑回文成爷家里。但我们恶作剧后，如果鸭群已到水里，我们就在岸上看鸭子在水里戏水觅食，不时立起身子用翅膀打起层层水花。这时候大人见了也不会理我们。如鸭群一团混乱地跑回文成爷家里，它们到家后还会呱呱叫个不停，正巧文成爷在家，准会出来骂我们一通，什么"小兔崽子呀""小王八羔子呀"。他是爷，你不捣乱，他也可以骂你，何况你还招惹他家的鸭子，骂得再凶些，也理所应当。其实他刚出门，我们已跑得没影了。

春江水暖鸭先知，坑里水我们感觉还很凉呢，小鸭子已在水里游来游去了。人就不行，不是水里的动物，再会水也比不过鸭子。

鸭子长大会孵蛋的时候，有个别鸭子会把蛋孵在坑沿上的草丛里，我就拾到过一枚。是把它送还文成爷，还是不吭气拿回家，思想上很是斗争了一番，最后私心占了上风，看周围没人，做贼似的揣兜里拿回了家，一路上心咚咚跳。奶奶说，你不应该拾人家的鸭蛋，但也没让我送回去。

有一天文成爷来我家串门儿，奶奶给文成爷说，你家的扁嘴儿有丢蛋的，说这孩子就拾到过一个。文成爷哈哈大笑说，拾了好啊，给孩子煮煮吃，正上学哩，补补脑子。又说，将来我腌的咸鸭蛋给你家送几个，让孩子解解馋。奶奶对我说，你看你文成爷多疼你，别再去给他家的扁嘴儿捣乱了。我在一旁很不好意思，但确实没再领着一群孩子去赶他家的鸭子了。

有一次回家和文成爷等人一起喝酒，又谈起了当年关于鸭子的往事，大家笑得很欢，喝得尽兴。文成爷问我，全国哪里鸭蛋最有名。我说江苏高邮，人家有个大湖，好养鸭，鸭蛋还是双黄的。文成爷说，是呀，咱这儿水太少，坑都干了，没法养了。要是能养，有鸭蛋，我腌的咸鸭蛋，蛋黄发红，油汁四流，是下酒的好菜。我说，我吃过你腌的咸鸭蛋，那味儿真地道，要是今天有你腌的咸鸭蛋，准能多下二两酒。

# 小老鼠

俺庄

鼠无论大小皆称老。老鼠的危害，让人讨厌。老鼠的机灵劲儿，也令人喜爱。

家鼠是常见的，家里要不养只猫震慑住它们，它们可就成精了。夜里出来偷粮食，咬衣物，互相打架嬉闹，折腾得人无法入睡。白天它们从洞里溜出来，沿着墙根跑到另一个洞口钻进去，什么事也不干，存心气人。我不相信墙里的鼠洞是不通的，为了磨牙砖头都啃，那两块土坯还能挡住它？

人们为了消灭老鼠，不知想了多少办法，用药药，用胶粘，用夹子夹，用笼子捉。二十世纪五十年代，还发动了轰轰烈烈的除"四害"运动，老鼠是四害之一。经过那次运动折腾，老鼠也没绝迹，现在仍然鼠丁兴旺。

我当过生产队的仓库保管员，每次进仓库都能看到老鼠。官仓老鼠大如斗，见人开仓也不走。大如斗是假的，但比家鼠大得多，肥得多。老鼠见我们进来，会仓皇钻进鼠洞，暂时避避风头，等我们走后，它们再出来欢度那衣食无忧的日子。

我们把田鼠叫"地搬粮"，就是在田里偷庄稼的老鼠。等庄稼收割完毕，我们就去地里刨田鼠窝。田鼠能把洞打得四通八达，住室是住室，仓库是仓库，甚至还有厕所。一个田鼠窝，最多的能掘出五六十斤粮食来。

人们讨厌老鼠时，就把它贬到一钱不值。什么鼠目寸光呀，胆小如鼠呀，鼠窃狗偷呀，贼眉鼠眼呀。喜欢时又捧得高高的，我们县有一个说大鼓书的人，很有名气，人们就送外号"金老鼠"，不知为什么书说得好就能称老鼠。

"小老鼠，爬灯台，偷油吃，下不来。"这是小孩子都会唱的儿歌，分明是说小老鼠多么可爱，绝不是讨嫌，更不是可惜那点灯油。

家乡还有一个民俗，说正月二十五夜晚，是老鼠嫁女的日子，不兴点灯，怕影响了老鼠的婚姻大事。这简直就是一幅人鼠和谐共处的美好图画了。

老鼠虽小，但是聪明，否则在十二生肖中能让它坐上头把交椅？牛个头大，也只排了个第二。

# 小小虫

要问家乡什么鸟最多，答案只有一个——麻雀。

据大人说，一九五八年除"四害"时，把麻雀也列入了"四害"之一。白天逮麻雀不好逮，人能看到麻雀，麻雀长有眼睛，也能看到人，人还没靠近，麻雀早飞远了。于是，就把捉麻雀的战斗放到了晚上，又是敲锣，又是敲盆，把麻雀从这棵树上赶到那棵树上，使麻雀一会儿也得不到休息，直到累得纷纷坠地而亡，真是月黑杀雀夜。我年龄小，没有参加打麻雀的战斗，更不会留下什么印象，等我长到三五岁时，麻雀已从"四害"中移出，又繁衍得随处可见了。

麻雀确实小，我们叫它小虫，甚或小小虫。你想，不但把它降成了虫，还降成了小虫，甚至降成了小小虫。正是因为麻雀小，才最可与小孩子亲近。

麻雀孵窝时，多在屋檐下的空隙中，我们搬盘耙攀上去，就可以把黄嘴小麻雀掏出来，说是喂养，没见谁能养大过，最终也是个玩死。我们掏小麻雀时，引得老麻雀盘在我们头上飞来飞去，喳喳怒叫，恨不得要找我们拼命，终因身量太小，没有实行。麻雀拿我们这些淘气孩子没有办法，如果让大人碰见，会骂我们一通，然后命令我们把小麻雀送回窝里去。大人好说，小小虫再小，那也是个性命！

我们捉大麻雀，大人却不管，有本事你捉去。冬天食物短缺时，成群的麻雀落在院里找食吃。我们用一根木棍儿，支起一个竹筛，竹筛下撒上谷粒．用一根长绳，一端系在木棍上，然后坐在屋门口手执着长绳另一端，等麻雀来筛下啄食，瞅准机会猛一拉绳子，木棍儿一倒，筛子落下，保不定就能罩住一只两只。麻雀机灵得很，稍有动静就轰然飞去，可说是十筛九空。即使罩住了，要取到手也不容易，等筛子掀起一条缝，我们手还没到，麻雀早飞走了，前功尽弃。大人们虽不阻止我们捉麻雀，好像也乐观其败，笑我们笨蛋。

我喜欢用弹弓打麻雀。看见一片麻雀，要隐蔽着尽量靠近，不需要怎么瞄准，冷不丁打过去，说不定能打中一只。基本的效果是吓它们一跳，麻雀的听力敏锐得很，好像武林高手一样，不需要看到对手，弹丸的来声就能使它们感知到危险的降临，仗着敏捷的身手，飞走了事。

如果看到一片麻雀，在那里不停地啄食。我们心生妒意，想想自己一日三餐吃不饱肚子，它们却到处都有东西吃，弯腰拾块坷垃砸过去，泄泄心头的妒火。可那群可恶的麻雀，在你还没走出两步地的当儿，在天空绕了一圈，又落在原地，继续它们的宴享。你要有兴趣，你要吃饱了没事干，它们欢迎你回去和它们继续斗法。

后来知道麻雀即使不算益鸟，也算不上害鸟。你嫌恶它吃庄稼，它还吃害虫呢，没了麻雀，导致害虫猖獗，反而损失更大。麻雀的羽毛不华美，嗓音不亮丽，但它也是大自然一分子，我们没有消灭它的权利。试想，我们小时候在农村如果没麻雀做伴，该是何等寂寞啊！

# 布谷鸟

俺庄

布谷的学名叫杜鹃，别名很多，说明它分布很广。

布谷鸟长得和鸽子差不多，比鸽子尾巴长些，叫声比鸽子嘹亮，我们对它熟悉也是因为它的叫声。"布谷，布谷"的叫声让人听了亲切。人家是只鸟，还关心着人间的事情，催人春耕，就凭这一点也招人喜欢。

不知是谁把布谷的叫声和老裤爷联系在一起，变成了"呱咕呱咕，要操尿裤"。我们一群孩子见了老裤爷，就跟着喊"呱咕呱咕，要操尿裤"。老裤爷有哮喘病，气短，想打我们又抓不住。如果被大人碰见了，会臭骂我们一顿，我们赶快作鸟兽散。但下次见了老裤爷，跟前又没大人在的时候，我们照喊不误，惹得老裤爷气喘吁吁地用坷垃砸我们，用拐杖抢我们，唉，那真是个淘气的年龄呀！

我的印象里，布谷鸟爱在坑边的柳树上鸣叫，这里离人烟近，便于催耕。它要在离村庄很远的树上叫，人们听不见，算是白叫了。

后来读到宋代翁卷的《乡村四月》：绿遍山原白满川，子规声里雨如烟。乡村四月闲人少，才了蚕桑又插田。子规就是布谷。虽然翁卷写的是江南，可是我总想成家乡，绿柳拂水，细雨如丝，人们仍戴着斗笠，在布谷声声里荷锄下田劳作。

布谷鸟可不是个只说不干的口头革命家，它不但勤奋催耕，为了保护庄稼和树木，它还积极捕食害虫。松毛虫是一般鸟儿不敢吃的家伙，对树木损害很大，但布谷鸟却把它作为美食照吃不误，所以布谷鸟有"农林卫士"的美称。

还有说布谷鸟是一个农业预言家，农民可以根据布谷鸟的行为举止判断年成丰歉。如果布谷鸟一边鸣叫，一边左右摆动尾巴，就是丰年；如果布谷鸟一边鸣叫，一边上下摆动尾巴，就是歉年。我们只管听布谷歌唱，从没留意它的尾巴是怎么摆动的。

布谷鸟还是乡愁的象征。因为它的叫声，可以谐为"不如归去"。子规即子归也，宋代词人贺铸《子规行》词中写道："子规怜尔解归飞，我独何心长不归。"

有人说布谷鸟生性残忍，主要说它把自己的鸟蛋产在别的鸟窝里，让人家代孵，最后小布谷还会欺负人家的孩子。是否真是这样，也只能聊备一说。总之，布谷作为一种鸟，从鸣叫到行为都和农事有紧密联系，名字又叫布谷，杜鹃也好听呀，子归更有诗意，我喜欢。

# 野兔

野兔毛色棕褐，便于隐藏，不跑动的时候很难被人发现。

地里庄稼没收割时，经常能在路上看到野兔。看到了也是空欢喜，没办法逮住它，转眼间它就跑得没了踪影。

野兔不打洞，但孵小兔时需要做窝，实际就是一蓬野草。有时兔窝被人发现了，会把小兔捡走，装在笼子里，让小孩子去喂着玩。小兔爱吃白菜，三瓣嘴一豁一豁的，吃相很可爱。但是，稍不留心就被狗叼了去。

打兔子都是在地里庄稼收割完以后，兔子少了地方藏身，这时候打兔子的猎人，肩扛长筒猎枪，再领上一只狗。后边跟着我们一群看热闹的孩子，也算一幅乡村行猎图了。

猎人年年打兔子，也积攒下了丰富经验，能认出兔子走过的脚印，循着脚印找到野兔的藏身之处。快发现野兔时，猎人会示意孩子们停下来，自己端着枪慢慢向前靠近，等兔子起身逃跑时才开枪。有的当场被打死，有的带伤而逃，猎人捡起死兔，掂着看一看，然后放进腰间的皮袋里。如果只打伤了，就让狗去追，兔子受了重伤，狗才能追得上，如果没受伤或者受伤很轻，狗很难追得上。猎人站在那里一动不动，手搭凉棚，盯住兔子最终落脚的地方。然后重新装好枪药，把猎枪往肩上一扛，迈开步子向目标走去。看上去猎人走得并不着急，但步子大而且稳，我们要一溜小跑才能跟得上。我们跟着看热闹并不是猎人邀请的，到头来人家连根兔毛也不会分给我们，跑了大半天，累了饿了，回自己家吃饭去。

冬天野兔爱钻坟堆。俺庄有一个人，过春节去给父母上坟烧纸，从坟里突然钻出一只野兔，把他吓了一跳，赶紧去追，并骂道："就知道你个兔孙在里边。"正巧被别人听到，传为笑谈。有人就问他："听说你爹坟里住个兔孙？"

人们认为兔子很聪明，有时就说这人精得跟兔子一样。当然不是什么褒义，是说这人会算计，和人共事只会占点便宜，不会吃一点亏。

现在家乡不让用枪打野兔了，不知野兔的日子，是否比以前过得安稳些。

# 匙畚喳

匙畚喳（chi bencha）是一种除了鸟喙是黄色，浑身全是黑色的鸟。虽然它和乌鸦有些相似，但整个身子看去要比乌鸦修长利索，特别是那长长的尾巴，像一柄长羹匙，一撅一撅地簸动，逗人喜爱。匙畚喳的鸣叫声，清丽多变，非常悦耳，和乌鸦单调粗哑的叫声有天壤之别。加上它喜欢接近人类，很惹人亲近。

匙畚喳是农村常见的鸟，飞起时先努力振翅高飞，瞅准落脚地点倏然滑翔而下，划出一个优美的弧线，很是潇洒。它食性很杂，既吃昆虫，也吃草果，这使它可以成为留鸟，一年四季都可以听到它的歌声。

"匙畚喳"这名字，我们一见它就能叫出，但没见谁形诸过文字，我是根据自己的印象写成了这仨字。经过长期观察，我认为家乡的匙畚喳，实际上就是乌鸫。乌鸫这名字太雅了，似乎离我们家乡太遥远。就好像村里一个小名叫二狗的人，后来读了名牌大学的博士，你要把二狗和博士联系起来，总觉得不那么顺溜。可事实上博士的小名真叫二狗。

乌鸫和八哥很像，都善鸣。八哥除了嘴是黄的，腿脚也是黄的，乌鸫的腿脚是灰黑色，这说明乌鸫的"乌"是名副其实的。在家乡常能见到匙畚喳，却很少见到八哥，偶尔见到，也是养在鸟笼子里的。从这点看，八哥的鸟类自由度和乌鸫比差远了。我不养鸟，但我爱听大自然的鸟鸣，所以，我还是更喜欢家乡的匙畚喳，八哥与我却有明显的疏离感。

乌鸦不受人欢迎，实在不是因为它的毛色黑，不漂亮，而是因为它的叫声难听，被人们附会上各种不祥。乌鸫受人喜爱，并没受那一身黑色羽毛的影响，而是因为那一口婉转嘹丽的歌声，给人们带来天籁般的愉悦。

有些地方，人们干脆把乌鸫叫成"百舌"，称赞其高超的鸣技。如果院里落了几只乌鸦，人们会认为非常不吉利，会立即动手驱赶它们，恨不得用枪打死它们。如果落几只乌鸫，人们便司空见惯，一点不惊讶，一点不反感，我们小孩子会立在树下，仰头静听它们的歌声。

我们中国人喜欢乌鸫，外国人也喜欢，瑞典人就把乌鸫定成了国鸟，英国、爱尔兰等国家还专门为乌鸫发行过邮票。

# 蚯蚓

我们把蚯蚓叫成蛐蜒。小时候就知道田地不能板结，板结了对庄稼生长不利。老师告诉我们蚯蚓能疏松土壤，虽然蚯蚓长得其貌不扬，软塌塌一长条，眉目都不分，我们仍然对它有了个先入为主的好印象。所以轻易不会伤害它，看到鸟儿叼吃它，看到它被轧死在路上，内心还会为它产生一丝惋惜。

蚯蚓蠕动时，有点像毛毛虫，通过肢体的伸缩向前移动，是典型的能屈能伸了。

我们要钓鱼时，蚯蚓是首选的饵料。先挖了蚯蚓装在一个小瓶里，钓鱼时掐下一截儿，穿在鱼钩上，几乎各种鱼都爱吃，容易上钩。事后想想，用蚯蚓做饵料，为人们换来的欢乐时光多少有些缺憾，后来再钓鱼就使用从商店买来的饵料了。

荀子在《劝学》中，用蚯蚓为例告诉人们，学习要锲而不舍，专心致志："蚓无爪牙之利，筋骨之强，上食埃土，下饮黄泉，用心一也。"蚯蚓这种精神，确实值得我们学习。

说到学习，使我想起来那个年代发生在学校里的一件事。有一个民办老师教学生看图识字，他不认识"蚯蚓"两个字，但他认识图，就把"蚯蚓"按家乡话教学生读成"蛐蜒"。学生回家复习功课时，孩子的父亲听到读"蛐蜒"后，觉得读得不对劲，正确读法应该是"蚯蚓"呀。他拿过学生的课本一看，书上写的就是蚯蚓，就问学生你们老师教的就是"蛐蜒"？学生说老师教的就是"蛐蜒"。孩子的父亲想，这不是误人子弟吗？就去学校告诉了校长，校长批评了那个老师，才又改教成"蚯蚓"。那个时候教师队伍的质量参差不齐，闹的笑话多了。

# 蚂蚁

俺庄

蚂蚁是最常见的昆虫了。说它最常见，一是随时可见，二是随处可见。

我们把常见的蚂蚁大致分为两类，一类是黑蚂蚁，个头略大；一类是黄蚂蚁，个头略小。

蚂蚁虽小，如果按身体的重量衡量，它又是名副其实的大力士。经常能看到一只蚂蚁轻松地拖走一块麸皮，吃力地拖走一片树叶，拖走一个超过自身成倍重量的青虫。这让我们人类自叹不如。

蚂蚁绝对是一个社会性群体，经常见到几只蚂蚁合搬一个重物。仔细观察，这种群体劳作中，没有一只蚂蚁表现出偷奸耍滑、懒惰惜力的。表现出的集体性，也令人类汗颜。

蚂蚁奉行的是利他主义，你绝对看不到一只蚂蚁躲在偏僻处独享食物，看到的都是它们忙碌劳作的身影。一只蚂蚁受伤了，几只蚂蚁会来救助它。如果一只蚂蚁死掉了，同伴还会把蚂蚁的尸体运回巢穴安葬。

蚂蚁有很强的毅力。不管是一只蚂蚁搬运东西，还是几只蚂蚁合力搬运东西，当遇到障碍物时，反复失败它们也不会放弃，而是重整旗鼓，重新来过。或者再找些援兵，也要把东西搬回去。

我觉得蚂蚁有自己特殊的通讯功能或联系方式。因为常见到一窝蚂蚁沿着一条路线来回穿梭行进，形成长长的蚁队，没有统一的指挥是办不到的。

我们小孩子爱看蚁队行进，看它们在忙碌什么。一只两只蚂蚁没什么看头，有时候手一狂就把它们捻死了。我们还爱看蚂蚁上树，大人是没这个工夫的。如果一个成年人游手好闲，别人就说他"整天闲着看蚂蚁上树"。不知什么时候，把肉末炒粉条这道菜，也叫成"蚂蚁上树"了。

还有一个蚂蚁杀死项羽的故事。垓下之战，楚军战败，项羽本打算渡江，以图卷土重来。可是他突然看到前面有几个大字：霸王自刎处。项羽仰天长叹，天亡我也，有何面目再见江东父老，遂拔剑自刎而死。原来那是张良和韩信的计谋，先用饴糖写成字，吸引蚂蚁趋食，粘到上面而成，所以民间传说是蚂蚁杀死项羽的。蕴含的道理是：如果有勇无谋，弱小的蚂蚁也能把你打败。

新中国成立初期，国家提倡发扬"蚂蚁啃骨头"的精神，就是要把微小的分散的力量集中起来，合力干成大事。一时间，工业、农业战线涌现出了很多这方面的先进典型，极大地促进了当时的经济发展，小小蚂蚁可立下了不小功劳。

# 蝎子和马蜂

俺庄

小时候天不怕，地不怕，要说怕啥，地上爬的怕蝎子，天上飞的怕马蜂。当然也怕地上爬的长虫，可长虫很少见，北方又很少有毒蛇。

蝎子个头并不大，可看上去很威风。全身铠甲，前头有一对带尖的钳子，做出随时钳住猎物的架势。尾巴高高翘起，毒针外露，像随时准备发射的导弹。我觉得美国的"毒刺"导弹，就是根据蝎子的尾巴起的名字。我们家乡有句歇后语，叫蝎子的屁股——毒（独）一份，表示绝无仅有的厉害。

我们对蝎子怕是怕，但是如果发现了一只正在爬行的蝎子，也惊喜莫名，不会轻易放它走。可以用一根草棍，逗着让它夹，让它蜇，就是挡住不让它爬走，这样可以玩老半天。但是，也有失手的时候，真被蜇了，那可是火烧火燎的疼，有时候三五天才能完全消肿。

有一次，几个小伙伴正在一起玩耍，忽然发现了一只急急爬行的蝎子，也不知它急着去干什么事情。我们几个大点的孩子，被蝎子蜇过或未蜇过的，都知道其中利害，只敢拿根草棍去跟蝎子过招。有一个小伙伴的弟弟，还不到两岁的样子，我们都故意逗他去捏那蝎子，等他蹒跚着刚一抓到，即被蜇了，突然哇的一声坐在地上大哭起来。这一下我们几个都慌了，怎么也止不住他哭。小家伙的哥哥也害怕了，刚才逗他弟弟去捏蝎子时，他也参与其中了，回去怎么给父母交代呢。大家商量后，统一了口径，都说是他自己去抓的，我们都没看见。后来这家伙还是挨了父亲一顿揍，怪他带弟弟失职。好在他弟弟年纪小，学不了嘴，要是让他父亲知道事情真相，不知道还要多挨几脚。

我是被马蜂蜇过的。其实马蜂挺不好事的，你不惹它，它轻易不会蜇你。譬如你发现一只飞来飞去的马蜂，你不去干扰它，基本可以相安无事。如果你发现它落在某处，用合适的东西以迅雷不及掩耳之势，说不定也能把它拍死，即使拍不死，它也会逃之夭夭，不会和你恋战。除非该你倒霉，才能失手被蜇住。

我们被马蜂蜇住，是属于自找的——捅马蜂窝。发现了马蜂窝，看那些马蜂飞来飞去，心里痒痒的，迟早都会去说它们的事，好像是一种宿命。不管它们蜇住没蜇住过人，不管它们蜇住过谁,岂能让这一帮会蜇人的家伙,整天盘旋在我们头顶？捅马蜂窝可不是易事，大人们商定除去这窝马蜂，是要做好准备工作的，先扎一个火把，找几个胆大的人，穿戴严实，先去用火把烧那蜂窝，其他人都要离得远远的。那些马蜂被烧得像一架架中弹的战斗机，纷纷坠地。最后把蜂窝铲掉，端了老巢，个别没烧死的马蜂也只得迁居他处。

我们小孩子捅马蜂窝，哪有斩草除根的手段，不是用棍子戳一下，就是砖头坷垃砸一下。蜂窝没有捅掉，却把马蜂惹出来了，刚才惹事的是俩手，现在躲事只能靠俩脚了。跑得慢的，被马蜂追上，你就受吧。被一只马蜂蜇了，那是轻的，如果被好几只蜇了，等于遭群殴。有的头上冒出疱来，有的脸暄多高，有的眼肿合缝。大人见了，就笑话我们，认为是罪有应得，不会表示什么同情，疼更不会有人替你疼。

蝎子整只入药，叫全虫。其功能祛风镇痉、通络止疼、攻毒散结。马蜂蜇住你说不是好事吧，人类利用蜂蜇疗法治疗风湿病，可是有历史了。看来，大人对蝎子和马蜂的玩法，只是和我们小孩子的玩法不同而已。

# 促织子

蟋蟀，我们家乡叫促织子，或莎织子。促织子可是常见的昆虫。夏夜里鸣虫很多，但促织子的叫声很特别，就像是男高音，一听就能分辨出来。我们小时候可不知道它的叫声并不出自口，而是靠两个翅膀高速摩擦发出。

发出鸣声的是雄蟋蟀，经常是为了求偶。如果两只雄蟋蟀相遇，发出的鸣声就是示威了。示威时各自报了家门，说了师承，保不定又论上了点拐弯亲戚，主要是真打起来谁也没有必胜的把握，就各自鸣金收兵了。话不投机打起来，或者两败俱伤，或者一方战败落荒而逃，胜者也算有了一块小小的领地，坐拥妻妾，称霸一时，直到新的强者出现，改朝换代。

蟋蟀雌雄易辨，雄性翅膀上有凹凸的花纹，雌性的翅膀是平直的，最明显的差别是雌性屁股后面有一个长长的产卵器，一眼就能认出来。

蟋蟀黑褐色的小身板，其貌不扬，但生性好斗。两只雄蟋蟀，为了争夺领地，为了争夺交配权，会大打出手。这也符合动物界的特性。

正是因为蟋蟀这种好斗的脾性，在中国演绎出一种斗蟋蟀的娱乐游戏，竟有长达上千年的历史。甚至还玩出了不同境界：第一种境界叫"留意于物"，最典型的是南宋宰相贾似道，因玩蟋蟀而误国；第二种境界叫"以娱为赌"，把斗蟋蟀当成赌博手段；第三种境界叫"寓意于物"，把斗蟋蟀作为一种文化娱乐活动，多为文人雅士所为，算是最高境界了。如今，号称"中华蟋蟀第一县"的山东省宁津县，每年还举办有蟋蟀文化节。

我们小时候轻易不捉蟋蟀，一是蟋蟀蹦得高远、迅捷，很不容易捉到；二是捉蟋蟀主要为了斗，我们不会调教，斗不成。但我们热衷于看大人斗蟋蟀，把两只雄蟋蟀放在一个筐里，筐里铺上报纸，一人拿根草棍，不断撩拨它们，等引到一块时，忽然把草棍抽起，两只蟋蟀就开斗了。它们主要是利用两个门牙相互撕咬，咬在一处后像牛抵架一样互相较力，力量大的能把对方推翻，再咬掉一条腿去。失败的一方只好负伤而逃，免得命丧当场，得胜的一方也不再追赶，振翅奏凯，那叫声似比先前更嘹亮了些。

灶马因为形似蟋蟀，我们也把它叫成促织子。因为常在灶台旁看到它，就说它是老灶爷的坐骑。仔细辨认，它和地里的蟋蟀还是有差别的。灶马比起蟋蟀后腿更加粗壮，基本无翅，它的鸣声是靠双腿摩擦发出的，爬行过后会留下淡淡的痕迹，这就是我们常说的蛛丝马迹中的"马迹"。

《诗经》中已有关于蟋蟀的诗篇：七月在野，八月在宇，九月在户，十月蟋蟀入我床下。可见我们的先人早对蟋蟀非常熟稔了。

# 虱子

小时候，谁身上不生虱子呢？现在看来是不讲卫生所致。其实那时候不是不讲卫生，而是讲不起卫生。

一个人就一身棉衣，一个冬天都不换洗，那可不就成了虱子的乐园。甭说每个家庭都没有洗澡设备，一个村庄、一个大队也没有一个浴池，甚至伯岗作为公社所在地，也没听说有浴池。一个冬天洗不上一次澡，虱子不找你找谁去，不然它去哪里生活。

虱子喜爱毛发，你想臭美，多留头发，虱子也想让你多留头发。你要想不受虱子的欺负，可以像和尚剃个光头。你要天生是秃头，也不生虱子，不是说秃子头上的虱子——明摆着吗？明摆着还不随手捉了去，立即处死，连审判都不用。

冬天剃个光头，你得用多好的帽子去给它保暖呀。你要留头发，就不要怕生虱子。虱子为了保护自己，体色生得和人的头皮颜色差不多，旁人不容易发现，虱子咬你，你自己不吭气，别人也不会知道。大人为了面子，有旁人在面前，头皮痒了强忍着也不去抓，实在忍不住就别爱那点小面子了。

说是一个人头皮发痒，随手一抓还真逮住一只，一看是个虱子，若无其事地向地上一扔，说道："我以为是个虱子哩。"另一个人低头一看，那小家伙还在那里爬呢，顺口说了一句："我还以为真不是个虱子哩。"在场的人同时大笑，因为大家明白，自己头上也不缺这玩意儿，谁也别笑话谁。

虱子产的卵，我们叫虮子。虮子附在头发上很牢固，用篦子都刮不掉，除非和头发一起刮下来，否则你别想让它离开。头发是黑色，虮子是白色，可谓黑白分明，很容易被旁人看到。头上那么多虮子，你要还说你头上没生虱子，鬼都不相信。

身上的虱子，都藏在衣缝里，你衣服一上身，它们就可以开始工作了。要想捉它们，你得把衣服脱掉，战争的主动权掌握在自己手里。但是，虱子捉不胜捉，浑身那么多衣缝，你能都翻遍？假设你捉净了，可是人家留下的还有虮子呢，由虮子变虱子，也就是一周左右的事，也是虱生代代无穷已呀。

《晋书·王猛传》："桓温入关，猛被褐而诣之，一面谈当世之事，扪虱而言，旁若无人。"说王猛一面捉虱子，一面和桓温纵论天下大事，旁若无人，传为美谈。要说小时候生了一身虱子，已经有了做名士的条件，虱子倒是经常捉，终未成为名士，还是拖鼻涕的村童一枚。

# 猫头鹰

猫头鹰的头面部，长得确实像猫，特别是那一双大眼睛。我们可分不清这种鹰、那种鹰，我们都叫它老鹰。要是贬它的时候，就叫它夜猫子。"夜猫子进宅，无事不来。""不怕夜猫子叫，就怕夜猫子笑。"

猫头鹰是昼伏夜出的鸟，要真正见到它的尊容也不容易。一次，在村头的杨树上落了一只猫头鹰，大人指给我们看，因为有稠密的树叶遮掩着，好一会儿才看得真切。大人告诫我们不准惊动它，更不准打它，说它正在睡觉。说它正睡觉吧，一只眼睛闭着，另一只眼睛却睁着，不时动一下毛茸茸的脑袋。我们轻手轻脚地走动，尽量不发出声音，猫头鹰也没有要飞走的意思，看来是真在睡觉呢。

即使大人不告诫我们，我们也不会去打它。因为我们在小学课本上就见到过它，老师讲它是益鸟，夜里要辛苦地去捕捉田鼠，说是一只猫头鹰一年要吃掉一千多只田鼠，挽回多大损失呀！别说我们不去打它，别人打它我们也不依。

猫头鹰捉田鼠是在晚上，我们晚上要睡觉，即使不睡觉，咱这眼睛也不中啊，也看不到田鼠在哪儿糟蹋庄稼，也看不到猫头鹰捕鼠的壮观场面。

对于附会在猫头鹰身上的一些恶名，因为从未实际经历过，没引起过我什么兴趣，完全忽略不计了。

我们小时候常做一种老鹰抓小鸡的游戏。有一个人扮老鹰，有一个人扮老母鸡，其他孩子都排在老母鸡后边算是小鸡，每个人都扯着前一个人的后衣襟，排成一条长龙。老鹰来抓，老母鸡要护住不让抓，老鹰往这边来，长龙要向那边躲，老鹰从那边抓，长龙要向这边躲，搞得紧张兮兮的。被抓住的小鸡，要脱离长龙站在一边，因为你已被老鹰抓走了。场面热闹非凡，很快玩出一身汗来。

　　鹰在我们幼小的心灵中是最勇猛的鸟了。特别是那翱翔蓝天的勃勃英姿，总会使我产生无尽的遐想。那时候会背诵毛主席的《沁园春·长沙》，里面有"鹰击长空"，读到这里就胸胆开张，想那雄鹰翱翔于蓝天碧空，鸟瞰大地，是一幅多么令人鼓舞的画面呀。后来才知道这种鹰并不是猫头鹰，我们那时候哪分得清这鹰那鹰，一拢都叫成老鹰。

# 蝴蝶

破茧成蝶，小时候从未看到过那破茧的过程，看到的就是翩翩飞舞的蝴蝶。我更没想到过，那丑陋的毛毛虫就是蝴蝶的前身，即使看到书里这样说了，我下意识地也不想承认它。

蝴蝶多美呀，被人们形容为"会飞的花朵"。小时候一是惊讶蝴蝶的漂亮。那翅膀上千变万化的图案是怎么生成的呢？那鲜艳的颜色是怎么染上去的呢？二是惊讶蝴蝶的种类特别多。白的，黄的，黑的，关键是花的多，多不胜数，让人叹为观止。长大后，知道全世界被人类记载的蝴蝶有两万多种，中国也有两千多种，完了，我累得脑仁疼也无法想象，同时也在笑自己的孤陋寡闻了。

蝴蝶舞姿的优美谁能比得上呢？羽衣翩然，姿态悠然，神貌淡然。它虽然也要采食花蜜，但没有昆虫的那副贪婪饕餮之相，也没有蜜蜂那种忙碌匆促之态，蝴蝶即使采花时，也会不时地扇动一下那两个美丽的翅膀，显得从容有节。

蝴蝶与人类比较亲和，如果一群蝴蝶正在那里飞舞，人靠近了它们也不会四散逃走，仍然会在那里翩翩起舞，不会见人疾遁。有时候我们小孩子跟着跳高去捉，可能它知道我们再努力蹦跶也够不到，就来回逗我们玩一会儿。等它落在花叶上，我们蹑手蹑脚地去捉，基本上是一场欢喜的徒劳，"儿童急走追黄蝶，飞入菜花无处寻"。极少数时候也能捉到，捉到后，我们会翻来覆去地欣赏那美丽的彩衣，最后向空中一抛直接放飞，我们从不会故意伤害它，这么美的东西怎么忍心呢？除非是捉它时，动作失误，才偶尔造成蝶间悲剧。

小时候，就听大人讲过梁山伯与祝英台的故事。觉得梁山伯也太懵懂了，要是我们班有个女同学扮成男同学，一起读书三年，怎么也会认出来呀，她能不说话吗？她能不笑吗？她走路的姿势能和男孩子一样吗？可梁山伯傻是傻点儿，但他却痴情，痴到和亲爱的人一起去死，最后化成一双美丽的蝴蝶，比翼双飞。

## 苍蝇与蚊子

把苍蝇和蚊子放在一起说，是因为它们都是夏天最惹人烦的小东西。为了使人整天不得安宁，它俩还有分工，一个白天和我们战斗，一个晚上和我们周旋。人们要和它俩干仗，只有一种武器——苍蝇拍，只要你技术好，白天可以拍死苍蝇，晚上可以打死蚊子。

苍蝇和蚊子都能向人类传播疾病。苍蝇的传播手段显得温和些，爬爬人吃的食物，爬爬人要接触的物件，留下些细菌传播于人，等细菌进入人的体内作祸。蚊子的传播手段可就粗劣了，月黑杀人夜，晚上蚊子趴到你身上，直接叮咬，不但吸你的血，还把细菌直接留到你血液里。鲁迅先生曾有文述，大意是蚊子这家伙更可恶的是，叮你前还要先造舆论，嗡嗡一阵再叮，似乎叮得有理。

苍蝇本身脏得要命，但酷爱搓手搓脚，装出一副很讲究卫生的模样，有时讲究过了，能不小心把自己的头搓掉，变成了没头苍蝇，乱飞一气。苍蝇最烦人的是，你正吃饭时它敢落你饭上，你把它赶走了，还没吃呢，它又来了，让人不胜其烦。它要在你身上爬动，不像蚊子那样叮你，不疼，但痒。痒又不是太痒，挠也不是，不挠也不是。你要赶走它，它还是老蘑菇战术，你还没消停呢，它又来了，故意惹你心烦。

蚊子晚上行动，你晚上要睡觉，它不让你睡，叮你。你要手快，啪地一拍兴许能把它打死，但它也是武林中人，能听到你的掌风，你带着一种狠劲下手，人家早飞了，你自己挨一巴掌。小时候睡得死，睡着后蚊子咬也不醒，这时候蚊子就像参加盛大宴会，尽情地享受。有的蚊子很贪婪，吸的血能把肚子撑很大，起飞都困难，就像人喝醉酒一样，喝饱了也不走，就地休息。等你醒了觉知痒处，抬眼一看有只蚊子还在那地方趴着，怒从心头起，一巴掌拍过去，十有八九把蚊子打死，抬手看一片鲜红，一抿一掌血，不过那血是自己的血，又不是蚊子的血，不值得多高兴。

那时候整天和苍蝇蚊子干仗，好像也没被它们传染过什么病。现在倒是很少见到苍蝇蚊子了，怎么搞得今天这病，明天那病，真奇了怪了！

# 大雁

说实在的，我只见过天上飞翔着的大雁。因为村庄周围没有大面积的沼泽和水面，无法给大雁提供食物和栖息场所，每年都能看到北飞南飞的大雁，从没见到它们落到地上过。

我们看到的长空雁阵，都是"人"字形的。据说有"一"字形的，但没看到过。

那时候我当生产队长，领导经常要求我们要当群众的领头雁。所以遇到天空有大雁飞过，总要驻足目送雁阵远去。

是啊，头雁飞，后雁随，头雁看上去从个头到毛色都和后雁没有什么区别，但它要带头飞。据说头雁遇到的空气阻力最大，后雁遇到的阻力要小些，正是这个原因才排成了整齐的雁阵，共同完成那千万里遥远的征程。

晚上雁阵经过，如果是月夜也能看到。四野静寂，忽然传来几声雁唳，让人心里感到那样的空旷苍凉。

有一年去新疆，陈传进正在那里带队援疆，陪我游览了天山南北许多地方。临回来时，写了首小诗送他，其中有两句是："细月朦胧天山路，雁声嘹唳轮台霜。"字面上是写新疆，实际上脑子里的画面还是那遥远的故乡。

有大雁是禽中之冠的说法，古人视大雁为"五常俱全"的灵禽。

雁有仁心。在群雁中虽有老弱病残，从不会将之丢弃不管，而是帮助其获取食物，直至养老送终。

雁有情义。雄雌相配，从一而终，不论雌雄谁先死去，落单的孤雁到死都不会再找伴侣。

雁有礼序。不管是"一"字形雁阵还是"人"字形雁阵，长幼有序，从不乱阵。

雁有智慧。群雁落地休息觅食时，都有雁警戒放哨，遇有险情，立即鸣叫示警，共同飞逃脱险，所以大雁也是最难猎获之物。

雁很守信。大雁作为一种迁徙类候鸟，孟春北飞，孟秋南翔，从不爽期。

所以，古代以雁作为婚姻的礼物，整个婚礼的过程有六个程序，其中有五个程序都以送雁为礼。

歌咏大雁的古诗词中，元好问的《雁丘词》最为知名了，特别是那句"问世间，情是何物，直教生死相许？"不知换来了多少人的眼泪。

## 花大姐

我们把七星瓢虫叫花大姐。

瓢虫确实像个小瓢。瓢虫已经穿了一身艳丽红衣，又在红衣上镶了七个黑色的圆点，显得更漂亮了。可见叫它花大姐是名副其实的。

我知道的第一个害虫，记不起来是谁了。但我知道第一个益虫，就是七星瓢虫，就是花大姐。七星瓢虫是蚜虫的天敌，一只七星瓢虫一天能吃一百多只蚜虫。蚜虫是农作物的主要害虫之一，它常聚集幼苗、嫩叶、嫩茎上，吸食汁液，影响农作物生长。蚜虫可以说无处不在，果树上生，蔬菜上生，小麦上生，高粱上生，玉米上生，棉花上生，七星瓢虫可以帮助人们去消灭它们，所以有人称七星瓢虫是会飞的农药，但它只管灭虫，不留药残。

那时候已经听说可以人工饲养七星瓢虫，用于生物防治。我当生产队长时，很想学习这门技术，可是怎么打听，也找不到可以学习的去处。去书店也找不到相关书籍，只能徒叹奈何。靠自然生长的七星瓢虫远远不能满足消灭蚜虫的需要，只好背起喷雾器，仍旧到大田里去喷洒农药，把自己变成了一只七星瓢虫。这种农活，不但小伙子要干，大姑娘也要干。你看棉田里，戴着草帽、穿着花衣服的姑娘们，不就是一个个美丽的花大姐吗？

我们既然知道了七星瓢虫是益虫，所以从不去伤害它。可是它长得那么漂亮，让我们做到视若无睹也难。看到一只花大姐，有时会用手指故意碰它一下，让它振翅而飞。七星瓢虫飞起时，外面一对硬翅像打开的舱盖，下面一对透明的翅膀不断扇动，看去像一架满身彩绘的小飞机。有时被触动后的花大姐，会忽地掉落地上装死，像一辆底盘朝天的小汽车，几只小腿纹丝不动，看上去挺逗的，据说这是七星瓢虫的一种避敌本领，让那些不食死虫的家伙，见后怏怏而去。

有一首儿歌："花大姐，真美丽，浑身穿花衣。数数背上几颗星，一二三四五六七。"里边又有语文，又有算术，这真是我们小学生看见花大姐时应该唱的儿歌。

# 豆虫

只要种大豆，就不会不生豆虫。

豆虫不蜇人，不咬人，但要让我手里攥个豆虫，仍然心里发瘆，如果它一扭动，我会不自觉地把它扔掉。

豆虫一身青绿，和豆叶一个颜色，不走近的话你根本发现不了它。不仔细观察，头尾形状简直看不出什么变化，这种笼统混沌的状态，更令人产生莫名的恐惧。

豆虫吃豆叶，对大豆危害很大，捉豆虫就成了天经地义的事情。开始我们捉了豆虫回家喂猪喂鸡。后来觉得这也是肉呀，就烤了吃，炒了吃，炸了吃，那时候肚里没一点荤腥，有豆虫吃也算是动荤。那时候我们知道炸豆虫吃着很香，可不知道它是高蛋白的食品。

捉豆虫的都是男孩子，女孩子不去捉，害怕。男孩子中也有不敢捉的，我开始有点怕，捉了几次胆子就大起来。豆虫和蚂蚱不一样，蚂蚱会飞，眨眼就不见了。豆虫不一样，你都要抓住它了，它还在津津有味地吃豆叶呢。用大拇指和食指捏稳它，从豆梗上拽下来就是了。它只扭动身躯挣扎，再无其他反抗动作，把它往筒里一扔，已是囊中之物了。

要去捉豆虫，先要摘些豆叶放筒里，捉的豆虫放进去，它们就忙着吃豆叶，不再向外攀爬，全不知大限将至。豆虫为了吃豆叶短视得可以，我们为了吃豆虫，眼光也远大不多。捉豆虫时，没想到是为了大豆丰收，没想到大豆丰收后可以支援世界革命。

大豆对于我们太重要了，日常吃食离不开它，多种菜也离不开它。做成豆腐之后，可以衍生出很多菜来，豆腐皮、豆腐干、豆腐乳，麻婆豆腐、宫保豆腐、红烧豆腐，白菜豆腐汤、虾仁豆腐汤、鱼头豆腐汤，多了去了。人们既然离不开大豆，岂容豆虫糟蹋大豆，我们要去捉豆虫，要去吃豆虫。所以我们也捉得理直气壮，吃得心安理得。

听说现在已有专门养殖豆虫的了，不但可以制成各种食品，还加工成罐头，并说可以治疗胃病和营养不良，你不能不佩服我们中国人的吃功。

# 山羊

我们家只养过山羊，没养过绵羊。

我喜欢山羊，个头小，听话。如果牵着它去地里吃草，它不跟我闹别扭，牵它去哪儿就去哪儿。要是绵羊就不同了，绵羊个头大，牵它去地里吃草时，它看到地里庄稼也想吃，牵它不动，打它不走，那庄稼是生产队的，又不是自家地里长的，如果吃了庄稼，谁见了也不会乐意。

如果不牵羊去地里直接吃草，就要到地里去给它割草，割草是我们小孩子最适宜的劳动。把割来的鲜草投到羊跟前，羊会吃得很香，一边嘴里嚼着草，一边用两只善良的眼睛盯着你，样子像是在对你表示感谢。

有一次，我家的母羊生了两只小羊羔，它俩活泼地满院乱跑。我放学回来，就去给它们玩一阵儿，小羊羔又是跑，又是跳，有时候立起来，只两条后腿着地，表现出一副要抵我的架势，我知道那是在逗我玩。我有时候抱一只在怀里，老羊就扯着羊绳"咩咩"地叫，担心我把它的孩子抱走，我不忍心让它牵挂，赶快又把小羊放到它身边。我最爱看两只小羊羔跪着拱奶吃，羊妈妈虽然立定后腿，仍被小羊羔拱得脊梁一耸一耸的。据说小羊羔跪着吃奶，是为了表示对母亲的感恩之情，斯文点说成跪乳之恩。

养绵羊主要是为了剪下羊毛换钱，养山羊是为了吃肉。但我们过年时杀过自家养的猪，从没杀过自家养的羊。羊养成了就卖给别人去杀，自己不杀，因此很少吃到羊肉。吃自家养的猪，心里没什么大的忌讳；吃自家养的羊，心理上却过意不去。羊的性情是那么温驯，似乎和人建立了某种感情。

我上小学二年级时，家里急用钱，就把羊卖了。我上学走时山羊还在那里拴着，放学回来却不见了。我问奶奶羊去哪儿了，奶奶告诉我家里急着花钱，卖了。我立即难受得流下泪来。奶奶说，马上让你爹再买一只小羊给你喂。我想象着被卖的那只羊，是否已经被人杀了，它该多可怜啊！没几天父亲还真给我买回了一只小羊，也很可爱，我飞快地去喂它草吃，慢慢地也就把原先那只羊忘了。

由于羊性情温驯，在古人生活中，常把羊视为吉祥的象征，"羊"通"祥"。在中国的雕塑绘画中，常用羊的形象寓意吉祥。有人把关于羊的吉祥话说成：一羊领头，二羊报喜，三羊开泰，四羊同康，五羊颂福，六羊庆丰。

# 白尾巴

我家不是因为老鼠太猖獗了才想起来养猫，而是一个和我关系很铁的小伙伴，叫三娃，他家里母猫生了四只小猫，马上要满月了，已有不少人到他家说要抱养。我每次去喊三娃一起上学时，总要去看看那几只可爱的小猫咪，三娃看我喜欢，答应送我一只。

有一天，三娃急急来找我，说小猫已被别人抱走一只，叫我赶快也去抱一只，否则就被别人抱走完了。我放下没吃完饭的碗，随他一起跑到他家，给三娃的母亲说："婶子，我也要养一只。"

婶子说："这都有主了。"

三娃也帮我说话："娘，我早就答应要给他一只的。"

婶子也知道我和三娃关系好，整天黏在一起，就勉强答应我："那你挑一只吧。"

三只小猫长得都一样，实在分不出好歹来，但三娃建议我挑那只白尾巴的，比较欢虎。我就按三娃的指点，抱了那只白尾巴小猫。

我把小猫抱到家，奶奶说："你又不会养，抱回来干啥？"

我说我会养。奶奶摇摇头，但仍然赶快找了个竹篮，在里边铺些干草，又铺了些破棉絮，把小猫放了进去。

小猫刚离开妈妈，不断地"喵喵"叫个不停，我看收拾停当了，就和三娃一块儿上学去了。

一个上午，我听课都不专心，总走神儿想着我的小猫。放学后急急跑回家，看小猫卧在竹篮里，很疲累的样子，早晚还

"喵"地叫一声。我问奶奶小猫吃啥？奶奶说："给它挤了点羊奶它不吃，你再喂喂它，看吃不吃。"

奶奶递给我一个小黑碗，里边有小半碗羊奶，我端过去试着喂小猫，它闻了闻，仍然不吃。我告诉它："白尾巴，你要连羊奶也不吃，会饿死的。"我把小黑碗放到它嘴边，一直数落它。它又闻了闻，终于伸出鲜红的小舌头舔了两下，叫了两声，又舔了两下，断断续续最后终于吃完了。我想它是饿坏了，所以才接受了羊奶。可是羊奶也不能全供它吃呀，还有两只小羊羔呢。后来奶奶给它煮些玉米糊糊，它开始不接受，后来也吃了。再后来把馍嚼嚼喂它，它也吃了。我心想，你来到我们家，不吃粗茶淡饭，谁还能给你整得起鸡鸭鱼肉。吃粗茶淡饭的小猫，也不断地成长，也欢虎得不行。

我家养的猫，可不是什么珍贵品种，就是一只白尾巴的普通黄猫。但那威武的猫头，明亮灵动的眼睛，支岑着的胡须，走动时高翘着的尾巴，看上去都非常威风凛凛。我亲眼见它捕捉过老鼠，自从白尾巴来家，老鼠的声音变得越来越少，最后根本见不到老鼠再有什么活动了。

可能是我和奶奶喂猫最多，所以它也最亲近我和奶奶。我要喊声白尾巴，它不知从哪儿就蹿了出来，仰着脸看我唤它干啥。有时我从外回到家，它也去门口迎接我，跟着我走到屋里，和我亲昵一会儿。

奶奶不喊它"白尾巴"，而喊它"苗苗"，像在喊一个女孩子的名字，它也很认可，只要奶奶一喊，它会立即跑过去，看奶奶叫它干啥。因为奶奶喊它，一般就是要喂它东西吃，它能不听话吗？

奶奶给我讲，猫是老虎的师父，把十八般武艺都教给了老虎，留了一手没教，就是爬树。老虎觉得把师父的本领都学完了，猫个头比自己小那么多，就看不起师父了，甚至想把师父吃掉，然后称霸世界。猫打不过老虎，就爬到了树上，老虎没学会爬树，就羞愧地躲到深山里去了。

后来我去伯岗上学，星期天回来，还能和白尾巴见见面，逗逗它。有一天从伯岗回来，奶奶告诉我，你的猫已经七八天没回家了，不是被谁逮走了，就是被谁药死了。我在学校时听说有一帮人，在农村到处逮猫，然后想法卖到广州去，那里的人兴吃猫肉。说不定白尾巴真被他们捉去，运到广州被人吃掉了。嘿，这广州人真奇怪，什么不能吃，怎么吃猫呢？猫是那么可爱、活泼、干净，还能帮人逮老鼠。

# 泥鳅

泥鳅是我小时候打交道最多的鱼了。俺庄有三个坑，坑里水少时养不了鱼，水多时养鱼，那也是生产队的事，轮不到我们小孩子参与其中。但坑里不管水少水多，只要不干坑，水边的稀泥里总有泥鳅。泥鳅又不是谁养的，是野生的。既然是野生的，我们只要有兴趣，就可以随意捉，没谁管你。

我觉得泥鳅只能勉强称为鱼，身体细长，背部黑灰，腹部微黄，眼小嘴突，又没有鱼鳞，在泥里钻来钻去，薄而小的鱼鳍轻易发挥不了什么作用。

捉泥鳅这活我们小孩儿能干，不需要涉深水，不需要渔具，什么危险也没有。你只要不怕弄得浑身是泥，脸成花猫，就可以干。可以干的事也不一定能干得好、干得成。泥鳅浑身满是黏液，你看见一条泥鳅，伸手去捉，十有八九被它溜掉，只落两手泥。如果你看见一个汪着水的泥鳅窝，伸进手去捉，十有八九也捉不住。我告诉你一个小窍门儿，发现了泥鳅窝，两手从两边插进泥里，慢慢合拢，等两手靠近后，猛地把那泥捧起扔到岸上，任它在岸上蹦跳多么欢，再也逃不脱了，你去捡就是了。

泥鳅的逃脱技能不是游得快，而是滑得很。所以，我们家乡说谁办事圆滑，就说他滑得像泥鳅。可见，泥鳅的滑技是出了名的。

我们捉泥鳅，如果捉得少，几个小伙伴就在坑边拾点柴火燃着，把泥鳅洗净，直接烤了吃。泥鳅肉很细，刺又少，我们吃得津津有味。因为平常又吃不到肉，能吃到肉不容易，从没想起过还要配点什么佐料。如果捉得多，可以带回家炖着吃，但从不炸着吃，炸着吃费油，家里哪有那么多油给你炸泥鳅吃。

现在泥鳅也成了城市酒席上的珍品，什么红烧泥鳅、酥炸泥鳅、麻辣泥鳅、砂锅泥鳅、剁椒泥鳅、酸菜泥鳅，又说吃泥鳅有这好处、那好处，反正我爱吃炸泥鳅是真的。虽然现在吃没有小时候和小伙伴们一起烤着吃有趣，吃着吃着，觉得这泥鳅仿佛就是我白天从俺庄坑里捉回来的，不自觉地又夹了一条过来。

图书在版编目（CIP）数据

俺庄／张广智著. -- 郑州:河南文艺出版社,
2025.4. -- ISBN 978-7-5559-1820-2

Ⅰ.I267

中国国家版本馆 CIP 数据核字第 20255W0B06 号

封面题字　　孙晓云
绘　　画　　孟新宇

选题策划　　党　华
责任编辑　　党　华
责任校对　　殷现堂
美术编辑　　吴　月
书籍设计　　天外天／李燕行
责任印制　　陈少强

出版发行　　河南文艺出版社
社　　址　　郑州市郑东新区祥盛街 27 号 C 座 5 楼
承印单位　　河南印之星印务有限公司
经销单位　　新华书店
开　　本　　700 毫米 × 1000 毫米　1/16
印　　张　　19.25
字　　数　　225 000
版　　次　　2025 年 4 月第 1 版
印　　次　　2025 年 4 月第 1 次印刷
定　　价　　68.00 元

印厂地址　　河南省新乡市平原示范区中原国印文创产业园 A6 号 101
邮政编码　　453500　　电话　0371-55658707